De Man Die Loopt

Van Alan Warner verschenen eerder bij De Arbeiderspers:

Morvern Callar, kind van de raves
De Sopranen

Alan Warner

De Man Die Loopt

Vertaald door Joop van Helmond

Uitgeverij De Arbeiderspers
Amsterdam · Antwerpen

De vertaler ontving voor deze vertaling een werkbeurs van de Stichting Fonds voor de Letteren.

Oorspronkelijke titel: *The Man Who Walks*
Uitgave: Jonathan Cape, Londen

Omslagontwerp: Nico Richter
Omslagfoto: Andrew Whittuck

ISBN 90 295 5660 9 / NUR 302
www.boekboek.nl

Alle poorten staan nu open, vriend.
Michael Karoli (1948-2001)

Voor Valerie Weber, Kate Gambrill en Leonard Bliszko,
die me hebben geschreven met de vraag om meer
van De Man

Hoe de eerste Hooglander door God werd gemaakt

God en Sinte Pieter gingen zij aan zij
Hoog in de Argyll, waar hunne poorte lei,
Sinte Pieter zei tot God, eer als 'n grol
'Kunt ge geen Hooglander maken van deze paardendrol?'
God keerde de vijg met zijne spiesstaf,
En er verrees een Hooglander zo zwart als dras
God zeide tot den Hooglander 'Waar leidt uw pad naartoe?'
'Ik daal af naar het Laagland, Heer, om daar te stelen een koe.'
mogelijk Alexander Montgomerie (1545?-1610?)

Er bestaat niet één document van de beschaving dat niet tevens getuigt van barbarisme.
Walter Benjamin

Je moet nooit het nieuwe gewei van een hert bij je neus brengen om eraan te ruiken. Er zitten kleine insecten op die in je neus kruipen en je hersens verslinden.
Kenko (1283?-1350?)

Niet alleen 's winters kwamen de spookzakken opzetten, van mijlen her rollend over de dageraadharde velden, zo lang over zichzelf buitelend, binnenstebuiten of opgeblazen, bollend, zoals toen Munro in The Albannach *de gezwollen hond vond, net onder het zand begraven of in* Gillespie *een levende aal uit de mond kwam van de verdronken visser, uit zijn opgerolde schuilplaats in diens opgezette maag.*

De spookzakken zijn over al die velden buitelend komen aanrollen van de minimarten in de naburige dorpen, misschien van nog verder, van afvalbakken langs de weg; misschien wel honderd kilometer of meer van verre steden of vrijgekomen door een achteruitrijdende bulldozer op een gemeentelijke stortplaats.

Zelden in de verte waargenomen, al is je oog gespitst op al dat soort wonderlijke bewegingen aan de horizon – een oeroud instinct voor verre en gevaarlijke randverschijnselen. Daarom zie je de komst van de spookzakken doorgaans niet. Ze roeren en verplaatsen zich door deze gebieden onder de dekmantel van de nacht of alleen als er geen mens te bespeuren is – tenzij: betrap de spookzakken in het eerste ochtendlicht waar er aan hun nachtelijke omzwervingen een einde is gekomen!: verstrikt in de bovenste prikkeldraad van de omheiningen langs de weg – trillend en wild flapperend in overwegend westenwinden, niet-afbreekbare rafelige flarden, alleen door de wind en het steeds weer blijven hangen van de nukkige, verrafelde einden zijn de plastic vodden verkauwd tot een ziekelijk grauwe substantie van dood vlees. Supermarktzakken met verweerde en vervaagde blauwe logo's van de multinationals, afgerukte repen gehavend landbouwplastic van hooibergen en zwarte vuilniszakken, hopeloos en eindeloos om het prikkeldraad gewikkeld en voor eeuwig gestrikt: gejaagd ritselend in het holst van de nacht.

Soms pakt hij zijn jachtmes en snijdt de gekluisterde spookzakken los en ziet ze over de velden wegklapperen en ineens zwenken, hij is nijdig om hun onvoorspelbaarheid.

In de schemering maken de vers geploegde velden aan weerszijden van de weg de lucht donkerder. Tractoren zijn nog aan het werk, draaien aan klifranden om en laten de dikke bundels van de koplampen scherend over het oppervlak van het zwarte water van de zee of het loch trommelen tot ze brommend in lage versnelling wegzwaaien en weer op je af komen deinen. Bij goed weer werken ze de hele nacht door en hebben in het donker iets heel moois, als ze geheimzinnig achter een hakhoutbosje blijven steken, voor en achter hel verlichtend met lampen op speciale, schuddende staken als een soort mobiele locatie-unit die een vreemd en nieuw soort film voortbrengt.

Wanneer hij overdag over de binnen- of hoofdwegen loopt, laten de kraaien voor hem het op een uitdagend laatste moment aankomen voor ze traag van het asfalt opvliegen waar ze naar de geplette, zongedroogde resten van hun soortgenoten pikken. De kraaien vermijden de spookzakken, opgejaagd door het slopende getril. Hoe hongeriger de kraaien worden hoe meer ze zich te goed komen doen aan elkaars lijken en hoe meer er van hen onder de wielen van de bestelwagens, auto's en trucks uiteenspatten, totdat een gestadig toenemend motief van slachting en kannibalisme hem naar het noorden voert.

Verdwijning in de Hooglanden

De Neef lag stilletjes boven op de papieren zakken met paardenbrokken dicht bij het dak van de opslag van landbouwartikelen te dromen over spookzakken, toen zijn mobieltje 'Rule Britannia, Britannia rules the waves' riedelde.

De rat die hij in de gaten lag te houden, stoof er over het hoofdspant vandoor, zoals de Neef ratten bij vloed over de rand van de visvalmuren op lochbanken had zien lopen om zich zo handig een omweg van drie kilometer te besparen. Deze vrij lange rat botste tegen de Neef zijn scheerspiegel en plonsde in vrije val in de aluminium ton vol water die zes meter lager op het met hooi bezaaide, oker gesausde beton stond. De snuit en poten van de rat krasten nauwelijks terwijl hij in de waterton rondcirkelde.

De Neef kneep het volkslied af.

'Doorzoek de schuren en bijgebouwen,' fluisterde de Voorman met zijn raspstem, 'je Oom heeft het weer eens op zijn heupen gekregen. Je moeder heeft net gebeld om te zeggen dat hij de kuierlatten naar Ballachulish heeft genomen, als vanouds dwars door de velden en flink de sokken erin; maar eerst heeft ie wel je vier pokkenparkieten om zeep geholpen. Alweer!'

'Dat meen je niet?' fluisterde de Neef. 'Toch niet Ian, John, Reni en Mani?'

'Zekers, allevier de pietjes afgeslacht, net als de vorige vier: meneer Groen, meneer Geel, meneer Blauw en meneer Blauw, dit keer tenminste wel snel; heeft ze stuk voor stuk gewoon met een aansteker afgebrand, heeft toen allebei de gebitten van je moeder gepakt voor in zijn eigen mond, is naar de Mantrap gebeend en heeft hun Wereldbekerpot gejat. Voor een man met een glazen oog heeft je Oom een behoorlijk vooruitziende blik als het op kroegspaarpotten aankomt. Bij de laatste telling zat er bijna zeventien ruggen in. Ze willen de Bouten er voorlopig wel buiten laten. We houden het onder ons om te zien of jij hem eerst kunt vinden. Van *mij* krijg je de komende dagen vrijaf. Zorg dat je Ouwe Zakkenzeuler te pakken krijgt. En waag het niet om onderweg mijn mobiel kwijt te raken.'

'Komt voor de bakker,' zegt de Neef.

Met zijn oren nog nadreunend van de honkbalknuppelslagen waarmee hij de zijkanten van de waterton heeft bewerkt tot bij de rat de ingewanden zijn strot uit kwamen, liep de Neef het caravanterrein op. In hun caravan roken verbrande vogelveren naar verschroeid mensenhaar. Moesje had zich net ver genoeg buiten gewaagd om zijn dooie pietjes te verdrinken tussen de biezen in de Black Lynn, die onder onze stad door stroomt en bij de tunnelmonding in zee uitkomt, ongetwijfeld onder de misprijzende blikken van de daar verzamelde zwanen. De Neef dacht: ik kan nog als een razende naar de Farmer's Den hollen en de trap naar de kelder aflopen, om waarschijnlijk nog net hun bonte, verschroeide veren via de smokkelgang de groene tunnel in te zien drijven om voor altijd en altijd afscheid van ze te nemen. Er kwam een traan in zijn ogen en hij huiverde hevig.

Zijn Oom, De Man Die Loopt, had nooit veel opgehad met vogels sinds hij haar citroengele kanarie nog vrolijk hoorde doorzingen boven het lijk van zijn overleden Moeder op het zeil, haar huid verschroeid na drie dagen baden in concentrische urinekringen. Zijn Oom had de kanarie op zolder opgesloten, dicht bij de bliksem tijdens een onweersbui, zodat het zingen hem voor altijd was vergaan.

De Neef zuchtte: 'Ach, ik *doe* tenminste iets als reactie op deze laatste kleine familiecrisis, Ma!'

'Ho even, kalm aan, ik ben nog maar net uit bed!' Moesje hoestte rookkringels op, mascara doorgelopen. Zonder valse tanden zag ze er oud uit, in haar luie stoel turend naar een samenvatting van de kampioenschappen schapendrijven op de buis.

De satellietschotel op de grond was op het westelijk halfrond gericht. Op de vloerbedekking van de caravan waren banen plakband in verschillende kleuren aangebracht, berekend naar het bereik vanaf de voet van de schotel. Op de verschillend gekleurde stroken plakband stonden woorden: Leugens (24 u), Irish Network 2, Tv3, Porno, Piraat, (Amsterdam) Maf, en met de grotere letters van het handschrift van de Neef, Discovery. Door de voet van de satellietschotel in een bepaalde stand op de grond te draaien kregen ze iets wat op beeld leek. In elk geval was het beter dan in de tijd dat Moesje en haar laatste vrijer de Neef buiten de caravan in de stromende regen die van zijn neus drupte met een antenne hoog de lucht in gestoken lieten staan wanneer Schotland een voetbalwedstrijd speelde.

Het programma waar Moesje naar keek heette *One Man and His Dog*. De presentator interviewde een schaapherder in een donkergroene overjas. Op elke angstvallig voorgebakken vraag antwoordde de herder: 'Eh-ja.'

'Eh-ja.'

'Eh-ja.'

'Eh-ja.'

'Eh-ja.'

Het leverde niet veel zuiver televisiegenot op, maar als hij het deed was de tv altijd op deze zender afgestemd, sinds zijn Oom, omdat hij zijn portie paardenbrokken niet had gekregen, de afstandsbediening kapot had gekauwd.

'Uit de weg, je stoort altijd de ontvangst,' bitste Moesje. 'En zorg dat je mijn gebit terugkrijgt.'

Achter de zonnende haaien en grijze robben op zijn Sea Life Centre-douchegordijn graaide de Neef in een van de vuilniszakken met vuile was, koos de minste van vele, vele stinkende boxers en met een karig woord ten afscheid liftte hij in westelijke richting naar een nieuwe duisternis.

De eerste die stopte was een veewagen uit de Laaglanden onderweg naar veerboten en markten in de streek. Hij kon log geschuifel en gestommel horen van de vaarzen achter de cabine met de opgeprikte Confederatievlag. De chauffeur was maar een schriel mannetje dat met zijn armen amper bij de uiteinden van het grote, horizontale stuur voor hem kon komen.

De chauffeur duwde met zijn handpalm de versnellingspook in zijn twee en drukte muziek in: een ouwe eight-track. Kris Kristoffersen met 'Border Lord'.

Take it all
Till it's over, understandin'
When you're heading for the border,
Lord you're bound to cross the line

'Gouwe ouwe Kris, hè?' schreeuwde de Neef in een poging een babbeltje op te zetten. 'Toen Kris bij de Amerikaanse luchtmacht zat en probeerde zijn nummers naar Johnny Cash te sturen en Johnny niet één van zijn brieven beantwoordde, vloog Kris er gewoon heen en zette zijn helikopter pardoes in Johnny's voortuin neer!' De Neef glimlachte.

'Geef mij maar een truck, man.'

'Ben finaal truckergek. Kan er niet genoeg van krijgen. Kan maar geen genoeg krijgen van de lange slingerweg. Er is misschien geen drup benzine meer, maar er is wel nog diesel, man! Ik zeg het je, ik heb de wittestreepkoorts, de wittestreepkoorts, knul!'

'Zo?'

'Vroeger reed ik tientonners; op Rome, man, er lopen allemaal grote snelwegen om Rome heen, en kilometers achter mekaar, *hoeren*! D'r stonden kilometers achter mekaar hoeren, joh, stuk voor stuk verlicht door een vuurtje van kartonnen dozen. Ze hebben allemaal iets duivels, met hun gezicht van onder verlicht, uitgedost in rood plastic rokjes. En niet alleen maar grote mokkels, travestieten! Ooit met een man geprobeerd, knul?'

'Hè?'

'Met een man, heb je het ooit met een man geprobeerd? Je moet niet geloven wat ze zeggen, met een man kan het net zo lekker zijn als met een vrouw. Ik geef 't je recht voor z'n raap. Ik ben geen flikker, maar je krijgt een vijfje van me als je me onder het rijden wil pijpen.'

'Kunt u hier stoppen alsjeblief,' zegt de Neef.

Tegen de achterkant van de veewagen zat een gele driehoek met het silhouet van een kangoeroe. Ik Rem Voor Kangoeroes, stond eronder.

Vanaf de haven had de Neef ongeveer achthonderd meter afgelegd en bevond zich op de enige rotonde in de wijde omtrek. Omdat het de enige rotonde was waren de enige auto's die eromheen reden, meerdere keren omdat ze steeds de afslag naar de stad misten, lesauto's van de Rijschool: Ramrijders norse, Rayban-bebrilde zoons zaten naast elke leerling in identieke auto's: ze gaapten de Neef aan die nog steeds zijn duim opgestoken hield, terwijl de voertuigen gierend in de eerste versnelling bleven cirkelen tot ze uiteindelijk de afslag namen.

Er kwam een jong stel op een dikke Kawasaki aanrijden: gloednieuwe nummerborden. Meissie zonder helm in leren jasje en broek stapte af en liep naar het midden van de grazige rotonde, haalde een digitale camcorder voor de dag en begon de gozer op de motor te filmen terwijl hij steeds rondjes om de rotonde reed en nog opgewondener dotten gas gaf als hij langs de duim van de Neef kwam, gehuld in zilverblauwe worsten uitlaatrook die hij bij elke nieuwe ronde uiteenjoeg. Het meisje volgde de rondjes die de motor draaide met de camera tot hij met een zijslip bij haar stopte en ze weer opstapte, achterstevoren en lachend met gelakte vingernagels de voorkant van haar jack openritste zodat twee bolle bh-loze borsten met glinsterende piercing in de zuiging vrijkwamen tussen blonde haren die haar gezicht verborgen terwijl de motor op topsnelheid langs het 50-kilometerbord terug naar de stad stoof; snelheidscontrolecamera's lieten verschrikt hun zilveren licht flitsen: fotografeerden haar uitgestoken tong, haar verbijsterende swingende tieten en haar cowboylaarzen over elkaar geslagen over het nummerbord terwijl ze terugfilmde.

Landinwaarts liep de Neef met zijn rug naar de afgezwakte zeewindvlagen door de lage heuvels, zijn duim schuin opgestoken naar de door wolken afgeschermde Poolster, zonder oogcontact te maken met de onzichtbare automobilisten, ervan uitgaand dat ze hem voorbij zouden rijden voor ze dat deden. Ineens werd de grond voor zijn laarzen verlicht door het dubbelfelle rood van remlichten toen een vierdeurs die langs hem was gereden slippend tot stilstand kwam. De Neef holde voorovergebogen op een drafje naar dubbele uitlaten. Automobilist, een ouwe kerel die al aan het praten was voor zijn elektrische portierraam was gezakt, geeft een achternaam die de Neef prompt vergat en de ouwe kerel steekt een arm uit om handjes te schudden. De Neef schudde.

'En dit is mijn lieve vrouwtje,' voegde Ouwe Knarrie eraan toe.

De Neef knielde en knikte. Vrouw, een verwaterde blauwspoeling, gezicht als een uitgezakte sofa, zat achterin, al leek daar geen reden voor.

'Ik moet richting Ballachulish.'

'O, wij gaan juist die kant op; de brug *over*. Dat is toch zo, hè, mop?'

'Ja, schat, wat een meevaller voor de jongeman.'

'Ja, vooruit jongen, klim d'r maar in.'

Toen de Neef de gordel vastklikte had Ouwe Knarrie gezegd: 'Moeten wel even langs huis, even binnenwippen om wat geld op te halen en dan rijden we je met alle liefde naar Ballachulish.' Hij zette de auto in zijn één en ze sukkelden de weg op. 'We hebben toch geen geweldige haast, wel?'

'Niet geweldig, nee, ik ben eigenlijk op zoek naar mijn Oom die zo'n beetje de kuierlatten heeft genomen. Niet helemaal snik, die Oom van me, niet goed bij z'n hoofd in *allerlei* opzichten. Hij is lopend patiënt geweest in het gekkenhuis van Lochgilphead; Lochalvegare maken wij er altijd van; soms pakt ie een tijdje zijn biezen.'

'O, wat *opwindend*!' zegt Blauwspoeling, vlak achter zijn oorschelp.

De Neef zegt: 'In de hippiegolf van de jaren zestig zijn bij hem de stoppen doorgeslagen, geflipt toen ik nog maar een jochie was; neemt nooit vervoer, doet alles te voet. Hij wordt De Man Die Loopt genoemd omdat je hem in weer en wind in de gekste en verste uithoeken langs 's heren wegen kunt zien zwerven en wee je gebeente als je *hem* een lift durft aan te bieden; hij scheldt je de huid vol.'

'Mmm,' knikte Ouwe Knarrie.

'Ik weet nog dat ik toen ik klein was een knuffelolifant had die Markus heette. Markus Bollifant had een indroevige snuit,' mompelde de Neef zo'n beetje peinzend.

'Ooooo snoezig!' gierde de stem van Blauwspoeling heel dicht bij de Neef zijn oor, helemaal voorovergebogen met haar tieten tussen de twee voorstoelen geklemd.

'Ja, Markus was mijn lievelingsspeelgoed omdat ie was gevuld met linzen en bonen zodat hij dat logge kreeg als je hem liet vallen, met zo'n kraakgeluid wanneer hij op de grond plofte als vanwege de droge linzen in zijn buik. Ik weet nog die keer dat me Oom, De Man Die Loopt, bij Opoe haar huis onder aan de heuvel aanklopte, met rijp en sneeuw in zijn haar en draagtassen met bevroren water in allebei zijn handen. Opoe was vroeg de deur uit en er was geen mens in huis en dus klapt Man Die Loopt zijn Zwitserse zakmes uit, snijdt Markus open en schudt alle linzen in een pan om soep te maken. Hij gebruikte Markus' vel om zijn baard mee af te vegen. Jazeker, dat is mijn dierbaarste vroege herinnering aan me Oom, De Man Die Loopt! Als hij bij de Prinses op de Erwt zou logeren, zou hij haar erwt ook binnen de kortste keren in de soep kieperen!'

'Och, och, och, och, och,' kreunde Blauwspoeling.

Inmiddels goot het echt; Ouwe Knarrie had de wissers aan, regen verwaaide als witte as naar het westen in de lichtschelpen van de opspattende watermassa voor hen. Er stond wel een centimeter water op het wegdek zodat het leek of de regen op de zee zelf neerdaalde.

Blauwspoeling had al knik-knikkend het verhaal zitten indrinken en zegt: 'Nou zeg, is dat niet afgrijselijk, maar goed dat je van ons een lift hebt gekregen!' en ze sloegen rechts af naar die wijk van protserige nieuwbouwkoopwoningen net buiten Tulloch Ferry. Sommige waren nog in aanbouw en je kon bleek vurenhout van dakspanten in het regenachtige duister zien opdoemen.

'Kom mee naar binnen, bij ons is het gezellig.'

'Nee, tof van jullie, maar ik blijf even zitten. Hebben jullie autoradio? Aluminumville FM is helemaal te gek.'

'Nee, geen sprake van, we hebben wel een dik kwartier nodig, jij kunt in de voorkamer met een kop thee wachten.'

'Dat is hartstikke aardig en zo, maar moet je mijn laarzen zien, kan toch op jullie tapijten niet al die modder achterlaten.'

'Die kun je bij de deur uittrekken, knul.'

'O, het kan niet erger zijn dan wanneer hij op zondag uit de tuin binnenkomt.'

Met zijn laarzen onder de jassen in de gang plofte de Neef op een deel van een opzichtig driedelig bankstel. Ze hadden een kefferige Jack Russell die naar de naam Trafalgar luisterde en bij iedereen aan de enkels snuffelde. 'Hij heeft al zes bazen gehad en hij is pas vijf,' kirde Blauwspoeling. Trafalgar. Wel een dure naam voor zo'n rottig rattenvangertje, dacht de Neef.

Het huis vormde het gebruikelijke deerniswekkende decor van saaie mensen met geld te veel: bloemetjesbehang, halverwege de muren door de hele kamer zo'n misselijke streep, zware rode gordijnen die Blauwspoeling algauw dichttrok, en treurige ornamentjes: porseleinen Jack Russells op planken in een nis boven de tv. Dat was wat je noemt een echt digitaal breedbeeldbakbeest. De Neef had deze bonbondoos heel wat beter kunnen inrichten dan de Gezeten Burgers: een eeuwig droomhuis, met zijn geliefde boeken strak tegen elkaar op een vuren plank in *strikt* alfabetische volgorde: Aeschylus, Apulejus, Barker, Becketts *First Love* in linnen band en gesigneerd, Cicero's *Moordzaken*, Crowley, Flavius Josephus, Herbert (Frank), King (Stephen), MLR James, Kenko, James Kennaway, Lao-tse, Longus, Lovecraft, Lucretius, Andy McNab, Masterton, Machen, Ovidius, de twee delen Pausanias, Sir Walter Scott, Seneca, Smith (eerst Delia dan Wilbur).

'Ik wed dat je als kind een lekker-veel-suiker-zoetekauw was!' krijste ze. Blauwspoeling was binnengekomen met een grote, dampende Jack Russell-theemok en ze bracht verdomd een bord mee met hapjes (kippenragout en blikham)! Ze drukte met de afstandsbediening de tv aan en liet hem daar rustig zitten smullen.

Er was een gekke film op waar hij met een half oog naar keek: een of andere smakelijke studente op een griezelige oude meisjeskostschool werd achternagezeten door zo'n vampierkerel, gevolgd door een scène waarin een of andere fotografe het smakelijke studentetje op haar kamer uitnodigt voor foto's en misschien had hij mazzel, als ze een beetje opschoten, voor de bv rimpel terugkwam! Met de warme zoete thee zat de Neef de blikhamboterhammen in sneltreinvaart weg te werken, en verdomd het neukmeissie begint zich nog uit te kleden ook en je kunt zien dat zij en de fotografe er wel voor in zijn! De Neef zat zich af te vragen hoe het kwam dat dit spul zo vroeg in de avond op de buis kwam, toen hij een klein rood lampje zag knipperen: het is een videoband! De deur knalt open: Ouwe Knarrie en Blauwspoeling komen spier- en poedelnaakt binnenstormen. De kleine Trafalgar keft tegen hen op. De mok thee vliegt de ene kant op en het nog volle bord hamboterhammen de andere, over het kleed waar de hond er meteen van begint te smullen.

'Zin in een gezelschapspelletje, knul?'

'De laatste van de onvervalste groepsseksers!' krijst Blauwspoeling, opent haar armen en tot zijn afgrijzen ziet de Neef dat niet alleen op haar hoofd het haar blauw gespoeld is, ze heeft alles onder handen genomen, en Ouwe Knarrie met een stijve, en de Neef denkt: goeie god, oud worden we allemaal, maar om Willy Whitelaw nou de salsa onder de douche te zien dansen! Retetering.

In een mum: de Neef beent door al die nog niet omheinde voortuinen, duikt onder waslijnmolens door met in elke hand een laars. Het hele eskader sensorische veiligheidslampen springt als snelheidscontrolecamera's aan onder de dakrand van elk huis, alsof deze mafkezen allemaal een Rubens aan hun muur hebben hangen.

Eenmaal uit de lichtgloed stopte hij om bij het wildrooster hurkend met de tikkende plastic uiteinden van de veters zijn laarzen over doorweekte sokken vast te haken en aan te halen; daarna kromde hij zijn schouders onder de met bakken uit de hemel stortende donderklappen en zette het op een draven naar het Ferry Hotel.

Sir Walter Scott heeft geschreven: 'Het is een van de voorrechten van een verhalenverteller om zijn verhaal in een herberg te laten beginnen.' Het is me het voorrecht wel zeg, moet je deze bedoening zien, retetering! Zinloos om dit Hooglandhotel te beschrijven: gewoon een andere naam voor een kroeg met een paar bedden op de verdieping, die we allemaal zo goed hebben leren kennen, deze pubs – in alle opzichten *onopvallend*, en er komen er onherroepelijk nog meer bij.

De Neef stapte de Ferry Bar binnen toen een meisje uit het toilet kwam en tegen de barjuf achter de bar riep: 'Hé, mooi geen wc-bril in de Dames!' Juf, de Stoot van Morar alias de Spleet van het Noorden, knikte terwijl ze een biertje tapte voor een andere barklant. De Neef had moeite om de deur dicht te krijgen; de geselende wind ging buiten zo tekeer dat de Neef, toen hij de deur dicht had, door de luchtdrukverandering zijn oren voelde dichtklappen. Iedereen wierp een blik op de Neef met die stilzwijgende vijandigheid van kleine gemeenschappen, waarna ze hun bierglas hieven of om de biljarttafel heen schoven. De Stoot nam de Neef op en het meisje van het toilet ook, dat snel bij iets wat voor een vriendje door moest gaan ging zitten. De Neef veegde het haar van zijn voorhoofd weg en plofte met een natte kont op een kruk. 'Een bier en een zakje garnalenchips.'

De Stoot knikte en begon bier te tappen.

'Man Die Loopt vandaag nog geweest?' zegt ie rustig.

Ze keek hem schuin aan en zegt: 'Jawel, vanmiddag geloof ik,' zogenaamd geconcentreerd op de tap peurde ze uit een non-gebeurtenis zoveel geheimzinnigheid als ze maar kon. Ze zette een glas bier neer, dat hij optilde nog bijna voor ze haar vingers ervan had losgelaten.

Hij kon zien dat de condens was onderbroken door haar mollige hand en dat irriteerde hem. Ze legde chips op de bar en hij zegt: 'Lea & Perrins.' Het chipszakje werd opengescheurd, de worcestersaus driftig opengeschroefd en er scheutig in geschud zodat zich in de hoeken van het zakje plasjes zouden verzamelen waarin de onderste lagen chips uit elkaar zouden vallen. O, wat hield hij van zijn zeebanket. De Neef bleef de Stoot recht in haar gezicht kijken: 'Hoeveel had hij op?'

'Hoezo?'

'En wat was 't dattie dronk?'

Ze schouderschokte: 'Hij heeft aardig wat glaasjes achterovergeslagen. As vanouds.'

Hij liet zijn blik langs alle whiskyflessen dwalen tot aan de prijzige malt voor suffe toeristen. 'Talisker zeker?'

'Nee hoor, hij was aan het Ierse spul.'

'Nog erger verraad! En wat is volgens jouw peilstok aardig wat? Drie, zeven, elf?'

'Hij kwam aan de zestien, probeerde niet eens op de lat, betaalde met gebruikte biljetjes van twintig. Gedroeg zich keurig; stond daar in die hoek met een radiootje tegen zijn oor gedrukt te luisteren naar Aluminumville FM.' Ze keek omlaag naar de bar en zogenaamd omdat er nodig gepoetst moest worden haalde ze er een stinkende lap met gerafeld wit uiteinde overheen. Smerige sloerie; dat deed ze vandaag vast voor het eerst.

'Zestien dubbele?' Hij tierde: 'Jullie hebben toch wel allemaal in de smiezen dat het niet goed voor 'm is! 't Is niet voor het eerst dat hij op strooptocht gaat en de hele familie heeft verstrekkers van sterk en zwak alcoholisch in de loop der jaren duidelijk te verstaan gegeven dat hij *niet* bediend mag worden, en toch worden de verzoeken van onze familie *flagrant* in de wind geslagen!' In de bar werd het stil, zij het dat: 'Sorry, maar ik moet echt *nodig* pissen!' die smekende zeurstem achter hem klonk.

Haar uitkafferend schreeuwde hij: 'Blijf er maar boven hangen. Zoals de meeste vrouwen, anders loop je nog meer op!'

'Hou jij de bar in de gaten?' riep de Stoot snel met een blik over het hoofd van de Neef. 'Ik wip effen naar boven.' De laffe teef smeerde 'm.

De Stoot kwam algauw weer terug en liep door de bar met een wc-bril onder haar arm. Het meisje holde vlak achter haar aan de Dames in. Dik achterste dat ze zo snel mogelijk op de bril wilde vlijen en de Stoot mocht van geluk spreken als er niet over haar vingers werd geplast, dacht de Neef, die zich op zijn kruk omdraaide en naar het vriendje keek. Het keek naar hem en toen keek Het weg. Hij liep naar Het toe: 'Mag ik een saffie van je roven, makker?'

'Tuurlijk,' zegt Het en schoof het pakje naar hem toe.

John Player. Je zou denken dat Het een Formule Een of zoiets buiten geparkeerd had staan, met kweekzalm die tussen het stuur door gleed in dit beestenweer, dacht de Neef. In het pakje zat een Spar-aansteker tegen de rest van de sigaretten aan geschoven. Hij stak op en zegt 'Merci' tegen Het.

De Neef liep terug naar de bar en ging op de kruk zitten. Het deed de Neef goed om de rook in te zuigen, door de longen te laten opnemen, een deel van hem te laten worden om weer uit te blazen, omlaag, en een wit, romig varkensstaartje van rook weer met zijn mond op te happen, het weer vanbinnen te proeven en daarna achterover te hangen met een lange, ontspannende uitstoot van verdunde, bijna verteerde en in zijn eigen lijf opgenomen rook, en zoals in een boek van Eliphas Levi stond geloven katholieken dat rook geesten zichtbaar maakt! Hij trok zo hard aan het saffie dat het aan de buitenkant sneller verbrandde en smeulde, zodat het staafje van minder verbrande tabak in het midden overbleef. De Stoot kwam uit de plee en dook met veel omhaal onder de bar door alsof *haar* reet iets heel bijzonders was. Ze waste haar handen niet.

'Waar heb je de pleebril vandaan?' vraagt de Neef.

'Kamer 14, die zijn uit eten. Vraag de nachtportier wel om hem er weer op te schroeven voor ze terugkomen.'

Hij nam meerdere slokken bier en zegt: 'Zal best. D'r zullen al heel wat dames op gezeten hebben. Maar goed, ging ie rechts of ging ie links?' De Neef veegde zijn smoel met de rug van zijn hand af.

'Weet niet zeker.'

'Toe zeg! Jij telt zelfs hoeveel vliegen hier tegen de ramen zitten. Je hebt het heus wel gezien, oké?'

'Kan niet op de bijbel zweren, maar ik weet zeker dat hij die kant op is gegaan.'

Hij knikte en dacht: dat klinkt logisch. In die toestand zou zijn oom niet in staat zijn tegen een talud op te zwalken naar de oude hangbrug en verder naar het noorden. Christus, dit was misschien wel even simpel als hem bij het loch oppikken, 'fluitje van een cent'. Tot aan het botenhuis van de Hacker was het vlakke kust. Man Die Loopt werd oud, had zich misschien wel in een bed van kelp, wier en zeesla kunnen laten ploffen, om zijn roes uit te snurken, met het plan om bij het ochtendgloren in noordelijke richting de hangbrug over te steken, langs de oude spoordijken en de gesloten stations. Deze kant op was net zo'n goede gok als elke andere.

Verder was de gedachte aan de kilometerslange wandeling naar het noorden door Boomtown tot in de Appin-streek geen lolletje. Sintelachtig grind van het oude spoorbed van de weggehaalde rails onder je laarzen. Kilometers aan een stuk klauteren over gammele, uit hun hengsels gezakte hekken waarmee de boeren de opgeheven spoordijk hebben afgesloten en waarvan ze de palen hebben omsliert met oranje geverfd prikkeldraad om te voorkomen dat hun koeien of schapen vanaf de dijk al grazend op een onomheind gedeelte uitkomen en ervandoor gaan. Gele sikkelwespen, hommels zwevend in de trosklokjes van standelkruid, rond je ogen dansende bremsen die je proberen te steken, de in de schemering opkomende muggen die je er met minstens een pakje van twintig saffies van moet weerhouden om je gezicht op te vreten, waarna je moet proberen om in moten van dertig minuten wat te pitten op zachtere plekken onder een geschikte plataan, vrij van oorwurmen en mieren, gewikkeld in een vuilniszak, dromend van hotelkamers, stugge handdoeken en het Olympisch Ontbijt in Little Chef-wegrestaurants.

Als je goed bij je hoofd was, moest je verder naar het noorden rekening houden met een van ouderdom bemost land, bochten van zaagtandlochs die naar het oosten het land insnijden. Klauwend zwartzilt zeewater, randen omzoomd met glanzende stroken zeewier: verontrustend diep het land in. Getijden die de godganselijke dag woest in en uit stromen tussen rotskusten onder aan de bergen, de hellingen nog bruin ondanks de zomer, schijnbaar opgebouwd uit roestige staalplaten van vergane schepen. Genoeg om je te doen duizelen, deze lochs onder aan afgestompte bulten, gelaagd met humus en naar het westen bot weggeveegd; weezoete strengels van steekbremstruiken en madeliefjes, madeliefjes die zo dicht op elkaar staan dat ze op een hagelbui in het gras lijken. En dat alleen nog maar als het regent, rampspoedig is wat een paar uur pendelende zonneschijn teweegbrengt als allerlei kruipend gedierte te voorschijn komt: wespen, naaktslakken, blauwe aasvliegen, schijnbaar gemagnetiseerd bewegend, bremsen, oorwurmen, hazelwormen, huisloze slakken. De mens is nooit in staat geweest om voldoende zijn stempel op dit land te drukken, mensen kunnen zich onder de druk van deze harteloze bergen, die even nutteloos zijn als schoonheid, alleen tegen elkaar keren.

Probeerde te kalmeren door het glas bier achterover te gieten, zag schimmelige huidsmeervlekken in de trillende druppels bewegen.

'Doet de telefoon 't?'

'Vergeet 't.'

'As vanouds, hè. Wip ik toch even over naar de cel.'

Hij pakte zijn rugzak waar hij hem in de vochtig stinkende portiek had verstopt onder een stapel verweekte, uitgelopen toeristenfolders uitgelegd op de tafel; niet één van het Sea Life Centre. Op de bovenste, van de hydro-elektrische centrale, stond: Ontdek het Hart van de Holle Berg.

Buiten regende het nog steeds. Wat stout van hem dat hij ze twee biertjes door de neus had geboord. Hij liep langs de bushalte, spuugde het donker in, biepte z'n mobieltje aan en toetste het nummer.

'Ja?'

'Ik ben in Tulloch Ferry. Hij is aan de hijs geweest. Ferry Bar,' zegt de Neef kalm daar in het donker, terwijl hij het geluid van zijn eigen stem hoort, rukwinden en regen die tegen zijn schouders striemen. De Voorman zei geen woord en de Neef ging maar door: 'Het stuk in zijn kraag was te groot om de heuvel bij de ouwe boogbrug op te gaan en verder naar het noorden te lopen, dus ik ga de kust afstruinen.' Rustiger, met iets triomfantelijks in zijn stem zegt de Neef: 'Misschien is ie nog wel *hier*.'

'En hoe staat het met zijn huis?' zegt de stem van de Voorman en je hoorde het dalen van het laatste woord, gesmoord door een sigaret die hij in zijn bek stopte. Er was een soort tweede, stille aanwezigheid. De Neef wist donders goed dat de Voorman zijn moeder neukte, al wilden ze dat geen van beiden toegeven. Christus, een paar uurtjes de stad uit en de Voorman was al bij d'r ingetrokken!

'Moesje,' hij pauzeerde voor effect, 'zegt dat De Man Die Loopt het door makelaars heeft laten dichttimmeren.'

'*Weet* ik. De laatste twee keer is ie over de ouwe spoordijk weggelopen, maar misschien zoekt ie in dit weer wel ergens beschutting.'

'Vertel mij wat,' mompelde de Neef.

'Ho effe knakker!' De Voorman verhief zijn stem. 'Zeventwintig ruggen. Van een beetje helder regenwater ga je niet dood. Nog plaatselijke tegenwerking?'

'Een paar malloten. Maar die kan ik wel aan.'

'Goed zo, jochie.'

'Dacht dat er zeventien ruggen in zaten.'

'Ik heb de laatste stand doorgekregen.'

'Jeee-sus,' de Neef floot tussen zijn tanden door. 'Tenzij die vóór de kroeg naar zijn huis is gegaan heeft ie het onmogelijk kunnen halen: de hele weg hellingop en zodra de drank naar zijn binnenoor stijgt is zijn evenwichtsgevoel naar de knoppen; dan kannie de flauwste helling nog niet op of af zonder dat hij op zijn reet smakt...'

'Nou, misschien is ie er vóór de kroeg naartoe gegaan; en zelfs erna, als ie er met een boog heen is gelopen, omhoog, d'rlangs, d'ronder en omheen. Dan is 't toch niet zo steil?'

De Neef schudde zijn hoofd, al zag geen mens dat. 'Niks nie die kant op, de helling van de hoofdweg langs het loch en onder de oude boogbrug is te veel voor 'm en wie wil er bovendien langs de politiepost komen? Hij had zestien dubbele in zijn mik. En nog wel van 't sjieke bocht ook.'

Je kon een snel rekensommetje horen en de Voorman die zei: 'Al zesenveertig pietermannen. Ga bij z'n huis langs. Bel me *zodra* je het geld hebt.'

Hij had opgehangen.

De Neef liet de telefoon in zijn jas glijden. Hij voelde niet veel voor een excursie naar het huis van De Man Die Loopt. Wie zou nou voor zijn lol dat hol in gaan? Het was erger voor milieu- en volksgezondheid dan het spleetogenrestaurant in de Haven, maar hij werd bezocht door andere en kwalijkere denkbeelden. Misschien dat De Man Die Loopt niet in staat was om stijgend en dalend over de sierlijke hoogtelijnen van de stafkaart te komen die over deze gebieden krullen en zich aan de randen als olie op een plas bundelen, maar er was geen natuurkundige reden waarom zijn Oom niet over het water kon. Uiteraard zijn de verhalen die legendes zijn geworden en soms zijn vastgelegd en opgeschreven of zelfs in druk verschenen, allemaal jammerlijk waar. Feit is dat De Man Die Loopt een keer over zilte beddingen van New Loch onder het water heeft gelopen met een enorm rotsblok onder een arm als ballast en ademend door een gigantische bragengrasstengel; zonder zulke bijverschijnselen als duikersziekte of, helaas, verdrinking.

Overigens was het uitgesloten dat Man Die Loopt hier Loch Etive over kon zwemmen; doods zwart diep, zout en snel en vol stroomversnellingen onder de oude boogbrug. Maar wat als De Man Die Loopt met zevenentwintig ruggen veilig op zak een vaartuig vond, zelfs wat wrakgoed of drijfhout om zich aan vast te klampen en zich daar in de stromingen en de kolken in het donker naar het noorden te laten meevoeren om ergens levend aan te spoelen, zoals in de Cariben hagedissen waren waargenomen die tijdens orkanen op boomstammen tussen de atollen wegdreven?

De Neef stapte snel over de vangrail, klauterde omlaag naar de oever en begon in verwarring langs de waterlijn te strompelen in de richting van Hackers van bielzen gebouwde boothuis met het dak dat lekte door de gaten van de verwijderde bouten, met in elk gat een enkele ster die steeds werd vermenigvuldigd en gefixeerd in de cirkel van juweelzuivere regendruppels. Hacker werd in die pre-computer-en-computerfraudetijd nog niet Hacker genoemd.

De Neef glimlachte, dacht aan Hackers nachtboot, zo door hen samen uit aluminium aan elkaar gelast en geschroefd dat het kompas vanwege al dat metaal finaal op hol sloeg! Die boot kon 's nachts alleen met goed weer door Hacker worden gevaren, als hij afgaande op gehuchten en vuurtorens tussen eilanden door of over horizons op het water overstak. Voor geen goud zou de Neef het water op gaan, met welke boot dan ook. Op een keer probeerde Hacker met de boot bij de verste eilanden te komen: nachtelijke overtocht: dringend duistere zaakies voor Junkie Seamus. Ze zagen nooit de lichten van enig eiland, dageraad brak aan en ze draaiden verdwaald en hulpeloos in het rond met een tollend kompas en Junkie Seamus kotsend over de rand in een kleurloze zee.

De Neef struinde de grenzen van de vloedlijn af, trapte naar een paar donkere dingen – de gebruikelijke visdozen, een heiningpaal omwikkeld met draad en zeewier, een jerrycan en iets wat afgrijselijk stonk, als een karkas van zo'n diepzeeduivelgedrocht met bungelende hengel op zijn kop die op honderden meters diepte oplicht om slachtoffers met een fataal zwak voor de schijnwerper aan te lokken.

Hij zag vloedlijnen, zwaar bezaaid met dode boomwortels, gemaaid gazongras en nog meer tuinvuil van grote Bed & Breakfastpensions langs de hoofdweg. Dat soort afval trekt hordes waterratten aan die erin nestelen.

Hij herinnerde zich die aangenomen klus samen met een van Moesjes vriendjes in het dorp, de Neef nog op de lagere school, voor hij eraf werd gehaald, alweer! Ze moesten een hooggelegen weide van rododendrons ontdoen. Om de wortels van dat rotspul uitgerukt te krijgen was beulenwerk. Zwaarder dan opleggertrucks volladen met jakobsschelpen, grijnsde hij, ik moet in mijn tijd wel zo'n miljoen asbakken hebben versjouwd! dacht hij.

Paar weken na de rodoklus belt de oude eigenaar van het huis op. Ze hadden de rodowortels langs de kustlijn gedumpt en die waren vergeven van waterratten en de eigenaar had kleinkindertjes die er rondhummelden.

Ze goten jerrycans met de allergoedkoopste benzine over de broeinesten en gooiden er brandende lappen op. Minutenlang niets tot die dolle ratten eruit kwamen vliegen, fikkend door de lucht sprongen, met drommen tegelijk op het strand kieperden waar ze tot aan hun staart verbrandden of wat het mooiste was, vlammend de hoogte in buitelden als de wortels ontploften en ze een lichtspoor achterlieten en als die stinkerds het water raakten spatten ze uit elkaar. Moet het temperatuurverschil zijn geweest van hun kokende lijven met een ijskoud loch, ploef! Dan staken de mannen er schoppen in om ze de kop af te hakken, maar ze waren allemaal al dood. De Neef plantte in eentje zijn schop en hakte hem doormidden. Bleek maar hoe jong en dom hij was, want hij wist nog dat hij zei: 'Zo, nou is ie dubbel dood,' maar de ouwe eigenaar zei: 'Noppes, jochie, als iets dood is is het dood. Vergeet dat nooit. Op deze aarde bestaat geen dubbele dood.' En de ouwe eigenaar die oorlogen en zo had meegemaakt, had de Neef natuurlijk maar een dom stuk vreten gevonden. De Neef dacht: een rat vreet in één nacht een hele volière vol parkieten; zijn geblakerde dode vogeltjes en hij vervloekte zijn Oom tussen knarsende tanden.

De Neef liep van de waterkant tussen druipende bomen, bladeren regenzwaar, bij die lage kliffen waar hij en Hacker zomerspeelden, de zwaarste keien omlaaggooiden die ze konden tillen; de felle zuiging, klapplof en gebruis. Waar ze die ketting vastgemaakt in de rots vonden, zoals aan Prometheus, die over de getijdensporen omlaag het water in liep, verklit met zeewier waarna de schakels in onzichtbare diepten verdwenen! Hacker wilde dat hij zich uitkleedde om de ketting het water in te volgen met zijn geleende lekke duikmasker op. De Neef moest dat schijterig afhouden. Hij vloekte weer in zichzelf om zijn laffe watervrees. Bovendien werd de lever van die ouwe Prometheus door een bonte kraai weggevreten.

Stinklap de Matteklap, een bevriende trawlervisser, weet dat de Neef alleen stervensbang is van de zee: houdt hem op de hoogte van TOPEX/POSEIDON-satelliet-zeehoogtemetingen. Je denkt dat de oceaan plat is maar nee, oceaanbodems glooien en stromingen jagen en zijn het sterkst waar de glooiingen het sterkst zijn. De Neef schrikt terug voor de verschrikking van de oceanen; voor de bevindingen van WOCE (het World Ocean Circulation Experiment) dat bepaalt wanneer watermassa's voor het laatst zijn blootgesteld aan de lucht; walgelijk genoeg komt het meeste water nooit in de buurt van de oppervlakte! Jarenlang had de Neef de afschrikwekkende hoogtelijnen van de oceaanbodem, de getande onderwatergebergten, de onmenselijke afgronden als een kleurenposter boven zijn bed hangen, met afbeeldingen van 'Zoutgehalten in Verhouding tot Diepten' van Antarctica tot Alaska over de hele Grote Oceaan, niet te kort! En hij daalde in zijn dromen af naar de oceaanbodem en door het binnenste van de oceaan, terwijl zijn niet-drijvende ballen lekker afdaalden tussen zijn benen die diep in de duizend meter van de Clipperton Fracture Zone staken, retetering! Maar het ergste van allemaal zijn de drijfspoken die hij niet uit zijn gedachten kan zetten; drijvend op de stromingen, CTD-sensoren met ballast op neutraal drijfvermogen aangebracht, wezenloos constant in de geprogrammeerde diepte, zwevend in de diepe, diepe oceanen rond deze wereld zwalkend, als verdronken lijken, constant in de gaten gehouden door satellieten die de aarde observeren!

De Neef schudde zijn hoofd om zijn demonen kwijt te raken toen hij het bielzenboothuis naderde en probeerde door de gaten naar binnen te gluren, behoedzaam de zijkanten betastend, omzichtigjes vanwege het watergeklots bij de deur en de helling. Hoorde het metalen geklunk van een boot binnen, dus dat zat snor.

Toen stapte hij tot over zijn sok in dat zilte sop! Schuifelend liep hij naar de ingangsdeur van het boothuis en een voet zakte in het water. Vast dat klotsende gedeelte tussen de betonnen hellingen en hij woelde zeesterren op die werden gepijpt door een schele meermin; sneller dan je met je ogen kon knipperen stond hij al weer bij de hoek van de schuur waar het gras bezwadderd was. Man Die Loopt zou al verdronken zijn voor hij ook maar bij iets varends daarbinnen kon komen, dacht de Neef.

De Neef liep om de schuur heen, langs olievaten, boeien en allerlei ijzertroep, maar merkte dat hij bij de deuren aan de andere kant kon komen, die bij elkaar bleken te worden gehouden door losse kettingen, zodat je met een ruk de deuren wat kon openen en tussen slecht sluitende planken kon gluren.

Geen boot: een groen met wit Castrol-olievat dreef in zwart water en botste leeg tegen het beton. Het kon nu onder de deur door en dus liet hij het vat met zijn soppige laars een fractie zakken, haalde het toen met de neus naar zich toe en het dreef traag naar de rotsen waar de stroming begon en werd tot onzichtbaarheid in de duisternis afgevoerd.

Nou die was beslist de hort op, Man Die Loopt was dol op roeien, misschien vanwege de lol dat je niet zag waar je naartoe ging? Zijn Oom had op het strand gelegen dus hij zou wel achterover leunend aan de spanen trekken met een krioelende orgie aan babykrabben gevangen onder zijn Pittsburg Steelers-baseballpet. De Man Die Loopt was wel eens in de Hairobics geweest met levende krabbetjes en alikruikjes weggekropen in zijn haar tot de gelakte nagels van een krijsend kapstertje ze tegenkwamen.

De Neef zuchtte; zo lang in het donker, de wijzers van zijn horloge gloeiden niet meer, hij keek om zich heen; instinct... training, om geen nachtelijk doelwit van zichzelf te maken. Hij nam het mobieltje in een hand, trok zijn jack open om af te schermen, drukte de telefoon in en keek bij dat licht op zijn horloge. Hij kreunde over de tijd en dat hij nog zo ver te gaan had. Die chips en ook de smaak van de verijdelde blikhamboterhammen hadden zijn honger gewekt!

Hij piste tegen Hackers boothuis, uiteraard omlaaggericht, zodat gespetter en gespat zijn kleren niet te veel bevlekte, indachtig de eerste keer dat Gulliver zijn water loosde voor de Lilliputters die 'onmiddellijk rechts en links uiteenstoven om de stortvloed te vermijden die met zoveel geraas en geweld uit me stroomde'.

Toen ging de Neef op pad, probeerde op zijn geheugen door deze doornstruiken paden van twintig jaar geleden terug te vinden. Hij kon het pad niet vinden en met elke stap trokken de doorns van de struiken als tanden van jonge honden en klauwen van poesjes aan zijn broekspijpen, dus bleef hij stokstijf staan en ging er heel voorzichtig met zijn vingertoppen trippelend naar op zoek en verdomd, zelfs in het donker, terwijl hij heel omzichtig de stekelige doorns neutraliseerde, kwam hij de kleine zachte braambessen tegen, trok eraan en probeerde niet te rukken, ze waren kouder dan de lucht, als levend vlees en de Neef snoof de geur op van Oma's zure jam en stopte ze glimlachend om de herinnering de een na de ander in zijn mond. Mompelde bijna zo zacht als adem.

I am a warrior
I serve the death machine

Vingers raakten aan kleine bolle besjes die vast even doorzichtig waren als levertraancapsules.

Losers don't talk a lot
Just flesh on my silver screen

Bleef trekken, tilde zijn onderbenen hoog op, vloekte erop los, trok aan doorns, spuwde uitgekauwde stukjes braambes uit, liep langs de warrige ligusterheg van Hackers ouders en vandaar omhoog naar de smalle bochtige weg.

So fate will have to wait
Till time can heal the scars
Gee, my head is ruled by Venus,
My heart by Mars.

Phil Lynott, God hebbe zijn ziel, de enige zwarte man in Ierland. Ze zeggen dat toen de Neef een kind was, zijn vieze Oom, Man Die Loopt, erbij was toen hij zich daarginds op de groene tuin in de zee schuilhield en naar het Grotere Eiland tuurde.

Allerhande wegen lagen voor de Neef open om het huis van zijn Oom aan de andere kant van het spoor te bereiken, dat krijg je nou eenmaal met allerhanden. Allemaal de politiepost ontlopend, hoewel de Bout er vast niet was. De Bout zat hoogst waarschijnlijk op zijn gemak in een leren draaistoel op de post in de Haven, bierblik, in beslag genomen van buitenhijsers, in zijn knuist, voor een in beslag genomen pornofilm op de verhoorkamervideo. Die schijnheilige Bouten, retetering man! Hij herinnerde zich die keer dat de Bouten zijn cluppie hadden getild na die kraak bij de slijter. Kinderspel. Naar binnen door het golfplaten dak en alles wat ze hadden gesnaaid waren twee kratten bier. De Bouten pikten alle treklippen van bierblikjes uit zijn zakken die je kon opsturen om een auto te winnen. 'Dit is voor het hof spijkerhard bewijsmateriaal,' zei wachtmeester MacPherson met een enkele treklip in de hoogte en de Neef had de Bout recht in zijn gezicht uitgelachen. Twee maanden later las de Neef in de krant dat de politiepool een Opel Manta had gewonnen.

De Neef kende dit land op zijn duimpje uit zijn jeugdjaren, hun oude caravanplek: geparkeerd bij het elektriciteitsonderstation aan de binnenweg naar het huis van zijn Oma: wat nu het wettelijke eigendom is van Man Die Loopt. De geheimzinnige klikken, de hele nacht door de snelle klappen van elektrische circuits, contacten die openen en sluiten als de stroom uit de holle berg van de centrale omlaagstortte en bij de Gezeten Burgers de ochtendlijke waterkoker werd aangezet tussen echte muren van baksteen en cement; terwijl zijn broeders en zusters in hun caravan kaarsen en stormlampen gebruikten. Maar gelukzalige zomeravonden! In de bosjes rampetampen met het cluppie; kusje knuffel of marteling met de McCallum-zusjes van de woningwetwijk: 'Ra ra wat zit er onder m'n rokje?'

Hij liep door: om zichzelf aan het kruipen en in de juiste stemming voor het huis van Man Die Loopt te brengen, overwoog hij het van achter de vakantiehuisjes te benaderen en vandaar de heuvel op waar de bijenkasten vroeger stonden. Je laat je van de helling storten, loopt de varenrijke sprookjesheuvel op waar in de spoordijk een drainageduiker zit. Als kinderen konden ze erin en met gebogen rug naar de zonlichtglitter aan de andere kant komen.

Hij stak de hoofdweg over, keek alle kanten op, liep door de achtertuin van het onverlichte vakantiehuisje met een zinken dak, stortte zich over de achterschutting en liep langs de watertank naar de donkere heuvel, distels ontwijkend die vanuit de duisternis op hem afkwamen, distelknoppen overdekt met zaadbollen van muizenbont die bijna tot zijn middel kwamen.

McCallum-zusjes, dacht hij. Verdomd, bij de bijenkasten kreeg de Neef voor het eerst een blootblaadje te zien dat Hacker had gevonden.

De Neef wist nog hoe diep zijn maag zakte toen Hacker en hij de bladzijden openpelden, glanzend, eindeloos broos van de regen, waarvan de vlezige inkt van het ene meisje overliep in het andere. Hij en Hacker zaten daar stilletjes op hun knieën elke bladzij voorzichtig los te pellen zodat de openbaringen niet zouden scheuren en te ademstokken om de dingen die ze zagen. Hacker had hem aangekeken, op zijn hoede. 'Daar komen kindertjes uit, als de man er zijn paal in steekt, van geil groeien kindertjes, net als bij Christine McKneel Along, van de woningwetwijk, met haar buik.'

'Wat!' had de Neef gezegd.

'Dat is neuken.'

'Ben je van de gekke?' had de Neef gezegd.

'Niks nie, hartstikke waar, de Ouwe heeft dat met Moesje ook gedaan.'

De Neef gaapte hem aan en daarna weer naar haar op die bladzij, en naar die leren pet die ze droeg, zo'n beetje scheef, en hij kreeg een rood waas voor zijn ogen.

De hufter van een Hacker likte over zijn lippen.

De Neef was opgestaan, begon als een gek op arme Hacker in te trappen, die wist dat hij niet terug kon vechten, zodat Hacker zich tot zo'n laffe bal oprolde wat ie altijd deed. De Neef probeerde niet om hem open te klappen door met zijn laarzen zijn nieren te bewerken om bij zijn gezicht te komen, uiteindelijk was hij zijn beste vriend; daarom schopte hij lukraak om mogelijke rotopmerkingen over zijn Moesje te smoren, alsof zij zulke woorden ooit zou gebruiken! Want de woorden in het blad waren niet hun woorden, het waren andere woorden uit andere talen in landen waar dat soort hoeren zo praatten, als echte sletten. Dan volgde er een vertaling in andere woorden die je kon lezen, helemaal onder aan de bladzij, onder de andere, op zijn minst Europese taal, die aangaf wat ze zei tegen die twee kerels die op het kleed die dingen met haar deden, tussen haar knarsende tandjes door, voor je bij die foto in het midden over twee bladzijden kwam!

De Neef bleef doortrappen, hoe langer hoe harder, stevig d'rvan langs, want hij wist wat hij begon te krijgen, zodat Hacker nog meer jammerde; maar die stijve bleef steeds knoertiger tegen de Neef omhoogkomen, deels om de gekleurde, natte bladzijden die in het gras lagen, met dat meisje erop, maar eigenlijk ook om Hacker, daar zo gekronkeld, ook nog met zijn rug bloot. Toen pakte de Neef het blootblad, liep een tijdje rond en verstopte het toen in een van de vermolmde oude bijenkasten waarvan hij alleen wist.

Hij was afgekoeld toen hij terugkwam en Hacker zat te kijken naar een scheef zeilend zweefvliegtuig van de club boven de verlaten watervliegtuigbasis aan de andere kant van de boogbrug en de Neef wist dat hij het goed moest maken, want hij had er spijt van dat ie hem zo verrot had getrapt, dus zegt ie: 'Kom op, ga mee kijken of we de McCallum-zusjes kunnen vinden.'

Een paar dagen later stond de Neef op het lagereschoolplein bij de jongens-wc's met een stel van het cluppie te smoezen. Er werd over de McCallum-zusjes gefluisterd. Lachebek geeft het recht voor zijn raap, zegt het als Hacker naar hen toe kwam hollen.

'Hij zegt dat jij zegt dat van neuken baby's komen.'

'Dat hebben grote jongens me verteld,' zegt Hacker.

'Das puur gezeik,' zegt Pete Puur Gezeik.

Iemand trapte tegen de voetbal en ze gingen er allemaal over het mistige speelterrein achteraan, behalve Hacker.

'Dat is nog niet alles,' schreeuwde Hacker hun na, 'de Kerstman bestaat niet!'

Ze barstten allemaal hoofdschuddend in lachen uit. Ze waren bijna buiten gehoorsafstand en met de bal aan het pingelen.

'Niemand zou daarginds in Groenland kunnen wonen, 't is er te koud,' brulde Hacker.

Verdomde Hacker, hij zou die zak moeten bellen. Als ie vrijkomt. Het had jaren geduurd voor ze hem konden betrappen in zijn schielijk verlaten huurkamer, waar nog een sigaret brandde. Zijn vingertoppen zo afgesleten dat ze van het toetsenbord geen vingerafdrukken konden halen. Hackers Manicure noemen ze dat. In zichzelf glimlachend liep de Neef omhoog door een varenveld en voelde onder zijn hakken de eerste ballasthobbels van de hoge spoordijk die zijn weg versperde. De Neef viel voorover met zijn vingers in steenslag en mos van de dijk, zette zijn soppige laars eerst schuin om greep te krijgen en omhoog te schuiven, meteen zwaar ademend. Gebruikte buigzame babyberkjes om zich aan op te trekken en zich met zijn armen tegen de helling op te duwen, in het volslagen duister, een louter uit herinnering opgebouwd eidetisch landschap lag voor hem toen de Neef de top bereikte en de donkere rails voor zich zag.

Deze Mickey Mouse-spoorlijn was nog steeds in gebruik, bescheten gecontroleerd. Je kunt er op elk station langs de baan in- of uitstappen: Tulloch Ferry, Back Settlement, Falls Platform, zonder dat conducteurs je voor een kaartje laten betalen. Als er uit de stad inspectie aan boord was zetten ze je bij het volgende station af als je niet kon betalen. Maar de twaalf machinisten waren geweldig. Ze hadden allemaal broodbestelwagens en kreeftvissersboten en op sommige dagen lieten ze hun zoons in hun plaats rijden. Ze stopten midden op de hei voor je als je zwaaide en dan mocht je bij hen voorin op de loc. Maar niet voor De Man Die Loopt. Voor hem stopten ze niet. Mooi niet. Met hem hadden ze hun lesje geleerd! De machinisten gaven juist flink gas als ze aan de horizon zijn slungelsilhouet in de smiezen kregen!

Met recht openbaar vervoer! Van deze spoorvrijheid maakte jan en alleman gebruik: op een marktdag in de haven had Bobby Dougald, herder, veertien Suffolk-ooien in het Back Settlement mee de trein in genomen; hij joeg de schapen er gewoon in, die van voor tot achter tussen de Japse en Yankee-toeristen de coupé volkeutelden, terwijl Bobby met de conducteur bakkeleide dat als honden werden toegelaten waarom zijn Suffolk-ooien dannie? Retetering, wat een plek, dacht de Neef, kon ik maar wegkomen. Waarheen? Dat zal ik je vertellen: naar een fatsoenlijke plek, als ie maar! dacht hij. Dat geld. Zeventwintig ruggen, al met al een astronomisch bedrag, zomaar eventjes in één hand. Daar kon je mee naar een *fatsoenlijke* plek. (Of allebei je handen? Hoeveel stapeltjes zijn zevenentwintig ruggen in briefjes van twintig?)

Hij hoorde een geluid. Een snel, bezeten geschoffel verder op de baan, dus wentelde hij zich om zijn as en ging op zijn hurken in de duisternis zitten turen. Nee, Man Die Loopt had het vast niet tot hier gehaald? Jezus, tenzij hij had geprobeerd om de Haven uit te lopen over de spoorlijn! Gisse ouwe mallesander! Hoogteverschil veel geleidelijker, natuurlijk, een op vijfhonderd en zo lus je d'r nog wel een. Je zou van Oom nooit hebben gedacht dat ie gewiekst genoeg was om het werkende spoor te gebruiken, van hem zou je denken dat ie de ouwe dooie sporen volgt, die zijn opgeheven, 'gekapt', zij het gedeeltelijk herbeplant! Net als de verdwenen vliegvelden uit de oorlogen en de sinds de Beeching Act opgeheven spoorlijnen. Allemaal verhaspeld in Ooms verdwaasde geest, waarin elke slok whisky werkte als waterdruppels in een koekenpan met verschroeide olie, krankzinnig sissend, in de waan dat ie nog steeds zoals een eeuwigheid terug echt aan het werk was, voor hij naar het zuiden trok, door de jaren zestig werd meegesleurd en zijn verstand door harddrugs begon door te slaan. Jazeker, die buiten gebruik; dat waren de lijnen waarover de reistrajecten van Man Die Loopt spoorden, slapend in een van die steenslagkarren of railleggershuisjes langs de baan die sinds jaar en dag zijn toevluchtsoord waren, toen hij nog bij het spoor werkte en daarna weer, toen hij eruit geschopt was.

Nog in elkaar gedoken begon de Neef over de spoorlijn te sluipen, van de ene slaper op de andere stappend met die fantastische geur: verbrande diesel en smeer. Hij kon zijn Oom zo bespringen.

Weer dat gefritsel, vreemd, bezeten, net bij het begin van de doorsteek. Net of ie misschien zat af te gaan – lekker beren en misschien dat Man Die Loopt zijn zaakje aan het begraven was zoals een dier doet; de dunne van haring in tomatensaus, marmiteboterhammen en met wat voor verschrikkingen hij zich verder nog op de been heeft weten te houden. Met stront die aan zijn laarzen koekt, stinkdier. Ik zal moeten uitkijken voor een trap als ik hem grijp, dacht de Neef.

Nu was het geluid heel eigenaardig, een zwaar druk gravend en daarna vallend geluid. De Neef snoof. Bloed. Je rook de stank een uur in de wind. En dit keer: beweging, toen zag hij het. Dat was wat je noemt zinloos giswerk geweest. Het was een hert, plat op zijn zij op de spoorbaan, waarschijnlijk door de avondtrein geraakt.

Hij deed een paar passen terug vanwege de teleurstellendheid en ook omdat die hufters knap vals kunnen worden als ze gewond zijn. Zijn hart bonkerde, al voelde hij zich volkomen zeker van zijn zaak; maar hij kon het beest niet helpen, al was hij niet bang. Het komt door de nabijheid van de dood. Hij kwam dichterbij en tuurde borend in de duisternis.

Vast lastig voor die herten en bokken om zich te verzekeren, omdat ze het altijd op een rottige manier met de dood moeten bekopen, door auto's en vrachtwagens, vastgevroren in ijs of neergeknald door rijkeluisgeweren. Wijfje, je kon zien dat haar achterpoot er door de wielen van de trein finaal af was gerukt en juist op dat moment kon ze hem door haar eigen bloedstank heen ruiken en stond op.

De Neef sprong achteruit toen ze zich op twee voorpoten op wist te richten, een berg steenslag en gruis spoot achteruit van waar haar afgerukte achterpoot probeerde in beweging te komen, maar hij zag hoe het erbij stond: eerst de uitzinnige, beverige blik in haar oog in haar achterom gedraaide hoofd waarmee ze de afgrijselijke schade overzag en vervolgens de ronde, glanzende kop van het gewricht van de halve poot waarop ze probeerde overeind te komen en de andere poot – verdwenen, met een streng ingewandenslierten die naar buiten hing; waren natuurlijk uit haar buik gerukt toen haar poot werd afgemaaid.

De Neef draaide zich om en liep weg. Dacht aan het hert dat daar de hele nacht crepeerde, maar hij zou een stevige kei moeten hebben om *haar* schedel in te slaan en het was niet het moment om tijd te verlummelen met een euthanasiemissie die eigenlijk op De Man Die Loopt gericht moest zijn; bovendien, de nachtelijke goederentrein zou het hert voorgoed van de baan poetsen en naar het noorden de hemel in sleuren.

De Neef van De Man Die Loopt daalde snel af en omzeilde op de helling het onderstation. Hij kon het knetterende gebrom horen voor hij het zag, voelen hoe zijn haar statischer werd, tot het uiteindelijk overeind zou komen. Zoals de ouwe meneer Vassel, de leraar technische wetenschappen, de Neef en andere herrieschoppers in de klas op een rij zette met hun handen uitgestoken, de Van der Graff-generator aanzette en hun elektrische schokken uitdeelde.

Zijn laarzen knarsten op gebroken glas bij de passeerplaats van de eenbaans binnenweg waar hun caravan vroeger zijn standplaats had en sloeg toen naar het westen af in de richting van de poel aan de beek, die tegenwoordig met slib was gevuld en zijn knetterende haar zakte omlaag.

Zekers, die poel riep vrolijke herinneringen op altijd gepaard gaand met schaamte: jonge meissies uit de twee dorpen met hun zwemkloffie tegen hun natte tietjes geplakt, spichtige bibberende jochies, allemaal op waterschoenen en gympies tegen het gevreesde glas van gebroken dronkemansflessen waarmee de bodem bezaaid zou liggen; de Neef begreep niet waarom ze niet ook handschoenen droegen, aangezien de jochies minstens zo vaak op hun handen stonden en met hun natte zwarte gympies in de lucht fietsten om op de meissies indruk te maken.

Als kleine jongen kwam de Neef aan het begin van de zomer omlaag om naar grotere jongens in zwembroek te kijken, die in die afgedamde poel met schoppen uit de tuin van hun vader winterslib onder de duikplank stonden weg te scheppen en een hele middaglading brakke bruinigheid stroomafwaarts door het dorp en langs het parochiehuis stuurden.

Dag later kwamen er meissies in giechelende groepjes, met brallende transistortjes die ze van zich af hielden en flesjes kersengazeuse die ze bruisend ontdopten; krijsend kleedden ze zich uit achter grote gekleurde handdoeken die door anderen, preuts, werden opgehouden; al die meissies zo bleek als stuifsneeuw, niet blakend gezond en getaand als hij.

De Neef bleef de eerste dag op een afstandje toekijken en de volgende dag was het nog hittegolvender. Hij schraapte genoeg lef bij elkaar om naar de waterkant te lopen. Wat hadden ze een jool allemaal! Hij lachte mee, in de hoop opgenomen te worden: een grote drijvende binnenband en de jongens bonkten er van de plank gladjes in, meissies: hun hoofden dobberend in het amberen water, met hun lange haar dat alle kanten op dreef als het nat was. Hij wist nog dat een knul een vuist vol smerig zand in de zwembroek van een van de meisjes probeerde te stoppen; toen hem dat lukte ging het meissie op haar hurken bij de doorlaat zitten en je zag de bruinigheid er minutenlang over de keien uit lopen! Dus op die dag, eigenlijk zomaar ineens, trok de Neef zijn broek met slangenriem en T-shirt uit en dook er pardoes in. Tegen de tijd dat hij bovenkwam was de poel leeg.

'Jakkes, hij zwemt zomaar in zijn onderbroek,' zegt een van de in handdoek gewikkelde meissies.

'Kom d'ruit, Zigeuner,' zei een van de grotere jongens. 'We zwemmen niet in hetzelfde water als jij.'

En verdomd, zelfs toen hij eruit was gekomen in zijn doorweekte onderbroek en zijn broek over de heistruiken meesleepte, zag hij dat ze een dik halfuur wachtten tot het water stroomafwaarts van hem was geschoond, voor ze er weer in sprongen.

Bij de caravan zat Moesje in een strandstoel die met prikkeldraad bij elkaar werd gehouden te roken. 'Mammie, krijg ik een zwembroek,' had hij gezegd.

'Dacht je soms dat we hier in Butlins Vakantiekamp zitten,' was alles wat ze zei.

Die middag vond hij een dode adder toen hij alleen in de bloedzuigerssloot speelde; de slang was vrijwel verdroogd, bezet met blauwe strontvliegen, dus raapte hij ongeveer vijftien bloedzuigers en stopte ze in een oude wieldop. Toen de avond viel smeet hij de dop met bloedzuigers en de dode slang in hun zwembad, bebeukte en besjorde de duikplank tot hij helemaal stukkend was, rolde toen de keien in de poel en liet de duikplank in het maanlicht wegstromen.

Paar dagen later kwamen de grote jongens met een van hun vaders terug. Hadden een betonmolen en bouwden de duikplank weer op zodat je een drilboor nodig had om hem te vernielen. Je krijgt de Gezeten Burgers er niet onder, hoor. Retetering.

In de regen spuwend bij de herinnering keek hij naar het huis van De Man Die Loopt, daar boven op de top, met zijn puntige, boosaardige ramen op de tweede verdieping. De Amityville Horror. Eerst van Opoe voor zijn lijpe oom het kreeg; al Opoes zorgvuldig vergaarde duiten gingen naar Moesje, die ze met verscheidene mannen verbraste en het huis werd nagelaten aan de mafkees in kwestie; de rare apostel die in deze contreien bekendstaat als: De Man Die Loopt of in andere gewesten als de Stroper of De Dooie Kerstbomenman.

Toen Man Die Loopt het huis na de dood van Opoe pas had overgenomen, waren ze er met z'n allen met Pasen geweest. De thee smaakte altijd eierig omdat Oom al zijn eieren in de waterketel kookte. Je kon elk verborgen paasei terugvinden door gewoon de voetstappen van Moesje in de sneeuw te volgen. Ze moesten dagen blijven, want toen vriendje uit die tijd van Moesje een dreun had gekregen, viel er een glas van zijn bril in de sneeuw. Kon zijn

Ford Cortina niet met één oog rijden zoals Oom kon, of ouwe Angie die de trein een keer blind had gereden, zo goed kende hij de lijn; dus toen ze tegen de schemer de actie van de zoekers met hun stervenskouwe vingers afbliezen, moesten ze wachten tot de sneeuw dooide, zodat ze het glas van zijn bril in het groene gras konden terugvinden en weg konden rijden.

's Avonds kwam Man Die Loopt de Neef onderstoppen, Twister-mat onder het laken, voor het geval hij bedplaste vanwege de zenuwen; De Man Die Loopt las hem het spookverhaal 'O fluit maar en ik kom bij je, mijn jongen' voor, liet hem doodsbenauwd achter met een rookmelder met knipperend batterijlicht onder zijn arm geklemd. 'Voor het geval Oom vannacht de tent afbrandt,' had Man Die Loopt gefluisterd terwijl hij zijn vreemd riekende pijp opstak en de deur dichtdeed.

Jaren verstreken en nadat de sociale dienst Man Die Loopt eruit had weten te krijgen, haalden ze er zo'n eihoofdig ik-heb-de-bus-gemist-tiep van een universiteit bij om een kijkje te komen nemen naar de staat van het huis. De *Daily Star* kwam foto's maken, maar van een artikel kwam het niet. De Neef had altijd gevonden dat er maar één simpel antwoord was: De Man Die Loopt had droevige herinneringen. Maar de eigendomsakte van het huis staat nog steeds op Ooms naam zonder dat ze daar iets aan kunnen doen, hoe gek die ook wordt. Tot hij doodgaat, dan zou het huis naar een naaste bloedverwant gaan. Hem.

De tuin was niet echt tot in de puntjes onderhouden. Je zag geen verschil tussen het struikgewas rondom het huis en de tuin zelf, waar die begon, het was al zo lang geleden dat de schutting was weggerot. De Neef liep behoedzaam want tussen het onkruid kon je het grind van het pad naar het huis nog voelen. Achterom voelde hij aan de kolenkelderluiken, maar die zaten gammel vast met een hangslot. Hij liep door en struikelde meteen over iets en toen hij tegen de grond ging smoorde hij een vloek omdat er iets hards tegen zijn scheen knalde. Hij kwam vliegensvlug overeind en bevoelde het met zijn voet. Een gootsteen, een uit de enorme verzameling van De Man Die Loopt, zomerhoog gras door afvoergat en overloop opgeschoten.

Voordeur ook op slot, maar dat aardige oude glas aan de zijkant met die kleurtjes erin was door kinderen ingetrapt. Hij luisterde, maar binnen geen kik. Hij liep om en tilde de gootsteen op, liep er op zijn Frankensteins mee achter om het huis, tilde hem boven zijn hoofd en knalde de gootsteen door het achterraam. Uit een boom dichtbij stegen twee zwarte kraaien op. Hij gebruikte zijn rugzak om zijn hand niet open te halen. Hees zich op en naar binnen.

Hurkte naast de het gootsteenprojectiel, het stonk daar binnen nog steeds: zo'n De-Man-Die-Loopt-huisstank. Haring in tomatensaus, zweet en nog iets, erger, maar dat was in elk geval niet in de regen. Zijn laars trapte een van de tunnelsegmenten plat. Toen zijn ogen begonnen te wennen kon hij zien dat de meeste tunnelsegmenten door de sociale dienst of wie dan ook waren opengerukt om te proberen zijn Oom op zijn handen en knieën te grijpen terwijl hij door de tunnels vluchtte en lege blikjes haring in tomatensaus en jakobsschelpen in het rond vlogen.

In de hoek: de ouwe cola-automaat, op de rug van Man Die Loopt meegedragen van voor de Sparwinkel, die echt werkte als je er hetzelfde muntje van 20p in gooide, om een of andere reden geel geverfd, maar alleen gevuld met Carlsberg Special Brews. Voor de elektriciteit werd afgesloten en je ze zelf maar moest pakken. Voor het water werd afgesloten.

Het is de Neef zijn ervaring dat huizen doorgaans niet zijn gemeubileerd met stortbakken, drinktroggen en voederbakken, maar dat van Man Die Loopt wel. Houdt verband met zijn waterobsessie die hem door weer en wind over bergen joeg waar hij uit de dalen steeds water meebracht in twee draagtassen vol doorngaten langs elke zij en later in een ton op zijn rug. Er stonden ook gesnaaide oude badkuipen, afvoeren gedicht met een kwak betonspecie – voormalige drinktroggen in weiden met vee. Volgens de legende had Man Die Loopt ooit een plastic badkuip gestolen van Gibbon's Acres en die als kano gebruikt om stroomafwaarts over de Esragan Burn tot halverwege bij huis te komen. Ook werd het interieur van de residentie van Man Die Loopt, stilistisch gesproken, gekenmerkt door een dominante aanwezigheid van barkrukken; jarenlang was Man Die Loopt berucht om zijn stormlopen op pubs, altijd in zeer geïsoleerde en obscure uithoeken van deze streek; kreeg ie een rood beklede barkruk in de smiezen, dan griste hij hem vaak onder de kont van een klant vandaan om ermee de kroeg uit te hollen, en tegen een besneeuwde heuvelhelling op of door de mist over de heuvels ver weg te verdwijnen.

Na zich te hebben verschanst leek het enige blijk dat Man Die Loopt bij zijn verstand was zijn hartstocht voor lopende zaken in bladen en Scotia's geliktste kranten, zoals de nationalistische: *Rise & Be An Erection Again*, de *Scudsman*, de *Glasgow Hard On*, de *Piss & Journal*, de *Daily Retard*, *Scotland on Binday* en meer van die geweldige organen van de waarheid. Jarenlang verzamelde De Man Die Loopt kranten uit vuilnisbakken en op picknickplaatsen langs de weg en van de districtsvuilnisbelt van Moleigh, tussen de bulldozerschuivers door walsend. Als ie *in* de slappe was zat (steun, arbeidsongeschiktheidsuitkering, kringloopkerstbomen enz.) ging hij zich naast drank aan kranten te buiten, vreemd genoeg vaak op één dag meerdere exemplaren van dezelfde krant. Niemand legde een verband tussen de kennelijke obsessie met de inhoud van de *Financial Times* en zijn grosaankopen behangselplak in Bobby's ijzerwinkel in de Haven. Een poging om de herinneringen uit het verleden aan de dood van zijn moeder buiten te sluiten, de lagen beige behang en wolkige sepiafoto's waar alle muren mee volhingen, met daarop generaties van alleen de respectabele tak: zagendokters en grasmaaimachinemonteurs, klusjesmannen, greppelgravers en droogleggers, keuterboeren en dagloners; zelfs foto's van De Man Die Loopt zelf als jonge raillegger en spoorwachter in het uniform van de spoorwegen of in een nieuw weekendpak.

Krukken van sociale en gemeentelijke diensten en gekkenvangers van het gesticht zijn gekomen en deden op die lentedag een inval. Ze ontdekten dat Man Die Loopt jarenlang aan het bouwen was geweest en woonde in een ingewikkeld netwerk van papiermachétunnels en iglo's door alle kamers en gangen van zijn huis, als een dassenhol. Eerst alleen een hoofdkoepel opgericht midden in de woonkamer, daarna een ambitieuzer koepelgewelf in de blauwe kamer – een waar Pantheon (door tabaksrook gekleurde roosvensters) – onderling allemaal verbonden met gangen. Er volgde een kwa opzet ambitieus tunnelnetwerk, met vaste haltes waar je de trap op kon naar allerlei slaapiglo's in de kamers boven, die het onderdak van de Oom vormden. Elke iglo had zijn eigen unieke inrichting naast de badkuipen, gootstenen, voederbakken en drinktroggen (compleet met meters slang verbonden aan een luchtbedvoetpomp en honderdlitervat in de tuin). Bedden met strooien matrassen waren gemaakt van met een soldeervlam aan elkaar gesmolten plastic bierkratten. Vanuit zijn cellen vroeg Man Die Loopt de mafkezen en vrijdenkers van kilometers in de omtrek, zelfs een paar internationale exemplaren, te gast om met hem mee door zijn tunnels te kruipen.

Uit voorzorg liep de Neef omzichtig verder de bijkeuken in, met de neus van zijn laars het zeil aftastend; behoedzaam zoekend naar dat oude kolenkelderluik. De Neef wist nog hoe ze, net voor zijn Ooms opsluiting, dit zeil optilden, wantrouwig over waarom Man Die Loopt het er neer had gelegd en de stank die eronderuit opsteeg. Gauw werd duidelijk dat De Man Die Loopt de keuken met levende kippen had gedeeld, dat hij ze in zijn eigen huis hield voor de eieren tot hij die ook afslachtte en in plaats van de boel uit te mesten er maar een ergens opgeduikeld, slecht passend zeil overeen had gesmeten!

Verdomd, het kelderluik was opengelaten, ongegeneerd zodat je je nek wel kon breken. De Neef liep die speciaal voor zijn Opoe verbrede treden af. Omlaag het donkere rommelhol in; hij kon de regen op de kolenluiken horen kletteren, hij kon het natte glimmende slik van het stokoude kolenstof onder zijn voeten voelen. Daar beneden stond ook een barkruk, waarop de Neef bij de luiken kon komen en dus beschermde hij zijn vuist met zijn rugzak en sloeg er toen uit alle macht tegen. Er klonk een harde dreun maar hij kon voelen dat de oude deuren door het hangslot buiten nog steeds strak tegen elkaar werden gehouden. Hij rustte even, ademde diep in en haalde weer uit: met een harde knal hoorde je de hangslotplaat losbreken van het houtwormige paneel en de linkerflap sloeg omhoog zodat even een glimp van lichtvervuilde nachtlucht oplichtte en hij een valbriesje frisse lucht kreeg waarna de flap weer dichtviel.

Altijd zorgen dat je twee uitwegen hebt of wegwezen, zal elke halfbakken geveltoerist of verkenner je weten te vertellen. De

Neef had het achterraam naar het westen en het kolenluik naar het noorden. Zijn voet stootte tegen een vuilniszak, volgestouwd met iets zachts en ritselends, ongetwijfeld krantenpapier, dus besloot hij deze nieuwe vuilniszak te gebruiken en zich voor de nacht goed in te graven. Niet zo zichtbaar door de ramen als op de begane grond – en onder geen beding boven klem komen zitten en de kelder was lang genoeg zodat zelfs als de duivel zelf de kolenluiken optilde hij echt als een vampier in het gat moest gaan hangen om de Neef op die zachte, ritselende vuilniszak te zien slapen.

Hij legde zijn eigen vuilniszak op de betonnen vloer en met het krullenspul onder zich probeerde hij het zich gemakkelijk te maken maar door de veerkrachtige inhoud bleek het een belabberde matras. De Neef pakte de ritselende vuilniszak. Je kon hem helemaal samendrukken, hem in de rugzak proppen, een goed kussen maken. Zo neergelegd was het de beste slaapplaats die hij waarschijnlijk op deze hele odyssee krijgen zou, dus lag hij daar naar de regen te luisteren, zich troostend dat hij niet buiten was zoals zijn tegenstander. De Neef was zijn Oom, De Man Die Loopt, al te slim af door zijn eigen bovenkamer beter te gebruiken.

Later kwam op de spoordijk de middernachtelijke goederentrein door, grote diesel dreunend en gierend. Het hert. Dubbel dood.

De Neef was als een Dick Whittington naar de Haven teruggebeend, knapzak over zijn schouder en hij zat op zijn gemak in zijn eerste pub, waar zijn biertje werd getapt, dwong herkenning af in een aantal aangehouden blikken, maar hoofden draaiden weg. Daar zou een wet tegen moeten bestaan. Verbanning buiten de stadsgrenzen of zoiets.

Sommigen zeggen dat hij in de pub de Politician, die in die dagen nog een paar kamers aanhield, op een bed dat tot aan het raam reikte twee nachten als een blok sliep, de trut die de lakens kwam verschonen wegschold en met Engelse bankbiljetten betaalde; anderen zeggen dat hij boven bij de toren in het beste pension in de stad logeerde, omdat zijn middelen niet toereikend waren voor een hotel. Sommigen zeggen misschien dat hij regelrecht naar het woonwagenkamp ging, in de Farmer's Den een paar whisky's dronk en daarna net zo lang op de zijkant van de caravans bonsde tot hij die van zijn moeder had gevonden. In elk geval tien dagen en hij stapelde zakken in de opslag van landbouwartikelen onder de rijen opgehangen turfspaden en rubberlieslaarzen. Roeide vakkundig ratten uit.

De avonden en middagen dat hij vrij had bleef hij op zichzelf, vermeed pubs waar iets te beleven viel, ging uit de buurt zitten van de mannen die beslist geen echtgenotes in de Upper Bar boven in de stad of in Outertown Lounge hebben. Hij deed over elk glas precies veertig minuten en las paperbacks, was slim genoeg om er zeker van te zijn dat ze niet te hoogdravend waren.

Het was vreemd morbide dat de enige sociale omgang van de Neef bestond uit het delen van een blik Special Brew met de uitgerangeerde treinmachinist, die nooit meer de oude was geworden nadat zijn weggelopen pleegdochter op de tocht over de Sound verdronk op de kleine illega-

le veerboot – niet meer dan een sloep met te weinig zwemvesten; en ze was nog wel een pienter en echt knap ding dat zelfs een boekroman had geschreven, zowaar, die je onder jongeren in de pub beduimeld rond kon zien gaan. Er werd altijd gezegd dat ze de beste echte schrijver was die ooit boven deze veenpoelen uitgroeide en op de koop toe een smakelijke meid die in de diepte aan haar einde kwam waar haar malse delen tussen de krabben en vissen werden verdeeld en verslonden wat een waarschuwing was voor meiden als zij om meer van ons ervan te laten proeven; jazeker, haar boek heeft niet mogen baten om haar boven water te houden, hoorde de Neef opmerken toen de pleegvader naar buiten was gestrompeld.

Donald, waar is je broek gebleven?

De Neef kwam tot wakkerheid in de zindering van het daglicht en wist dat een Bout rond het huis van Man Die Loopt aan het snuffelen was. Leren die Bouten 't dan nooit, man? Ze hebben hun walkietalkie altijd op krijsvolume staan, en toch komt er aan hun onderlinge geklep geen einde; vooral die plattelandskippen: die *kunnen* hun snater maar niet houden: nog geen dertig seconden radiostilte; je kunt die onmiskenbare ruisstem op kilometers horen bazelen.

Eenmaal op de been in de koele schaduw in de kelder hoefde de Neef maar te wachten tot de Bout door het ingesmeten bijkeukenraam naar binnen zou klimmen. Toen hij glas in de gootsteen hoorde rinkelen en 'Naar boven, Spiedo, hup jongen' fluisteren, was het genoeg. Betreed je je eigendom sturen ze prompt de honden op je af! dacht hij. Hij schouderde zijn rugzak, pootte de barkruk neer en opende het kolenluik in een stortvloed van pijnlijk fel licht en hees zich op. Buiten speurde hij beide kanten op, liet het kolenkelderluik zachtjes zakken en spurtte bukkend alsof hij uit een amper gelande helikopter kwam naar de dekking van een eerste rij bomen.

Zelfs eenmaal goed en wel achter de linie van de heuvel verscholen was er geen spoor van joekel noch baas. De Bout was natuurlijk *binnen* in de kamers, ging op in de nieuwigheid van zijn telecomapparatuur, om een grote opruiming te rapporteren. De Neef hoopte dat de sufkop dwars door het kelderluik ging en zijn nek brak en hij stortte zich op zijn buik en kroop de laatste vijf meter over stenige richels van woeste grond. Hij had er vergif op kunnen innemen: een gestroomlijnde, opgevoerde Bouten-Mondeo stond op hun oude caravanplek bij de passeerstrook waarover ze Moesje altijd kapittelde dat het onwettig was om daar te parkeren; een spetter zonlicht weerkaatste op de voorruit; de Neef draaide zijn hoofd beide kanten op om naar de kathedralen van blauw boven hem te kijken; het zou echt een smoorhete dag worden. Natuurlijk had de Neef de tekenen gezien: koekoeken die in de dageraad zongen, zwanen die naar het noorden vlogen en in de rivieren de aal die zijn zilveren of gouden buik naar boven draaide of de springende witvis en baars en de kikkerhuid, doorgaans zwarter tussen het rotte gras, was opgefleurd tot mosterdgeel en groen.

Er viel geen ziel te bekennen maar hij wachtte effe, voor het geval een tweede Bout tussen de bomen stond te pissen of aan zijn ganzerik stond te rukken, fantaserend over Juliet Bravo met handboeien aan een bed gekluisterd, maar de auto was leeg. De Neef wist dat hij zelfs als hij nu gesnapt werd de honden heuvelop naar de spoordijk voor kon blijven en naar de afwateringsbuis kon kruipen. Om daar de hond aan te pakken, in de... fuik. Er met het jachtmes korte metten mee te maken. De ontweide zak wegslepen zodat de treinen hem mee konden sleuren.

De Neef keek achterom naar het huis van Man Die Loopt; paradeerde naar de politieauto en opende het bestuurdersportier terwijl zijn haar statisch werd. Hij keek erin: namaakleer, als het niet echt was, en de allerlaatste elektronische snufjes, nachtgeweren, we-kijken-niet-op-een-belastingcent-uitrusting. Niet dat de Neef belasting betaalde; niet nodig om je verbeelding volledig op hol te laten slaan. Maar toen zag hij een verbijsterend schandaal: op het dashboard zond een soort miniatuurvideoscherm ter plekke de beeldopname uit – infrarode binnenbeelden zwenkten door de Man Die Loopt zijn papier-machétunnels, daar voor zijn neus op het schermpje, beeld zwaaiend naar links, dan naar rechts, zag de Neef de gigantische knuist van een mensenhand in de buurt fladderen en toen daagde het hem: het was een camera die vastzat aan een halsband boven op de kop van die rothond, zoals bij bom- en terroristentoestanden! Maakte hem ziedend, dat soort uitrusting in zijn territorium, zoals toen net op het moment dat de pubs leegliepen, de waterkrachtcentrale stilviel vanwege een stroomstoring, en die nieuwe beveiligingscamera's in de hoofdstraat geen voeding meer kregen: de Dose-broers deden alle etalages aan en plunderden louter uit pesterij, met bh's over hun oliepakken geclipt.

Waar het asfalt overloopt in mos en oeroude heide begint lag een smerige plaat hardboard, dus keek ie om zich heen. Daar bij distelbosjes lag een prachtexemplaar. Met het hardboard schoof hij erheen en schepte het op: halfverse koeiendrol met gebruikelijk glinsterende versiering van zomervliegen en vermiljoengetinte strontvliegen druk in de weer op door torren doorboorde korst. Insecten stoven weg toen de plaat eronder werd geschoven. Goed geschoten, als een slobberige Franse omelet, onderste porties waren nog vloeiend groen. Over zijn schouder kijkend liep de Neef terug naar het open politieautoportier, controleerde het onthullende scherm, liet toen de koeienstront van de plaat schuiven en zwaar op de leren bestuurdersstoel ploffen. Smeerde het wat uit zodat een paar koekjes op de vloerbedekking tussen rem- en gaspedaal vielen.

De Neef gooide de plaat weg, draaide het raampje open om een paar vliegen binnen te laten en omdat geluid hier in de ochtendlijke lage heuvels mijlenver draagt, klikte hij zachtjes het portier van de politieauto dicht. Met nog een blik op het scherm (de Boutenhond liep de trap op) ging de Neef er heuvelop vandoor, de heidegrasbulten en pollen volgend voor het geval hij plat moest, maar de Neef was al een heel eind tussen de berkenbladeren zonder dat er een ziel te bespeuren viel.

Allerlei geuren van de aarde stegen op in het gezicht van de Neef, omdat de zon deze grazige gronden opstoomde. Petsten om zijn ogen; op het verende mos bij een beekje spoelde hij zijn mond, lippen dicht bij de rots en spuwde uit, maar er was geen tijd voor geteutel. Hij had aan deze kant van het loch al te veel sporen achtergelaten zodat het tijd werd om over te steken... naar de andere kant. Uiteraard dorst hij de oude boogbrug naar het noorden niet te gebruiken, niet nu. Op de vijfhonderd meter spurt eroverheen was hij een weerloos doelwit met als enige kans zijn hachie te redden een dertig meter diepe sprong over de rand in de stroomversnellingen. Hij rilde.

Hij stak de spoordijk over zonder een blik naar de plek van de hertenslachting en daverde omlaag door bijenkasten waar hij al die jaren geleden Hacker in elkaar had getrapt, kwam toen achter vakantiehuisjes tussen tierende distels terecht, sprong weer over de achtermuur van de recreatiewoning met ijzeren dak en aarzelde bij een lijsterbes in de tuin om een ongeziene oversteek over de weg te maken en vandaar was hij al spoedig weer terug bij de stralende wallenkant, knipperend tegen zilvers, grijzen en zwarten en de olievlekken op de stromingen van de watermassa van het loch, kronkelend en draaiend als doorgehakte wormen; hij liep naar Hackers boothuis door plaagwolken van muggen tot hij krom liep door groeizaam groen, de bleke onderkanten van braambladeren dicht bij zijn gezicht zwiepten, zodat hij zich afwendde, en probeerde uit te dokteren hoe je een loch kon oversteken toen hij contouren zag die hij in het nachtelijke duister had gemist omdat het zo donker was als het vest van de helleprins. Net voor de bleke stenen van de oever lag tussen doornstruiken iets groots.

De Neef wilde nog niet openlijk naar de oever stappen en daarom gooide hij een kiezelsteen naar die vormeloze massa daar: zag eruit als iets langs, plasticachtig, gewikkeld in jute. Steen miste, dus gooide hij er nog een als een granaat in een onderhandse boog en hij raakte het ingepakte ding dat een glasvezelige galmdonk gaf. Hij kroop naar voren en trok aan de bedekking. En jawel hoor, het was een lange verfletst oranje kano, gewikkeld in verrotte jute en blauwe, zongebleekte kunstmestzakken die grof waren opengescheurd om ze groter te maken. De kano was opgetrokken onder een doornstruik, helemaal op de oever, maar de kunstmestzakken hadden voorkomen dat hij zich met regen vulde. Hoewel een kuil waar de opening zat was gevuld met rottend herfstblad, dus hij lag daar al sinds vorige winter – minstens. Er was een peddel in geschoven. De Neef ging staan, bukte zich en trok de kano achteruit in nog dichtere begroeiing, als een net neergeschoten lijk, dacht hij, en door die beweging werd hij van zijn bedekking ontdaan. De kano zat onder de graffiti, een paar grote teksten met spuitbus en de kleinere meestal met zo'n zilveren viltstift:

> Daarna wendde ik mij om te zien wijsheid, ook onzinnigheden en dwaasheid; want hoe zou een mens die na de koning zou komen, *doen* hetgeen alrede gedaan is?

Hij was geen sullige oelewapper die van zijn santé niet af wist. Prediker, de enige pientere in de bijbel, dacht hij, en hij kende hele stukken uit zijn hoofd omdat hij nog steeds dat zakbijbeltje had dat ooit het bezit was geweest van een erg, erg stoute jonge vrouw en het wond hem op om ze te lezen, vooral de regels die ze met haar ongeletterde hand had onderstreept, wetend wat voor geile dingen die vrouw allemaal had gedaan! Zo had je Romeinen 8:22, Jesaja 54:3 en veel uit de Prediker. Ik heb in mijn hart nagespoord om mijn vlees te verkwikken met den wijn (nochtans leidende mijn hart in wijsheid), en om de dwaasheid vast te houden. Ik kreeg knechten en maagden, en ik had kinderen des huizes en al wat mijne ogen begeerden dat onttrok ik hun niet. Gelijk het den dwaze wedervaart, zal het ook mijzelve wedervaren; waarom heb ik dan toen meer naar wijsheid gestaan? En hoe sterft de wijze? Met den zot!

Vragen, vragen, maar de Neef likte er zijn lippen bij af, want hij had zo'n knagend klein vermoeden, was dit niet het hele verhaal van Man Die Loopt en hij die achter hem aan zat? Waren hij en de Voorman soms beter dan De Man Die Loopt, de zot? Je kunt met zoveel dienstmeisjes als je wilt de middernachtelijke rozenkrans bidden, maar je zult nooit de buitensporige geneugten kennen van voormalige koningen en concubines, dat is de klacht van wellustelingen die dromen najagen – op zoek naar wat nog niet is gedroomd en uiteindelijk, de dwaas, na-aper van de koning, zelf koning: we zullen allen zonder gedachtenis ten onder gaan. Niets nieuws onder de zon vanwege al wat voorafging, is één slotsom van deze overpeinzingen of, zoals Sam Beckett, Nobelprijs voor de Literatuur 1969, het stelde: 'En om andere redenen die aan kuttenkoppen als jullie niet besteed zijn.'

De hele godvergeten kano was ondergekladderd met zulke huiveringwekkende bijbelcitaten, maar de Neef probeerde alleen de gedachten en angsten aan het donkere water daarginds opzij te zetten. Een schitterende ochtend overheerste alles en hij bereidde zich voor op de overtocht.

Hij ging zitten om zijn gevechtsbroek over zijn laarzen uit te trekken voor 't geval die in de kano helemaal smerig werd, stond op, liet het mobieltje in het zakje van zijn houthakkershemd glijden en gooide zijn jekker neer. Hij maakte zijn rugzak open om zijn jachtmes te pakken toen hij de vuilniszak die hij er de avond tevoren als hoofdkussen in gepropt had er totaal vergeten nog in zag zitten. Hij trok hem eruit. Opende de vuilniszak en hij dacht dat ie barstensvol film zat, een 16 mm-lint van dromen dat eruit kwam. De zak zat ermee volgestouwd, maar toen zag hij dat het eigenlijk schrijfmachinelint was, kilometers en kilometers van dat spul; misschien een rapport dat een van die eierkoppen over De Man Die Loopt aan het schrijven was, dus propte hij het allemaal weer terug, maar zijn gevechtsbroek en jekker konden er niet meer bij, dus die duwde hij achter in de punt van de kano.

Hij nam de peddel stevig met twee handen vast en oefende een beetje, daar staand in zijn overhemd en boxer en met een gevoel dat er niets anders op zat schouderde hij de rugzak en trok de kano naar de waterkant.

Hij had niet lang genoeg op de middelbare school gezeten om al dat gedoe te hebben meegemaakt, de geijkte kanorolbeweging waarbij de helm tegen de bodem van het met pis gevulde ondiepe stuitert, maar hij had het in zijn spijbelfase de sufferds op een winterdag door het beslagen buitenraam van het nieuwe zwembad wel zien doen. Fasen.

Dicht bij de oever was een hoop griezelig klapzeewier, dus het zou lastig worden om diep water te bereiken. Zat niets anders op dan de kano vooruit te duwen, klotsend met de boeg naar de andere oever gericht. Helemaal niet ver, bleef hij maar denken; toen zag hij, zich met de peddel op de rotsen onder water afzettend, kans om zijn doorweekte laarzen omhoog te krijgen en erin te kruipen, kont prompt op de kanobodem zo doorweekt dat ie dacht dat ie aardig wat slikwater zou moeten hozen. Hij helde naar een kant over, pakte zijn peddel en het wonder geschiedde, hij zat stabiel in een kano op geducht lochwater, turend naar de snelle stromingen in de verte zag hij dat hij naar het westen werd gestuwd, met flinke vaart, maar dat liever dan stroomopwaarts naar de stroomversnellingen onder de oude boogbrug! Als hij omsloeg werd hij naar open water meegevoerd, maar de lange, lusvormige zandbank bij de oude watervliegtuigbasis was iets waar hij op aan kon sturen. Er was geen keus; hij waagde het erop.

De Neef begon te peddelen en zijn kano gleed verrassend snel over het oppervlak van het loch, op open water langs zeewierpoelen op ondiepe plekken en door en tussen de stromingen. Hij had zich voorgesteld dat het zwarte water met schuimende kracht tegen de zijkanten van de bijbelse kano zou klotsen maar door de peddelbladen recht omlaag te steken, kon hij met gemak de stroom de baas blijven en hij draaide zijn hoofd om te zien hoe ver hij in de oranje kano al gekomen was. In een dwaze opwelling van zelfvertrouwen overwoog hij zelfs om de zandbank heen te varen en over het diepe water en om het wrak van de *Breda* naar het strand te peddelen en daar te landen, naar het oude station te lopen en de Man Die Loopt daar pal de weg af te snijden, zelfs om deze kutkano op zijn hoofd balancerend mee te dragen! Ho effe, ouwe gabber, dacht de Neef.

Hij was een flink eind op de zeearm, zag het dorp rechts van hem onder een nieuwe hoek over de landengten heen. Hij kon niet ver van halverwege zijn – de zon hoog boven hem. Voor zich de schiereilandbergen met de supergroeve er als een plank diep in verzonken; daarachter, Ben More, helder als een gigantische, dwaze projectie tegen de wand van de horizon. Zo griezelig rustig hier, diep onder hem stilte, toen vloog een piepende vogel scherend over het glazige oppervlak langs, hij zag hem een vleugel intrekken om de achtersteven te ontwijken en eromheen te vliegen. Ver over het volmaakt gepolijste watervlak kon hij turend de kleine veerboot *Flora MacDonald* zien, een vaartuig van tien meter met een hakkepuffende Evinrude: volle bak en hij sleepte een motorloze roeiboot zwaar beladen met anoraktoeristen in zijn woelige kielzog mee.

De Neef zong:

Michael, row the boat ashore
Hallelujah,

The river's deep and wide
Hallelujah
There's milk and honey on the other side
Halle-loe-oe-jah.

Wat hij aanzag voor een kreeftfuikboei was een hemelgerichte robbensnuit, met waterdruppels op zijn glasvezelsnorharen zichtbaar, zo dichtbij was hij. Misschien kon hij nog van de zee gaan houden, zo'n late bekering in het leven waarover hij vaak had gelezen!

De rob dook in dekking toen de mobiele telefoon in zijn borstzakje schril 'Rule Britannia' pingelde. Godskelere verdomme! Hij trok de peddel over de kano en klampte zich er met zijn rechterhand aan vast en haalde het mobieltje met de linker voor de dag; de kano begon naar kwalijke plekken af te drijven toen hij het knopje beduimde.

'Komt effe slecht uit. Delicate bezigheden.'

'Ben je soms met een hoer, knul?'

'Een grijze rob, bel je terug.'

'JA JAA!' De Neef rukte de telefoon van zijn oor weg.

Hij voelde een felle pijnsteek op zijn linkerbeen, daarna nog een, en hij trok het woest op waardoor golven tegen de zijkant van de kano op klotsten, dacht dat ie een hartaanval kreeg.

'Ach, onzin,' hij vertrok zijn gezicht. 'Auw, O, AUW!'

In zijn hand trilde een klein stemmetje, dat riep: 'Wat scheelt eraan, joh...?'

Hij probeerde het mobieltje in het zakje van zijn hemd te gooien maar weer een steek op zijn blote been! Telefoon miste, kaatste een keer op polyester en gleed langs de kanoflank met een keurige plons in de zee, waardoor alle protest van de Voorman werd uitgeschakeld, voorlopig althans.

Hij moest proberen op te staan en weg te komen van die pijnscheuten en toen hij zijn bovenlijf uit de kano ophees, zag hij dat het op zijn blote dijen en onderbenen krioelde van dichte kluiten gele sikkelwespen! De kano deinde met een weemakende zwaai alsof de bovenkant kon splijten door het plotseling heldere lochwater. De Neef krijste hard en probeerde naar de andere kant door te slaan terwijl meer wespen ziedend zoemend vanuit het open gat in de kanoromp opstegen. Hij maaide naar zijn dij, werd op zijn hand gestoken en liet de peddel vallen. Onder in de kano met wat modderwater kon hij de opengebarsten helft van een heel wespennest van de ene naar de andere kant zien walsen terwijl hij evenwicht zocht; het nest was daar natuurlijk in de zomer gebouwd, retetering, dacht hij, keek met gesperde ogen om zich heen, midden op het godvergeten zwarte loch onder een smetteloze hemel. Keuze was helder: verdrinken of doodgestoken worden – hij kreeg een laatste prik onder zijn ballen en koos: de Neef boog voorover en ging overboord met zijn voeten nog steeds in die bijbelse kano.

Onder water hield de Neef zijn ogen stijf dichtgeknepen, omdat hij niets wilde zien van onzalige zaagtanden en snode kammen van een verzonken bergketen in de diepte, de telefoon van de Voorman met borrelende stem die langs schelpweiden en kreeftdorpen aan klifranden zonk, het hoofdeloze lijf van de rob aan de oppervlakte boven hem. Wat hij toen voelde, met zijn ogen dicht tegen het zout, en de veronderstelling dat dit zijn einde werd, was niet de angst dat hij in het allerergste van alle mogelijke scenario's zat; geen angst maar een overweldigend gevoel van solidariteit met verdronkenen uit de geschiedenis, zoals die pleegdochter, en een hartgrondige vlaag van walging en woede voor die hondse malloot van een Man Die Loopt, zijn bloedeigen Oom, die hij kennelijk bij lange na niet genoeg had gemarteld.

Zijn gezicht gleed door een olieachtig oppervlak tussen plakken verdronken wespen op hun rug, de wespenpootjes staken als oogwimpers van kleine meisjes tegen de lucht af. Hij spuwde en tolde want de omgeslagen kano was al over hem heen afgedreven. Wat hem drijvend hield was de aan zijn schouders gegespte rugzak, daarom zwaaide hij hem eraf omdat door het drijfvermogen zijn gezicht voorover werd geduwd. Hij kon zien dat de in de vuilniszak met schrijfmachinelint gevangen lucht het enige was wat hem boven hield, dus hield hij hem met allebei zijn armen voor zich uit en begon als bezeten naar de zandbank te trappen en briesen.

Algauw besefte hij dat hij zelfs de kust ging halen, omdat de stroming hem niet half zo wild meesleurde als hij vreesde, maar zijn voeten waren in zijn laarzen doorkoud en hij was bang voor uitstekende rotsen met hun wierbekleding, maar zonder kleerscheuren kwam hij bij de eerste lagen drijfwier; merkte dat hij al kon staan.

Verzopen, dat wel, maar de Neef moest toegeven dat hij die ochtend door de golven stotterend toch maar eventjes uit het loch was gestrompeld over steentjes en verstrooid bouwafval van de noordelijke kust, slechts in laarzen, plakkend overhemd en ondergoed rilde hij en goot het water uit zijn rugzak op zoek naar een rustig plekje waar hij de ouwe vertrouwde A828 naar het noorden op kon sluipen.

Verdovende kou en zout moesten ontsmettend hebben gewerkt, want zodra hij uit het water kwam begonnen zijn benen weer als een gek te steken alsof hij met een scheermes onder zijn huid had zitten snijden en een stuk vel had opgelicht, zoals Jennifer Faulkner zegt dat het voelde toen hij haar overhaalde zijn naam in haar arm te krassen. Dus lag hij daar tussen gaspeldoorns langs de weg te luisteren naar het barsten van hun zaaddozen in het felle zonlicht en het zachte druppelgeluid van de opgeworpen sporen die tussen nabije struiken neerdaalden. Hij begon op adem te komen, grijnsde om de beenpijn en giechelde toen hij voertuigen naar het noorden langs hoorde suizen. Hij wrong zijn hemd zo goed mogelijk uit en er kwam roze water van de goedkope kleurstof af. Zijn benen voelden moordend van de gestokenheid. Wat ie nodig had was niet alleen een broek, dacht hij, maar een blonde stoot in pak en Porsche om hem voor een kusje per kilometer naar het noorden te rijden. Of nog beter, een veilig huis of toevluchtsoord voor zichzelf. Zoals hij daar stond met zijn boxer net wat lager onder het hemd afgezakt en op zijn grote laarzen, kon hij doorgaan voor een achterlijke Australische rugzaktoerist in gewone korte broek en toen begon hij in dit ogenblik van zwakte (zoals hij, moest hij toegeven, had gedaan na zich de gezalfde vingers van de Stoot te hebben voorgesteld die de wc-bril repareerden) aan Paulette Mahon te denken, die een paar kilometer verderop in Boomtown woonde en die hem misschien, als hij het goed speelde, een veilig huis voor herstel en een broek kon verstrekken!

Daar lag de Neef dan, bijna doodgestoken en half verzopen,

hemd uitgespreid over gaspeldoorns, hoofd op de soppige zak schrijfmachinelint, te denken aan toen hij net in de twintig was, het smoeltje van Paulette met haar lispelige taalgebruik door een tongpiercing die ze een keer had doorgeslikt. Paulette met een tatoeage in bordeaux en watergroen van een treurwilgsluier *precies* onder aan haar ruggengraat en die benen! Tijdens zijn verblijf gebruikte ze per week een heel busje scheerschuim van hem! Liet hem maar twee weken blijven en stuurde hem per post een pakje met olievette sokken: 'Je bent je sokken vergeten', in een verrassend keurig handschrift!

Paulette lag zoveel in bed dat haar nagellak kleurde bij haar pyjama. Paulette, meestal loom in een lang, leeggelopen bad, altijd afgestemd op Aluminumville FM, die 'Riders on the Storm' draaide, 'His brain is squirming like a toad', zij half naakt door de altijd openstaande badkamerdeur, archipels van plakkend badschuim op de strategische plekken over haar hele gebruindheid, brokjes hasj verslindend met een pijp gemaakt van een Coca-Colablikje. 's Ochtends had hij het kortstondige voorrecht te merken dat ze eigenlijk altijd maar één droom had, over een chocolade M&M'etje in haar navel gebed.

Het eerste wat Paulette tegen de Neef, aan een volle bruiloftstafel waar hij was binnengevallen, zei was: 'Vrouwen staan stiller dan mannen als ze in het damestoilet hun make-up voor de spiegel bijwerken,' zei ze, 'je beweegt zo weinig dat de sensorschakelaar het licht uitdoet waar je bij staat en je je make-up verkliedert; het ding denkt dat er niemand meer is. Krijg ik de megakriebels van, geeft me het gevoel dat ik niet besta.' Ze rilde.

'Ik kan heel goed meevoelen met de ervaring van existentiële angst die je dan hebt, hoor. Ik geloof dat ik iets heb gevoeld wat er erg op lijkt, toen ik 's avonds laat zag dat een lage deinende boomtak de sensorveiligheidsverlichting van een landgoed inschakelde.'

Ach, de poëzie van de liefde!

In die dagen leek Paulette zich uitsluitend te voeden met: sperma, Asti Spumante en altijd maar knabbelen op een knakbroze ongekookte spaghettistengel. Haar beroemde escapade naar Londen voor een test als model voor een badpakcatalogus, in de trein opgepikt door een rijke kerel, en hoe ze door het omlaaggedraaide portierraampje van een stadstaxi op King's Cross naar de eerste Londense prostituee die ze ooit had gezien riep: 'Ben weg van je schoenen, ze zijn prachtig, waar heb je ze vandaan?' Logisch dat na een week of zo de rijke gozer besefte dat hij Paulette in haar ongebreideld aanstootgevende bakvisserigheid niet aankon, maar toen ze hier terugkwam had ze een spetter van een garderobe van zijde die ze almaar liet stomen, zodat er altijd die pieterige blauwe nummerplaatjes met een piepklein veiligheidsspeldje aan haar manchetten zaten. De Neef dacht: o Paulette! Treurnis van tomeloze geesten gebroken door hun eigen buitensporigheid die alleen voor koningen is weggelegd.

Nu werkt ze deeltijd in het Sea Life Centre waar ze in een huidstrak duikerspak geknield in het Rock Pool Gebeuren voor kleine kindjes zeesterren ophoudt, en is aan de haak geslagen door een waarschijnlijk gewone jongen die van voetbal houdt, maar over wie hij beslist had gehoord dat hij in ploegendienst offshore werkte. Twee dochtertjes die als twee druppels op haar lijken, had de Neef gehoord, toen hij omzichtig in pubs informeerde, en tot aan hun nek verhypothekeerd in de nieuwe woonwijk in Boomtown, een paar kilometer verderop. Wat als mannie nou eens twee weken buitengaats was? Maar de Neef kon zo niet aankloppen... moest in elk geval een broek zien te versieren voor hij bij Paulette aanging, retetering?

Hij sprong overeind en trok het opgewarmde, klamme hemd over zijn schouders. Hij koos voor deze liftplek langs de lange gestrekte baan zodat hij Boutenauto's onmiddellijk kon signaleren. Hij dook even in elkaar voor een witte taxi die naar het zuiden reed. Zevenenveertig voertuigen richting noorden, privé, vrachtverkeer, bestelvervoer en openbare diensten reden hem met een merkbare druk op het gaspedaal voorbij. Hij deed amper moeite om voor de nieuwste nummerborden zijn duim op te steken, allemaal bedrijfsauto-opportunisten. Hij kon geen kaas maken van de oogst aan nummerborden, geen snars; geen enkele combinatie van kentekens gaf hem de gebruikelijke informatie, en niet één bord verwees naar Man Die Loopt of Paulette! De reeks letters en nummers hield eigenlijk niets in. Als jochie onderscheidde hij alle voertuigen met een 'droevig' dan wel 'blij' voorkomen, afhankelijk van de menselijke trekjes in het ontwerp van hun koplampen en radiateurgrille, maar tegenwoordig kon hij niet meer uitmaken of deze moderne, waanzinnig opgevoerde, duidelijk voor andere werelden dan Argyllshire ontworpen auto's een droevig, blij of zelfs boos gezicht hadden.

Veertig minuten later liep de Neef met de zon achter zich Boomtown in vanaf de cromlech tegen de helling achter het bejaardenhuis, langs de plek onder de Staatsbosbeheer-coniferen waar hij ooit een dennenappel had gezien zo groot als een heus chocoladepaasei, van het soort dat hij nooit had gekregen.

Bloed op zijn broek niet te opvallend, stapte hij over een tuinhek en liep naar Paulettes voordeur. De bel speelde de *Close Encounters*-coda.

Bladmotiefglas zwaaide open en een aanbiddelijk miniatuurtje van Paulette keek hem recht in zijn ogen, want hij stond onder aan de treden en ze zegt: 'Wie ben jij, godver?'

'Mammie of *pappie* thuis?'

'Je bent toch niet van de sociale dienst, soms?'

'Nee, ik ben een ouwe vriend van je mammie.'

'Een afgedankt *vriendje* zal je bedoelen?'

'Wel, heb je me ooit.' De Neef hoestte.

'Niemand vertellen, hoor,' fluisterde ze, 'ik ben alleen thuis! Je kunt buiten wachten, ik pas op mijn maffe zusje; Pa is op zee, Mam is even naar de winkel en ik mag nooit ofte *nimmer* iemand *binnen*laten.'

'Zo hoort het ook.' De Neef knikte.

Ze smeet met een op haar maat gesneden klap de deur dicht, een beetje op een holletje, met zo'n zwaai dat je dacht dat ze door het glas zou gaan. Ze klikte het Yale-slot dicht met, dacht de Neef, die foute, brutale bezitterigheid van Gezeten Burgerkoters in hun veilige huisjes.

In kleermakerszit zat hij meizoentjes uit het gazonnetje te plukken; Maria, koningin van de Schotten, werd het hoofd afgehakt. Het gras was vier of vijf dagen niet gemaaid, dus *minstens* een week voor mannie thuiskwam. Hij haalde het adres in Japan op dat bloedbesmeurde stukje papier in een heel, heel onvast handschrift geschreven voor de dag en stopte het veilig weg in het zakje van zijn overhemd. De dochtertjes trokken een stoel naar het voorkamerraam: tuurden door een vuile dubbele ruit en giechelden naar hem. Hij hoorde een brutale opmerking over dat zijn broek veel te lang was.

Die deurbel! Tja, film was niet de uitverkoren kunstvorm van de Neef. Hij herinnerde zich dat De Man Die Loopt hem een keer en daarna nooit meer mee had genomen naar de film in de uitgewoonde bios in de Haven en zijn plaats in de stalles betaalde; ze hadden alleen maar stalles. Ze kwamen voor een griezelfilm, maar de Neef griezelde al genoeg tegen de tijd dat hij bij zijn plaats kwam. 'Ik hoor godver geen moer,' brulde De Man Die Loopt en de vrouw in de rij voor hen schrok zo dat haar permanentje ervan schudde.

'Niemand zegt nog wat,' fluisterde de Neef.

De Neef heeft het in bioscopen nooit gered al heeft ie vaak kaartjes gekocht. De Neef gaat naar binnen, gewapend met geldig plaatsbewijs, beker ijs met chocoschilfers, of de ongelooflijk gele mosterd op zijn hotdog, maar hij kan in de donkerte niets zien. Naar de dichtstbijzijnde stoel stuntelen zou al hoogst pijnlijk worden. Daarom probeert ie te wachten op een helverlichte scène die zijn weg naar voren zal verlichten, maar niks hoor, alle films zijn tegenwoordig zo somber. De Neef wacht tevergeefs, klaar voor de aanval, voor de bezoekers op de achterste rij met hun heimelijke gedoe een nogal bedreigende figuur, daarom druipt ie af, doet of ie naar de plee loopt maar verlaat de bioscoop met zijn geldige kaartje, ontsnapt aan de zwaarmoedigheid van de plot van een of andere maffe scenarioschrijver en voelt zich weer helemaal gesterkt dat hij er zo snel uit loopt, de avondlucht in, met het exemplaar van Seneca's *Vertroosting voor Helvia* in de zak van zijn jack; in een huiverende houding gaat hij op straat staan kijken naar verstrengelde tieners die de hoofdstraat in beide richtingen trotseren en brengt het ijs naar zijn lippen, terwijl zijn ogen niets ontgaat. Springlevend!

Als de dingen tegenzitten, richt de Neef zijn gedachten op wat de wrange Suetonius heeft geschreven: de ijdele Caesar staart naar een buste van Alexander de Grote en denkt: tegen de tijd dat hij zo oud was als ik nu, had hij de wereld veroverd. Of goeie ouwe Art Schopenhauer, wiens geslagen blik urenlang werd beantwoord door die van de oranje orang-oetan in de dierentuin van Dresden, waarop de oude cynicus tegen het einde zo gesteld raakte.

De Neef kwam abrupt overeind toen Paulettes hoofd op haar zwanenhals langs de bovenkant van de heg zeilde, alsof het was afgehouwen. Hij kreunde om hoe ze er *nog* uitzag en dacht: al wat mijne ogen begeerden dat onttrok ik hun niet.

Glimlachte noch fronste toen ze de Neef zag, maar zette de boodschappen neer en bracht een zakdoek bij haar neus. De voordeur ging open en twee dochters stormden gillend naar buiten, holden rond Paulettes spijkerbroekbenen, zoals dat kleine mormel Trafalgar me had gepest, dacht hij; tot ik het kreng bij zijn achterpoten in een rolcontainer slingerde.

Paulette bekeek hem van top tot teen, in zijn samenraapsel van kleren, haar neus was helemaal rood en gekloofd en met nasale stem zei ze: 'Nou, hoef er in elk geval niet over in te zitten dat ik niet heb gestofzuigd. Blijf!... uit mijn buurt. Tenzij je verkouden wilt worden.'

'Dik de moeite waard!' zegt ie en drukt snel een zoen op haar wang. Haar dochters floten als bouwvakkers. Hij was vergeten dat haar ogen die kleur hadden; een paar rimpeltjes meer aan de zijkant maar dat kwam omdat ze meer lachte dan in deze contreien gebruikelijk was. Hij probeerde de boodschappentassen van haar over te nemen, maar ze schokschouderde afwerend. Hij zegt: 'Wat is er van het hotel geworden?'

'Allang verdwenen, vreemdeling, net als jij.'

'Ongelukje op 't water gehad.' Hij stak zijn armen uit, zette druk op zijn voeten: over zijn laarzen heen bruiste en ruiste nog steeds water.

'Van een trawler gegooid vanwege te veel rukken?' zegt ze.

'Nee, echt waar, kanotochtje gemaakt.'

Ze lachte, haalde een zakdoek uit haar mouw en snoot een forse klodder.

'Heb jaren gereisd, werk sinds kort in de landbouwbevoorrading, sjouw vooral zakken paardenbrokken voor rijkelui.'

'Je gaat zeker wel lekker op die paardrijdames tussen de alfalfa?'

'Hou het op paarden.'

'Arme paarden. Ik werk tegenwoordig in het Sea Life Centre.'

'Weet ik. Heb je in de folder gezien, ze hebben je overal genomen, in het water, achter de kassa, in de cafetaria.'

'Zo werkt het ook.'

'Onze prins is weer 's vogelvrij,' hij schokschouderde.

'Neemt die maffe Oom van je nog steeds de kuierlatten!' Ze snoof. 'Waarom laat je 'm niet lopen?'

De Neef bleef bij de voordeur staan. 'Hij is een gevaar voor zichzelf. Ik stik van de zorg om z'n welzijn.'

'Ooit bedacht dat hij probeert weg te komen van de gekte van jou en je familie? Jullie vangen 'm iedere keer als een zwerfhond en sleuren hem steeds terug.' Ze keek naar de Neef vanuit de gang vol schaduwen, met een meisje om haar dij geklampt. 'Colin is 'r niet, kom d'rin als je wilt, en niet met je laarzen op de kleden.'

Colin, zo heette die! De Neef zegt: 'Je hebt het goed te pakken, zeg.'

'Zomerverkoudheid is altijd erger en met deze twee koters kan ik niet meer zomaar onder de wol kruipen.' Ze snoot dat lieve neusje weer.

In de voorkamer zegt ie: 'Geen tv!?'

'Zijn we tegen. Slecht voor deze twee.'

'Heb je een krant meegebracht?'

'De meedogenloze doelpuntenmachine, iets anders heb ik niet, de *Oban Cammanacht*.' Paulette rukte het gevreesde blad van de plaatselijke shintyclub (opgericht 1861) uit de boodschappentas. 'Wil je een biertje?'

Onderuit in de fauteuil van driedelig bankstel, waarop hem een koude Heineken werd geserveerd, maar de onzaligheid wilde dat die dochtertjes een eindeloze hoeveelheid speelgoed ter inspectie naar de Neef brachten, Barbies, onbekende buitenaardse wezens en een plastic baby die zowel overgaf als piste. 'Toen ik klein was had ik een knuffelolifant die Markus heette,' deed de Neef een poging.

Het maakte geen indruk.

Ten slotte deponeerde het grootste kind een levende, erg rattige woestijnrat met twee gekuipte handen in zijn kruisstreek. 'Johnstone,' stelde ze voor.

'Als we rust willen hebben, stel ik de wasmachinekamer voor.' Paulette gaf een hoofdknik, dus gooide hij de woestijnrat van zich af en liep achter haar aan naar de wasmachinekamer die meer leek op een kast met daarin een Bendix die een uitzinnige cha-cha-cha deed. Met onderlip oppervlakkig belangstellend naar voren geduwd herlas hij voor de vierde... vijfde keer de voorpagina van de krant: de gebruikelijke foto van een lager lid van de Koninklijke Familie dat zich binnen een straal van honderd kilometer had vertoond. Ook:

LAATSTE NIEUWS

TULLOCH FERRY, SEKSOVERVAL OP BEJAARD ECHTPAAR, HOND VERMIST

... ouder echtpaar... wenst anoniem te blijven, heeft kans gezien bij de telefoon te komen en de hulp van de politie... pijnlijke taak hen te bevrijden... geheel ontkleed, vastgebonden met elektriciteitsdraad en overgeleverd aan een stortvloed van verbaal geweld door een man onder invloed van drugs *IN HUN EIGEN HUIS*...

De Neef las verder op de bladzijde.

VRACHTRIJDER MISHANDELD

De neus van een vrachtrijder werd gebroken door een ondankbare lifter...

Als gebruikelijk sloeg hij de pagina's om en vouwde ze handig terug naar de contactadvertenties achterin, een redactioneel nieuwtje.

HIJ JAAGT HIJ VANGT

Dougie, 29 jaar oud, liefhebber van jagen en schieten, zoekt een dame met dezelfde belangstelling. Ben jij dat, BRIEVEN ONDER NR. 436

MET MIJ KUN JE PRATEN

Malky, 28, VRIJGEZEL, wil meisjes ontmoeten. BRIEVEN ONDER NR. 434

Ach, de zoetgevooisde stem van het klootjesvolk van mijn vaderland! dacht de Neef.

De deur zwaaide naar hem toe en Paulette perste zich naar binnen, schreeuwde boven het gecentrifugeer van de machine uit: 'Afschuwelijk auto-ongeluk op de weg, zeiden ze in de winkel, vast ernstig, hebben de jongen meteen in een ziekenauto afgevoerd.'

'O!?' zei hij, vouwde snel het vod tot een vierkant en schoof het helemaal onder de wasmachine weg. Hij zag wikkels van aluminiumfolie om de wieltjes van de machine, om wegrijden tegen te gaan of zo.

Paulette zuchtte, 'Aghhhh!' op tenen reikend, haar slankheid volmaakt intact, naar een plank voor de ingrediënten in een Golden Virgina-blik, met deksel op zijn plek gedrukt en de groene verf tot zilver versleten, daarna liet ze zich languit omlaagglijden, ging onderaan tegen de deur zitten, benen naast die van de Neef, voet *heel* dicht bij zijn dij, zijn laars naast de hare, werd op haar hurken vooruit gestuwd, haar met schokjes voor het gezicht, omdat de dochters tegen de andere kant van de deur duwden, achter haar krijsten als een drugsteam, maar ze werden het algauw zat, zoals koters dat vandaag de dag hebben met alle voedseladditieven en videospelletjes die ze verslinden, dacht hij. Ze snoot haar neus en vroeg: 'Heb toch geen snot op mijn bovenlip, hè?'

Hij schudde zijn hoofd, geheel door haar gebiologeerd.

Paulettes ervaren vingers bestrooiden en rolden een Rizla-zelfbouw.

Hij zegt: 'Ik ken een oud zigeunermiddeltje tegen verkoudheid,' maar ze reageerde niet, dus zegt hij: 'Hoe oud is de grootste?'

'Niamh,' zei ze.

'Neeve,' zegt ie.

'Weet je hoe je dat schrijft?' vraagt ze.

'N-E-E-V-E,' zegt ie.

'Niks hoor. N-I-A-M-H. Dat is Iers,' zei ze.

Hij gaf geen krimp. 'Hoe oud is ze?' vraagt ie.
'Acht.'
Hij floot. 'Gossie, heb je in geen eeuwigheid gezien.'
Ze stak op, inhaleerde, hield vast en gaf aan hem door. Ze blies rook uit en zegt: 'Ik moet zeggen dat ik onder de indruk ben, verwachtte maandenlang dat je iedere avond uit de bosjes zou duiken, of dat Colin met gebroken benen thuis zou komen.'
'Hij heeft je wilde haren wel goed gesnoeid, hoop dat dit allemaal is betaald,' sneerde de Neef en nam een bodemdiepe trek en knikte naar de jivende wasmachine.
'Wil je dat ik er wijdbeens op ga?' fluisterde ze rook uitblazend.
'Wed dat je dochters dat doen als jij naar de winkel bent,' zegt ie uiteindelijk toen hij de rook niet langer binnen kon houden.
Ze wees naar hem. 'Jij komt nog geen tien meter in de buurt van mijn dochters als ik er niet bij ben.'
'Maak je niet druk, Paulette, je weet best dat ze te oud voor me zijn. Hoe hou je het oude vlammetje in gehuwde staat brandend?'
'Wie zegt dat we getrouwd zijn en hij kan hem in elk geval omhoogkrijgen.'
'Niks mis met je geheugen.'
'De slechtste seks in je leven vergeet je niet gauw.'
'Ik heb anders wel geoefend.'
'Zeker met jezelf.'
'Voor de dag dat wij elkaar weer zouden tegenkomen,' hij boog gesticulerend.
Ze lachte, een soort niezerig geluid en pakte de joint van hem over.
Hij wist dat hij geen dope moest roken. Kon leiden tot zware terugval, kopen van sigaretten en wodka in plaats van bier, en eenmaal terug aan de drank ben je verkocht, man. Dan ging hij snakken naar borrels en was het gepiept! Dan stortte zijn kasteeltje finaal in elkaar. Hij dacht: mag mezelf niet weer af laten glijden. Laatste keer aan de dope herinner ik me dat ik naar een goudviskom keek en probeerde uit te maken of het water in de kom zat of eromheen; ik werd meegesleurd in een gesprek over Carpaccio en de evolutie van het perspectief in Venetiaanse kunst en liet me verleiden tot een paar sappige ideetjes van eigen makelij, retetering.

Paulette was aan het woord. 'Ik maak me zorgen over Niamh, de oudste. Op een middag toen ze jonger was, had ik een vriendin op bezoek met wie ik op de middelbare school heb gezeten. We zaten aan de thee en mijn kleine Niamh legde haar kin op tafel en zegt: "Mammie, er zit een batterij in mijn achterste." Nou, de paniek sloeg goed toe en verdomd een van die twee AA's die je in een walkman stopt, een Duracell, zat erin geschoven en vast. Ze had wel geëlektrocuteerd kunnen worden.'

'Ze heeft een stralende toekomst.'

'Hou je bek. Dus ik zet haar op een stoel.'

'Kon ze nog zitten?'

'En ik zeg tegen haar: "Hoor es, je moet geen dingen in je achterste stoppen." '

'Moet je in Latijn onder je familiewapen zetten! Wil je soms niet dat ze op haar moeder gaat lijken?'

' "En als je het echt wilt, moet je het eerst aan Mammie komen vragen!" "O," zegt ze, "hoort eten daar ook bij?" Dus ik zeg: "Eten hoor je hierboven in te stoppen, schat," en zij zegt: "Ook de bevroren erwten die ik uit de ijskast haal en eronderin stop?" Bij God, ze had bevroren erwten gepakt en die er ook in gestopt!'

'Ach, de vreugden van het ouderschap, hè?' De Neef begon maar door te praten, hoorde zijn eigen stem, zonder dat het hem kon schelen dat haar kinderen al hopeloze psychoanalytische gevallen waren, met de wetenschap dat als hij nu in een spiegel keek hij nooit recht in zijn eigen ogen kon kijken. Hij zegt: 'Paulette; hé, Paulette! Via Bealach an Righ omhoog, langs Pennyfuir door Tulloch Ferry, dan oost of noord naar jou hier, mij om 't even; ik ben uit het oude Dalriada vertrokken, naar het leger, naar een land, naar iets wat ergens op lijkt, 's nachts speelden deze gebieden me parten, als de schaduwen tegen het plafond. Reizen? Reizen is voor studenten; wil niet reizen, ik wil *aankomen*, elders zijn, net als de ouwe Ovidius, bezig zijn met voorwerpen die zichzelf transformeren.'

Hij nam nog een trek hasj. 'Zo is dat, Paulette; hé Paulette! Heb je ooit een plek gekend waar de dingen het helemaal voor je hebben gemaakt, echt zo'n plek die alle kanten uit gaat?'

'Wat zeggu?'

‘Zo ver je oog reikt. Ver en eenzaam op de wateren. Ergens tussen rotsen gezworven en je hebt daar zeg een tijdje doorgebracht of er is je iets overkomen en dan ga je terug naar deze plek die zoveel voor je zou moeten betekenen en valt het eigenlijk gewoon tegen?’

Paulette teemde met een glimlach om haar mondhoeken. ‘Ik merk wel dat je een stickie nog steeds niet aankunt. Waar bazel je over? Als gewoonlijk ben je weer eens veel te diepzinnig voor me; al die woordenboeken die je hebt verzwolgen en opboert.’ Ze begon al weer een nieuwe te rollen terwijl de kokkerd waar ze aan bezig waren nog lang niet op was.

‘Nee, niks, dit komt niet uit boeken, het is echt! Ik ben in New York geweest, ik ben in Rome geweest, een miljoen vogels in de schemering om de Sint-Pieter zien cirkelen, de vluchten worden onzichtbaar tot ze als een zwerm zwierig zwenken, hun vleugels boven de Eeuwige Stad spreiden en naar het westen vliegen. Dan kom je hier terug en lijkt de plek verschrompeld, op geen stukken na zo echt als het in je opgebruiste bovenkamer was. Nostalgie. Je begint de kunstjes te zien die de tijd heeft uitgehaald. Bomen zijn groter, er is daar iets nieuws bijgekomen dat in je geestesbeeld niet bestond of was uitgebannen, dom genoeg, zoals Napoleon zijn generaals vermaande geen beelden in hun hoofd te vormen maar alleen te vertrouwen op wat hun ogen konden waarnemen. Jees, je komt terug in je geboortestad waarvan je denkt dat je er sterk aan gehecht bent om misschien te ontdekken dat bepaalde gebouwen een volle verdieping hoger zijn dan in je geheugen ook al waren die gekoesterde herinneringen je zo heilig! Herinnering is een blijk van liefde. Je merkt dat je beeld, het product van je liefde, grootser is dan de werkelijkheid. Herinnering is het blijk van liefde, Paulette. Iets in je gedachten vasthouden en koesteren, wat een wonder in deze wereld!’

Paulette giechelde naar hem, rolde geconcentreerd door, glimlachte in zichzelf: geroerd door een snaak waar ze lang geleden hoteldebotel van was; duf superieur alsof hij niet al die geintjes met de McCallum-zusjes had uitgehaald, waarmee die hun ook een paar *plein air*-herinneringen had bezorgd; zeker weten, ook voor hem een dorstappeltje aan zoete herinnering om mee te nemen als ie langzaam onder de kanker doorging of de angina of de longontsteking of als de taalkwab van zijn hersens uit de ether was verdwenen door het aanzwellende vuurwerk van een slagadertumor.

Hij zegt: 'Verdomd, net als toen ik op mijn veertiende met Robert Sinclair moest knokken.'

'Daar gaan we weer,' fluisterde ze.

'De grootste rauzer die er op twee benen rondliep. Als in een soort middeleeuws toernooi, moest zijn bende zich met de mijne meten en dat gebeurde op die plek, helemaal omhoog langs het ponypad naar de Black Lochs. Je vraagt je godver alleen af waarom we zo nodig dáár moesten afspreken want we waren zo kapot tegen de tijd dat we er op die ziedende hittegolfdag aankwamen, dat je van geluk mocht spreken als je je arm opgetild kon krijgen, zo leek het tenminste... *leek* of je mijlenver moest lopen om er te komen en ik herinner me de plek als een sappig weitje in een dalletje met alle berghellingen die leken af te dalen in grazige weiden met vers groen gras. Een groene kom omgeven door bergen die omhoogglooiden naar de wijkende toppen en een volle lucht boven zwarte bergen. Ik ben er een paar maanden geleden weer 's naartoe gelopen, om de wei te vinden waar ik Sinclair heb geklopt; een wandelingetje terug in de tijd eigenlijk.'

'Zal best, terug naar je gloriedagen!' Haar gegniffel ging over in gerochel en ze stak haar mooie vingers snel in haar manchet op zoek naar de zakdoek. Ze mompelde: 'Het enige soort slagveld dat een leegloper als jij van dichtbij zal zien, sinds je je machobestaan hebt opgegeven.'

'Moet je horen, Ginnegap, tuurlijk was het geen mijlenver; ik was er in 'n wip.'

De lap hing wit en groen voor haar rode lippen en er klonk gegiechel. Ze knikte.

'En het was helemaal niet het grote amfitheater dat ik in mijn hoofd had, waarvan de hellingen statig naar alle kanten oprezen, het was niet meer dan een piepklein *koolveldje*, met een paar flauwe hellinkjes naar *piepkleine* kliffen. Kijk het leek zo ver omdat ik me onderweg almaar opnaaide. Het leek of overal heuvels oprezen want toen ik en Sinclair naar elkaar toe liepen, de hele wereld buitengesloten, vlogen geweldige bergen op ons af met de klap van de eerste stomp. Ze sloten ons in want je kon niet aan het gevecht ontkomen, daarom *voelde* ik al die bergen om ons heen. En toen ik had gezegevierd herinnerde ik het me als zo'n, arcadië... dat is een beetje paradijsachtig. Wat ik wil zeggen is, het ligt eraan waar je met je hoofd bent hoe de indruk van het landschap wordt ingegrift! Ik besefte het al vroeg, opgroeiend in dit soort grootsheid waardoor jij en ik de hele dag worden omgeven, vermoedde ik dat omdat ik eenzaam was ik meer om landschappen dan om mensen gaf, en toen las ik Bertie Camus, al doende, en in zijn *Carnets* las ik: "In onze jeugd hechten we ons gemakkelijker aan een landschap dan aan een mens. Dat komt omdat landschappen toestaan dat we ze interpreteren." En dat is ook zo, maar op verschillende manieren afhankelijk van je geestesgesteldheid.'

'Je hechten aan een vrouw, daar was je beslist een nul in.'

'Hier is het land overal om ons heen, maar ieder van ons haalt eruit of stopt erin wat hij wil, we zien het allemaal anders, alsof we de spoken van andermans noden en dromen die hier 's nachts rondwaren zouden kunnen tegenkomen.'

'Kijk maar uit dat je je eigen spook niet tegenkomt.' Paulette krulde haar lip een beetje lelijk op.

'Precies. Ik geloof dat we in een halve geestenwereld wonen. Soms vergeten de overledenen gewoon even dat ze dood zijn. Zoals soldaten die ik heb gekend, ooggetuigen, die het er niet over eens kunnen worden waar ze zich op het slagveld allemaal bevonden, omdat al die hoogst opgefokte individuele gezichtspunten met elkaar vechten. Niet alleen de Golf of de Falklands of Normandië. Van sommige veldslagen met honderdduizenden mannen was het onmogelijk om het slagveld te vinden omdat niemand het er met elkaar over eens was; alleen de overgroeide massagraven tonen aan dat het echt was, zoals in Culloden. Sommige slagvelden zijn verdwenen, vanwege generaals die beweerden dat het allemaal aan de andere kant van de heuvel is gebeurd. Net als de Romeinen in Schotland, het Negende Legioen dat naar het noorden oprukte om de garnizoenen aan de Tay te ontzetten, die zijn verdwenen en er zijn mensen die zeggen dat je ze 's nachts nog kunt horen marcheren. Jazeker, als je deze aardkloot waarop we lopen met volwassen ogen beziet.'

Wat hebben mensen in dit leven toch soms gesprekken, hè? retetering.

'Hé, je bent weggesukkeld, wauwelende lichtgewicht.'

Verdomd, zijn benen waren stekerig als de hel, dope haalde de Neef onderuit – afgepeigerd; hij zegt nog: 'Klopt, hoor 's, moet een telefoontje plegen, heb vannacht amper geslapen.'

'Is 't echt!?'

'Misschien kan ik effe een tukje doen, maar dan maak je me later wel wakker, hè?'

'Bij jou wordt dat zeker een rukje.'

Hij probeerde op zijn benen te staan maar zijn onderdanen waren wankelig. 'Het komt niet van de wiet,' verweerde hij zich, 'dat kan ik best bijhouden, gabber. Denk dat ik wat moet eten. Wanneer *heb* ik voor het laatst gegeten?'

'Het is geen wiet,' zei Paulette.

'Hè? Wat dan wel?!'

'Een of andere Nieuwe Dope. Kijk, ik maal de zaadjes fijn onder de wasmachine, daarom staat ie op centrifuge. Er zit geen was in.'

Verdomd, de Neef boog voorover en tuurde er goed in: de wasmachine was leeg. De foliewikkels onder de wieltjes maalden het spul fijn. Zijn mond werd helemaal droog. Hij wilde niet knoeien met dingen die hij niet kende.

Hij liep achter Paulette de wasmachinekamer uit door een gang vol echo's tot onder aan de trap. Ze droeg zijn zwarte rugzak waarvan hij het bestaan was vergeten, hij zag dat er witte, spermaachtige vlekken op zaten, en wist toen een herinnering boven te halen. Opgedroogd zout water, dacht hij. Ze had weer een stickie van de Nieuwe Dope tussen haar andere vingers.

'Rondleiding. Meisjeskamer, verboden terrein.'

Hij knikte, luisterde niet echt, tot latere schande, en zegt: 'Ja, ja,' het was tot hem doorgedrongen wat een honger hij had.

Ze wees omhoog de trap op zodat hij voorop zou lopen, teleurgesteld, ging er snel van uit dat zij hem wilde opvangen als ie viel, maar hij had gehoopt op een blik op haar strakke kontje als ze de trap opliep. Hij liep naar boven.

Boven aan de trap zwaaide ze een deur open naar een eenpersoonsbed in een klein kamertje en gooide zijn rugzak op het dekbed. Het behang was in bonte kleuren; het zag eruit of de kamer nooit werd gebruikt. 'Grote luxe,' zegt ie en ze kuste hem op zijn wang.

'Roep me met een uurtje of zo, ik moet dringend bellen. Zaken.'

'Okiedokie,' ze grinnikte. 'Eigenlijk wel leuk om je te zien, lichtgewicht.' Ze trok de deur dicht.

Hij glimlachte met de ware vreugde die alleen een vrouw kan schenken en trok de broek van de Boeddhistische Snowboarder uit, ging op de zijkant van het bed zitten, prikte gefascineerd in de wespensteken op zijn dijen die in harde knobbeltjes waren opgezet. Het klamme overhemd en de boxer gingen uit en hij wurmde zich onder het lichtblauwe dekbed, rilde van de kou, zijn tenen raakten aan iets dus stak hij zijn hand omlaag. Trok een koude, rubberen kruik van de vorige gast omhoog. Hij liet hem met een ploffend geblubber op een slaapkamerkleedje glijden. Toen begonnen de visioenen.

Auto met gloednieuwe platen stopte, gierde in zijn achteruit. Boven het nummer stond op het email van het bord: WARP SPEED MR ZULU. De Neef pakte zijn rugzak. De Neef wist niet of het beleefd was om *hem* te laten overleunen en het passagiersportier te openen of het zelf te doen, maar de bestuurder leunde en duwde het open. 'Komen er nog vijftien opossums tussen de bomen vandaan?'

'Sorry.'

'Australisch?'

'Nee hoor.'

'Ben je aan het joggen of heb je gewoon geen broek aan?'

De Neef boog voorover om te glimlachen en de bestuurder keek teleurgesteld, alsof hij door wilde rijden, dus klauterde de Neef erin en water stroomde uit zijn rugzak over de versnellingspook. 'Heb vanochtend een kano-ongelukje gehad,' zegt ie.

'O, aan 't wildwatervaren geweest, begrijp ik.' Ongeïnteresseerd keek hij in de spiegel, gaf overdonderend gas.

'Ik moet naar Ballachulish.'

'Waar ligt dat, gaan we dan de goeie kant op?'

'Ja, dertig kilometer naar het noorden.' Hij deed zijn gordel om en keek naar het gezicht van de bestuurder, besefte, juist op dat moment, meteen en intuïtief door dat gezicht dat ze in deze auto een ongeluk zouden krijgen. Op het dashboard zat een kommetje van gekleurde glasvierkantjes gelijmd (hij kon nog een hard geworden druiper van de glutonstick langs de klok zien lopen) waarin een echte kaars brandde. De bestuurder knikte naar de kaars: 'Ik ben boeddhist.'

'O ja?'

'Ik ben snowboarder. Een boeddhistische snowboarder.'

'Kijk aan.'

Muziek met een mechanische dreun stond erg hard aan. De Neef wist dat dat soort muziek 'gangster rap music' werd genoemd. Haalde het niet bij Roses of Lizzy. Hij had het op televisie zien spelen door mannen die wild met hun armen maaiden om hun articulatie kracht bij te zetten. Op een keer had hij in het huis van een meisje eens goed naar de woorden geluisterd; elk nummer was een soort verhaaltje en toepasselijk genoeg was hem opgevallen dat elk nummer, het een na het ander, zich in een auto afspeelde. Het was de muziek van een aan de auto verknochte planeet. Vaak stopten auto's tegenover hem als hij bij voorrangskruisingen duimde en de basdreun van de autoradio deed het voertuig daadwerkelijk op zijn lage ophanging schudden. Met een sinister, subtiel gedein.

De Boeddhistische Snowboarder nam de eerste bocht met de wijzers van snelheid en toeren recht naar boven wijzend, schakelde in flauwe bochten. De Neef zag in een flits een enkel schaap in een wei met twee eksters op zijn rug, wat op het geluksfront god mag weten wat mocht betekenen. Bij het pompstation van het caravanterrein stonden auto's in de rij en hij zag in een flits een oude dame met de benzinetuit in een jerrycan gestoken.

''t Is zomer,' kondigde de Neef aan.

'Anders wel goddelijk, toch?'

'Er ligt geen sneeuw.'

'Ik dacht dat jullie bergen hadden.'

'Dat wel, maar niet zo hoog. 's Zomers blijft her en der tussen hoge bergen wat liggen, maar verder niet.'

'Nou, barst. Ik heb de hele nacht doorgereden. Ik moet een kop thee.'

Recht voor zich uit kijkend piekerde de Neef over de relatie tussen zichzelf en het onbekende lichaamsdeel in hem dat op een dag verstek zou laten gaan, met de dood als gevolg. Hij dacht: als we het maar wisten. Zoals wanneer je iemand in zijn ogen kijkt je niet kunt voorzien dat je allebei wordt uiteengereten in de klap van een toekomstige botsing, tenzij je de toekomst voorspelt en zelf die verwondingen oproept. Vaak droomde de Neef dat alle toekomstige letsels en dodelijke aandoeningen van de lichamen om hem heen, op een feest, of op straat, of met de vrouwen waar hij in stille kamers naast had gelegen, dat die aandoeningen zich allemaal ineens simultaan openbaarden in de mensen om hem heen: woekerend gedijende tumors, openrijtende gezichten, longen zo zwaar als zakken zeewater zodat alle noodlot in zijn smerigheid werd geopenbaard. Hij geloofde dat het een teken van barmhartigheid was om onmiddellijk te handelen, dat noodlot af te roepen.

'Weet jij niet een plek waar we voor een kop thee kunnen stoppen?'

Hij greep zijn kans want ze stevenden op een ongeluk af. Silvermines Hotel in Boomtown zou hem een kans geven om Paulettes huis aan de andere kant van het weiland in het nieuwe plan op te nemen; hij kon uit de waslijn opmaken wie er thuis was, dus zegt ie: 'Jazeker, er ligt hier aan de Moss Road een goede plattelandspub, zou je me misschien een kloffie... broek kunnen lenen? Meeste van me spullen zijn... op zee verloren gegaan.'

Snelheid stond op 170, met één vinger boven op het stuur ging de bestuurder verder: 'Ik heb zin in een lekkere kop thee, drank moet ik niet meer.'

'Ik ook niet,' loog de Neef.

'Ik heb een geweldige vriendin gehad, een buitentype.' Hij keek minachtend naar de Neef.

Kennelijk val ik niet onder het buitentype, hoewel die kloot van een Oom van me bij deze lul vast bovenaan geklasseerd zou staan, wedden, dacht de Neef.

De bestuurder zegt: '*Zij* hield van kanoën. Jazeker, een spitse dame met klasse.'

'O ja? Weet je wat ik gister heb gezien? Een vrachtwagen, gewoon van hier uit de Hooglanden en de maffe chauffeur had een "Ik Rem Voor Kangoeroes"-bord op de achterkant zitten!'

'Maak 't. Je meent het!'

'Verdomd.'

'Ze had iets met douches, hoor, mannen mee in de douche krijgen; dat is mijn conclusie, achteraf. Ze stuurt me brieven uit Zweden, godbetert, zo ongeveer iedere maand. In een vertelt ze dat ze in de regenwouden van het Noordelijke Territorium zat en helemaal gek was van die kerel. Je bent toch geen Australiër, hè?' Hij schakelde in een bocht met ongeveer 90 per uur.

'Nee. Dat zei ik al. Ik kom uit deze streek.'

'Mooi, goed, zij had dus een oogje op die gozer die, hoe verzin je 't, altijd in een badkuip vol met ijsblokjes, midden in het regenwoud met een vilthoed op, poëzie ging zitten lezen. Ik krijg alle details.'

'Wat voor poëzie?' vroeg de Neef, die bij een volgende bocht een vies gezicht trok.

'Hè?'

'Wat voor poëzie las die vent? Vaak kun je vat op iemand krijgen als je weet wat voor poëzie die leest.'

'Je meent 't? *Dat* soort details heeft ze nooit vermeld, ze heeft zo'n haast om bij de seks te komen; ongetwijfeld *Australische* poëzie. Hij droeg een vilthoed, dat weet ik wel, dus niet te vertrouwen.'

'Voor geen cent, dat ben ik met je eens.'

'Nou, die gozer heeft dus een balkon aan de achterkant van zijn huis.'

'Kijk aan.'

'Ja.' Hij lachte. Er zat zweet op zijn bovenlip. 'Dus in het pikkedonker gaat ze het regenwoud in, zwemt naakt in de rivier en bouwt een flink vuur, plukt handenvol mos dat op de oever van de rivier groeit, rolt zich helemaal in riviermodder, plakt het mos over haar hele lichaam en gaat voor het vuur staan. Het is lichtgevend mos, gaat groen fosforescerend gloeien als het aan licht wordt blootgesteld, en ze loopt terug naar zijn huis, klimt op het balkon, hartstikke buitenaards, groen en gloeiend klopt ze bij die kerel op zijn luiken en als hij opendoet zegt ze: "Kan ik van uw douche gebruikmaken?" ' Hij gierde van het lachen.

'Wat een binnenkomer om iemand te versieren!' De Neef trok schielijk allebei zijn knieën op toen ze uit een droge greppel raasden en in de zijspiegel een gruiswolk achterlieten.

'Is zo! Is gewoon zo,' de bestuurder lachte. 'Hetzelfde in Afrika een paar jaar later, ze kwam in het wildreservaat op het terrein van die kerel, ook een Australiër. Die zitten verdomme overal. "Kan ik van uw douche gebruikmaken?" had ze weer gezegd. Vulkanen!' brulde hij. 'Dat was ook zoiets waar ze wat mee had. Sleurde me mee naar Pompeï om al die versteende mensen te bekijken van wie de longen van de hitte waren gesmolten. Erotische muurschilderingen van sodomie, bestialiteit, gesjor en orgies; je kunt het zo gek niet bedenken of ze deden het toen.'

'Zeg dat wel.'

'Kreeg in het hotel geen minuut rust. Daarna moesten we naar IJsland. Overal waar vulkanen actief waren was ze niet weg te slaan.'

Ze kwamen langs een man zonder armen die in de berm op en neer stond te springen.

'Kan het nog gekker,' giechelde de man.

'Dat is Jeukie Magellan, die staat te liften, wordt wel door iemand van hier meegenomen; die heeft getangood met een automatische dorsmachine en liep doodgemoedereerd naar de telefooncel, draaide met zijn neus 999, wist dat ie dood zou bloeden als ie ging hollen.'

'Klinkt interessant, had ik hem maar meegenomen in plaats van jou. Waarom heet ie Jeukie?'

'Kan zijn eigen rug nie krabben.' De Neef zou willen dat ie wat vragen kon stellen aan Jeukie, bij tijd en wijle het hijsmaatje van zijn Oom, die het glas naar Jeukies lippen bracht.

'Ik had een andere vriendin in Japan, waar ik boeddhist ben geworden. Zij ging er ook met een Australiër vandoor. Je kunt je wel voorstellen waar ze daar in verzeild raakte.'

'Escort. Ik hoor dat ze daar weg zijn van westerse escortmeisjes.'

'O, zeker, zo is ze begonnen, maar dat was voor dit nummer niet genoeg. Ze kreeg tienduizend Amerikaanse dollar schoon in het handje voor een maand en één avond werk.'

De Neef floot: 'Jees, tienduizend. Een *avondje* werk?'

'O ja.'

'Mijn nieuwsgierigheid is geprikkeld moet ik zeggen.'

'Ze wordt een maand lang in een kamer opgesloten.'

'Ja.'

'At niets anders dan echte beloegakaviaar.'

'Mmmm.'

'Dronk niets anders dan Evian-mineraal. Na een maand ziet ze er wel even anders uit. Ze heeft me foto's gestuurd. Dan komt het avondje werk.'

'Jaaa?'

'Ze wordt naar een privé-mannenclub gebracht, rijkste mannen van Tokio, ze doet een striptease voor ze op een gigantische glazen tafel met de mannen er allemaal onder, die omhoogkijken. Als ze uitgestript is, hurkt ze en schijt op het glas terwijl de mannen onder haar gat met hun tong tegen het glas gedrukt staan.' Hij gaf nog wat gas. 'Daarna kwamen die mannen om de beurt boven tafel om haar stront te eten. Daar betalen ze een vermogen voor.'

'Kun je me het adres van dat meisje niet geven?'

'Aha!' blafte hij en trok een vies gezicht naar de spiegel.

De Neef keek naar achter in de zijspiegel. Een gestroomlijnde Bouten-Mondeo hing rechts aan hun bumper. Zijn maag draaide om, hij kon zien dat de bestuurder hoog op kussens troonde, joekel achterin, alle raampjes open met de bries door de vacht van de Duitse herder. De Neef zakte dieper weg in zijn veiligheidsgordel. 'Stik, rij langzamer,' zegt ie.

'Kan ik niet maken, man. Probleem is,' hij geeuwde, 'een van mijn remlichten werkt niet. Als ik op de rem druk, houdt die politieman ons aan.'

Voor hij het wist schreeuwde de Neef. 'Blijf dan van de rem af!'
Boomtowns vijftigkilometerbord kwam razendsnel op hen af.

'Waarom? Wat heb ik daaraan?' Bestuurder glimlachte naar hem en knarste de versnelling terug in zijn twee, de tanden knalden bijna van de schijf en een dot rook pluimde over de motorkap van de Bout, maar ze passeerden de snelheidsborden van het dorp precies met vijftig.

'Grapje,' zei de bestuurder, 'de remlichten werken prima. Je hebt iets voortvluchtigs over je, waarom ben je zo zenuwachtig voor politie?'

De Neef keek nijdig uit het raam en daarna naar hem en bitste: 'Het hotel is dalijk naar rechts.'

De auto zwaaide rustig het grind op en de Bout reed gewoon door Boomtown zonder een blik achterom. Ze reden het terrein op, parkeerden en de idiote bestuurder blies zijn kaars uit zodat de rook de Neef in zijn oog prikte. 'Sorry, heb geen extra broek bij me,' kondigde hij aan.

De Neef ging voorop terwijl de bestuurder achter hem met een biep centraal vergrendelde. Neef wierp een blik naar Paulettes huis. Daar kon ie schuilen, hij kon alleen kleine-meisjeswas op de lijn van het droogveldje zien hangen. Hij bekeek de andere waslijnen maar nergens een broek te bekennen, retetering. Gisteravond hingen er bendes aan de droogliјnmolens in de wijk van Ouwe Knarrie.

De pub werd bevolkt door een spectaculair uitgewoonde clientèle over wie een akelige humorloze stilte neerdaalde toen de Neef in zijn boxer zompend naar de bar kloste. De zaak was opgeknapt, uiteraard, en nog gezellig ook. 'Glas bier en thee voor één,' zegt ie tegen het meissie in een witte jurk dat omlaagkeek naar zijn blote benen.

'Sorry?'

'Een bier en een thee, graag.'

'Earl Grey als u dat heeft,' droeg de bestuurder zijn steentje bij.

'We hebben geen bier.'

'Geen bier! En jullie noemen jezelf een pub?'

'Nee niet echt. We zijn een verzorgingstehuis.'

Weer buiten zegt de bestuurder: 'Vroeger een hotel, zeg je, nou man, jij weet wel waar wat te beleven valt. Wat heb je aan je benen?' Hij zette een vervelend tegenvoeteraccent op.

'In mijn kano zat een slapend wespennest.'

'Jij bent niet echt wat je noemt een mascotte, wel? Vooruit, op naar Bala-en-de-rest.'

Hij wist dat hij op zijn instinct moest afgaan maar sukkelde toch terug naar de auto, trok gegeneerd zijn boxer recht en deed de gordel om.

Verdomd, een kilometer verderop, aan de andere kant van het dorp, reden ze langs een man op een fiets, met de bumper zo rakelings erlangs dat de Neef zag dat er op de fiets geen ketting zat. In de spiegel zag hij de gele rubberlaarzen een spreidstandje maken en het achterwiel van de fiets omhoogkomen toen de fietser in de greppel verdween; een kilometer verderop krijste de Boeddhistische Snowboarder 'Godverdegodver', onderstuurde een bocht, ze staken de weg over, de Neef vertrok zijn gezicht en met medenemen van dik tien meter prikkeldraad en verrotte paaltjes kwamen ze op de aflopende helling van een koolzaadveld buiten beeld van de weg tot staan – twee misselijk gekleurde snowboards onthoofdden de Neef bijna in hun zeilvlucht door de gebroken voorruit naar buiten. De klotekaars brandde nog steeds.

'Zie je nou, mijn boeddha beschermt me.'

De Neef draaide zich glimlachend naar zijn chauffeur en zegt: 'Ik heb heus geen auto-ongeluk nodig als excuus. Trek godver je broek uit.'

Wauw! De Neef schoot wakker, dacht dat ie nog steeds in het afgrijselijke hol van Man Die Loopt was. Het was stikdonker en hij had zich niet bij Voorman gemeld, retetering! Nog *zo* tegen Paulette gezegd me wakker te maken! Hij zat overeind met de dorstigste dorst in zijn bek. Jees, uitgedroogd was ie! Hij moest wat drinken. Hij zwaaide zijn benen over de rand, stond op, dacht dat hij nog onder de Nieuwe Dope zat, want hij zweefde, toen viel hij voorover op het kleed en beet op zijn tong terwijl in het donker spulletjes rinkelden. Jezus *Christus*, ik heb vast de doden tot leven gewekt, dacht hij. Hij hield zijn adem in en luisterde intens. Geen kik. Zijn benen bestonden niet meer, ze waren verdoofd.

'Jeukie Magellan?' zegt ie hardop.

Zijn uitgestoken hand raakte de botharde gezwollenheid van zijn voeten aan, alsof alle wespengif naar zijn tenen was gezakt. Hij kon niet staan omdat zijn voeten zo gevoelloos waren en in het donker ook onzichtbaar. Waar zat het licht? De warmwaterkruik lag naast hem dus draaide hij de dop eraf en slobberde er het naar rubber smakende water uit, waarvan het meeste koud over zijn borst liep en terwijl hij de warmwaterkruik leeg slok-slokte drong het *tegelijk* tot hem door dat hij ook geweldig moest pissen! Zat niets anders op, nadat hij het water door zijn strot had gegoten stak hij het uiteinde van Oude Nurks, de Markies van Lorne, in de opening van de kruik, en probeerde zo min mogelijk te morsen terwijl hij erin terugplaste! Net als die koe die hij eens in een veld had zien staan drinken uit een grote trog waar zijn Oom een oogje op had, een koe die dronk en piste tegelijk, met haar staart opzij. 'In de velden van Abraham,' hij bewoog zijn lippen op de woorden.

Hij schroefde de kruikdop erop, voelde hoe kil het was, hees zich daarom weer terug in bed en rolde zich op met de warmte van de met zijn eigen urine gevulde kruik tegen zijn borst. Hij stierf van de honger.

De Neef dommelde weg in verrukkelijke visioenen maar was toen klaarwakker, moest pissen! Jazeker, alweer, schaamteloos banaal en wederkerend maar waar en waarschijnlijk met de noodzaak dezelfde hoeveelheid vocht kwijt te raken als hij uit de kruik had ingenomen, die nu dezelfde hoeveelheid urine niet meer aan zou kunnen; zelfs als je rekening hield met wat zijn eigen uitgedroogde lichaam had opgenomen. Want wie kan de vreemde mysteries van het lichaam berekenen? En wat als hij zou beginnen te pissen en de kruik volgens eenvoudige rekenkundige maatstaven tot zijn inhoudslimiet werd gedreven, stel je voor! Hoe kon hij zijn hoofd nog geheven houden als hij het teveel op het kleed in Paulettes logeerkamer liet klateren, zeker als ze het zou merken! Dat zou zijn al belabberde aanzien bij haar en in de ogen van de plattelanders in het algemeen op een nieuw dieptepunt brengen. De overwegingen van de Neef voerden tot slot tot een verpletterend inzicht, zoals door Leibniz of was het Santayana in zijn essay over Lucretius beschreven? Wat doet het ertoe, de slotsom was: hoe kom ik in de plee, retetering!

Hij zette zijn armen op het kleed en liet toen zijn verdoofde voeten zakken. Hij probeerde zijn boxer te vinden, voor het geval hij een van Paulettes ellendige dochters in huis tegenkwam, hij in zijn blootje, nou dan haalde hij dit keer de krant voor kinderverkrachting! Het stak als een gek om de boxer over zijn gezwollen voeten heen te krijgen, die absoluut giga aanvoelden, bijna beangstigend, alsof ze zouden barsten, zoals toen Hacker tegen hem had gefluisterd dat als je te hard aan je voorhuid trok de paal van je bobbel er als een banaan uitschoot en op de grond plofte en je wel kon vergeten dat je hem er weer in kreeg; in de dagen dat het verhaal ging, ook via Hacker, dat je je eigen adamsappel kon doorslikken!

Te pijnlijk om op knieën te schuiven, dus moest ie zich op zijn ellebogen voortharken, zijn dooie benen achter zich aan slepend, zoals een glibber van bloederig buikvlies uit de kont van een schaap met ingewandsbreuk, zoals zijn Opoe voor een scala aan situaties als beeld opvoerde. Zelfs voor de Neef bij de deur was, had het kleed zijn boxer tot zijn enkels afgestroopt en tintelden zijn ellebogen. Hij kon gemakkelijk bij de klink van een doorsneedeur komen zonder zijn benen te gebruiken. Dit was een door en door doorsneedeur. Hij bracht zijn hand omhoog om langs de acrylverf tastend bij een lichtknop te komen, maar het was zo donker dat hij niets kon zien voor zijn ogen gewend waren aan het beetje licht dat door de gordijnen naar binnen lekte. Zijn tastende vingertoppen konden net bij een lichtknopje komen. Hij dacht: misschien bestaat er een EEG-voorschrift op welke hoogte lichtschakelaars precies moeten worden aangebracht? Da's maar de vraag, want met Glasgow moet natuurlijk ook rekening worden gehouden en je weet wat ze zeggen: Nutteloos om in het Blindeninstituut een lamp te vervangen, retetering.

Door met zijn vingers te trippelen knipte het licht aan. Zijn voeten waren zo gezwollen met die kleine teentjes aan het eind. Als een sinaasappel waar je kruidnagels in hebt geprikt. De schrik sloeg hem een beetje om het hart bij het zien van zijn voeten, misschien moest hij naar een dokter; van afwijkingen moest hij sowieso niets hebben hoewel hij er bij anderen door werd gefascineerd, maar dit was een in hoge mate gezwollen afwijking van voeten.

Hij probeerde zo stil als een spook te zijn, kroop de overloop op en trok aan de onderkant van de leuningspijlen. Hij luisterde naar de hermetische stilte van het slapende huis en wist zeker dat hij een evenredige opwinding in zijn beknelde penis voelde.

Er waren nog twee andere deuren. Sleurde zijn arme Ouwe Nurks over de nylon vloerbedekking; hij werd al te duidelijk de ongevoelige weefsels gewaar van een koopje uit een Landmark-warenhuis. De Neef drukte de klink omlaag en schoof behoedzaam de eerste deur open, misschien was dit de kamer van de meisjes en zou er een koor van gejammer opstijgen. Licht uit zijn kamer bescheen deze andere kamer: hij zag gymuitrusting, zo'n martelwerktuigachtig gewichthefapparaat en het zag ernaar uit dat alle andere zielen zich beneden bevonden. Hij schoof stukje bij beetje verder naar een volgende deur, maar tegen de tijd dat hij hem open had getrokken bleek het niet meer dan een ventilatiekast met een zweem warme lucht van een liggende boiler, toen vielen er een paar godvergeten handdoeken op zijn hoofd waardoor hij zich lens schrok maar hij greep er strijdvaardig naar (alsof iemand hem voor had kunnen zijn) en bleef doorkruipen, gooide de handdoeken voor zich uit, klauwde eroverheen, liet zich in het trapgat zakken met de bedoeling de handdoeken te gebruiken om zijn naaktheid te verhullen voor als zijn gekruip tot staan werd gebracht. Tegen die tijd knapte zijn blaas zowat!

In het donker leek de trap verschrikkelijk steil en het bloed stroomde naar zijn hoofd toen hij begon af te dalen, testikels steeds bekneld op elke trederand tot hij zijn linkerwang op de vloerbedekking in de gang beneden kon leggen. Geen verbetering in de kunstvezelafdeling. Nu waren er meer deuren, over de volle lengte van de helse gang. Hij wist zelfs al niet zeker meer wat de deur van de wasmachinekast was, laat staan de locatie van het schijthuis. Dat werd iene-miene-mutte, daar ging ie maar snel van uit. Deed hem denken aan dat Traffic-nummer, 'House for Everyone', op hun eerste plaat:

On the door of one was: 'Truth'.
On the other one was: 'Lies'.
Which one should I enter through?
I really must decide.

Een compositie van Dave Mason. Geloof ik. Retetering.

Hij stak een hand omhoog, drukte zachtjes de klink omlaag, duwde de lichtgewicht, hol aanvoelende deur voorzichtig naar binnen en probeerde te zien of er aan de muur kinderposters hingen, My Little Pony of Jason Donovan, of wat voor gezeik die malle koters van tegenwoordig aan het zweven krijgt. Waarom had hij niet de moeite genomen de broek van de snowboarder aan te trekken? Omdat het kloteding niet over zijn opgeblazen voeten wilde!

Weer een lege kamer bijna in duisternis gehuld; en zijn familie dakloos! Luidruchtig elleboogde hij zich naar binnen, zijn benen achter zich aan slepend als een slang die zijn huid afstroopt. Zelfs een emmer of bloempot moest nu maar volstaan.

Er klonk een vreemd, opgewonden hoepelgeluid in het donker links van hem.

Er ging licht aan.

Rechtop in een bed naast hem zat onder een Lion King-dekbed, zo dichtbij dat ze voorovergebogen door zijn haar had kunnen kroelen, een van Paulettes dochters, Niamh de oudste. Links van hem galoppeerde in zijn witte kooi Johnstone de Woestijnrat als bezeten op zijn tredmolen.

'Ik kan je harige kont zien.'

'Sssjt!'

'Ben je gekomen om mij te pakken?'

'Nee! Sssjt.'

'Ben je gekomen om Mam te pakken?'

'Neeeee, sssssssj, anders hoort je Mammie je nog.' Hij zwaaide de handdoek naar achter in een poging zijn reet te bedekken. Dat lukte gedeeltelijk met de verstrengelde handdoek over de bilnaad, dus lag hij daar languit te proberen zijn boxer terug over zijn schenen te schuiven.

'Waarom kruip je? Ben je dronken?'

'Kijk maar eens naar mijn voeten.'

'Jakkes, wat hebben *die*?' Ze keek haar ogen uit, gefascineerd maar glimlachend; ze schrok er absoluut niet van.

'Ik ben op zoek naar het toilet, schatje, en ik kan niet lopen.'

'Ik ben je schatje niet, tenzij je mijn vriendje wilt worden en daar heb ik er al twee van en die slaan je verrot als je dubbel, *drie*-dubbel spel met me speelt.' Ze kwam op haar tenen uit bed, stapte over hem heen en deed, tot afgrijzen van de Neef, zachtjes de slaapkamerdeur dicht, zodat ze allebei ingesloten waren.

'Niamh, ik MOET echt nodig plassen. Ik knap zowat!'

'Hier dan.' Ze trippelde naar haar klerenkast; hulpeloos draaide zijn hoofd haar kant op.

'Dit is Katia.' Ze hield de braak- en plaspop vast waarmee ze eerder in zijn gezicht had gezwaaid.

'Hè?'

'Je moet haar met water vullen zodat ze pie-pie doet. Dat kan een meisje niet, als ik het probeer spuit het alle kanten op.'

'Ben je de leukste thuis?'

'Als je het niet doet, roep ik Mam.'

De Neef keek naar de oooo-ende rode plastic lippen, het bleke wit van de afdalende slokdarm van de pop.

'Doe dan?'

'Je bent gek; zeg nou waar het toilet is.'

'Vul Katia zodat ze echte pies pist.'

'Wat als ik... mors. Het is *vies*.'

'Voorzichtigheid is de moeder van de porseleinkast.'

'Eh. Nou, vooruit dan, draai je om.'

Er piepte iets, het was een verstelbare bureaulamp die naast haar bed stond en ze verdraaide hem zodat hij fel in zijn gezicht scheen. 'Ik wil graag kijken, als dat mag,' zegt ze en trok haar benen op.

Er zat niets anders op. Hij hoestte en ging op zijn knieën zitten.

Niamh giechelde. 'Het is waar wat Mam zegt! Je hebt maar een kleintje.'

Hij trok een scheef gezicht, pakte de pop, rolde opzij weg van haar zodat het slappe, door de vloerbedekking geschaafde uiteinde van Oude Nurks, de Markies van Lorne, tussen Katia's dode, schandalig dienstbare lippen kon worden gestopt. De dochter ging gewoon op haar bed staan om van een onbelemmerd uitzicht te genieten, met haar bruine ogen op hem gericht voelde hij de opstopping van pis in zijn buis toen hij werd bevangen door een overweldigende vlaag van Plankenkoorts, de aandrang... de onmacht! 'Ik kan niet,' siste hij, 'als jij zo staat te *gapen*.'

'Wees maar niet verlegen.'

Hij draaide zijn hoofd weg, probeerde te doen of de lippen van de pop met dat stomme smoel bij andere, warme, levende gezichten in de overspoelende zee van begeerte hoorden.

'Vooruit, plas in haar mond,' fluisterde Paulettes dochter en ineens kreunde ze, in zichzelf, en die in zichzelf gekeerde kreun wekte bij de Neef een geweldige opwinding, niet zozeer vanwege dit laatste bajeswaardige delict, maar door het verhaal van deze gebeurtenis en hoe hij het op het volmaakte ogenblik in het oor van een vrouw kon mompelen, toen er een paar eerste druppels kwamen, gevolgd door een fikse straal en door het hoofd van de pop schuin te houden slikte ze het allemaal dapper. Hij zou met bewondering, lof en soelaas aan de fabrikant kunnen schrijven!

De pop werd in zijn koude handen zwaar en warm en toen hij klaar was stegen er vleugjes van zijn kwalijke damp uit haar lippen op, alsof het geval Marlboro's had ingeslikt. Hij moest denken aan de zuipdagen als hij in het donker voor het chemische toilet knielde en vervolgens een lucifer afstreek om te controleren of er bloed bij zat.

Hij keek naar het jonge meisje en likte traag over zijn lippen.

'Mannen zijn zo walgelijk,' zei ze over hem heen stappend om vervolgens heel voorzichtig Katia te wiegen. Ze zette de pop in het gareel tussen de andere imitatiewezens. 'Welterusten, kruip zacht en maak Mam niet wakker.'

Hij begon weer naar buiten te kruipen; ze liet hem met de deur worstelen en deed het licht uit; al die tijd zat Katia in de hoek van de meisjeskamer tussen haar mistroostige kliek met dodelijke minachting de pijnlijke sluipgang van de Neef gade te slaan.

Halverwege de moordende trap knalden alle lichten aan. In elk geval had hij inmiddels zijn boxer weer aangesjord en voor elke trede een opwippertje uitgedacht om te voorkomen dat ie weer afzakte. Het was nummer twee van het klein grut. De Neef keek langs zijn been omlaag naar haar bestraffende blik, waarop hij een pijnlijke poging deed sneller naar boven te komen toen het kind wegliep, maar even later stond Paulette een kamerjas om zich heen trekkend en hoestend verbijsterend rijzig onder aan de trap.

'Waarom heb je me niet wakker gemaakt?' jengelde de Neef.

'Heb ik godver geprobeerd, je was van de wereld, mompelde van alles en nog wat en wat moet dat voorstellen om in je nakie in huis rond te kruipen?'

'Sorry, maar kun je me zeggen waar het toilet is?' verzuchtte hij met een normaal stemgeluid.

'Wat mankeert er in godsnaam aan je *voeten*?' zei ze en toeterde haar neus.

'Er zat een wespennest in de punt van mijn kano. Ik ben getuchtigd.'

Ze kwam de trap op en bekeek zijn opgezwollen voeten en giechelde fluimachtig. 'Daar is maar één remedie voor. Uiteraard met een beetje verdoving.'

Paulette reed hem onder oranje natrium straatlantaarns op het gejatte ziekenhuiswagentje terwijl alle lichten in de aangrenzende huizen aangingen en gordijnen bewogen. Ze stopten waar de straat doodliep op een ovale draaiplek.

'Heb je voor dit ding ook een belastingplaatje?'

'Dient om Colin het huis in te rijden als ie ladderzat uit de kroeg terugkomt. Oké. In de benen, makker.'

Met zijn arm om Paulettes badjas geslagen liepen ze de Argyllshire Omstreden Velden op, de vertrouwde gebieden waar nieuwe woonwijken met een schijn van beschaving op rietland stuklopen; waar kabel-tv en riool ophouden, waar telefoondraden weer teruglopen, terwijl de luie bewegingen van dolende nachtdieren langs de distels ruisen. Hier lopen boerderijdieren los rond met dezelfde vrijheden als de heilige koe in India. Een peloton van blauwe merktekens op de flanken van schapen is net zichtbaar boven de biezen van de altijd vochtige grond. Een volmaakt hek staat alleen, aan weerszijden door de omheining in de steek gelaten.

Terwijl ze over zogenaamde weilanden ploeterden sloeg een uitzonderlijk potige distel tegen zijn dij, een dikke sappige brandnetel loosde langs een scheen zijn gifblaasjes, terwijl haar badstofjas de planten voor haar opzijduwde. Teleurgesteld zag hij de rafelige rand van verhullende onderkatoen rond haar sportschoenen.

Ze bleven in woeste weilanden in het stikdonker staan, met op de achtergrond de woonwijk niet meer dan paddestoelen van straatverlichtingsdamp en glinsterende daken. Paulette strompelde met hem van links naar rechts, liet hem zelfs een paar keer bijna omvallen tot de afmetingen aanvaardbaar waren en zijn gezwollen blote voeten met zijn naakte benen gynaecologisch gespreid diep wegzakten in twee grote verse hopen koeienvla, verhard door de trage opmars van het daglicht zodat de korsten zich tussen de blonde haartjes op de bovenkant van zijn voeten drongen.

'Beste middel tegen gezwollen voeten is goed weken in verse koeienvla,' verkondigde ze twijfelachtig, stak snel een hand uit naar zijn rechterschouder om hem in evenwicht te houden terwijl ze weer twee stikkies van de Nieuwe Dope in haar mond opstak en hij ontspande maar wel rilde toen ze het inmiddels vertrouwde spul tussen zijn lippen stak.

'Geweldig tegen pijn, ik heb een flinke trek genomen toen de weeën voor Niamh begonnen, voor ze me wegreden.'

In de drek staan was de noodlottige wraak op hem vanwege de Bout, dacht de Neef en zegt: 'Is er geen gevaar voor infectie?'

'Zeg je dat tegen alle meisjes?'

'Toen Stinklaps ouwe heer op de konvooien schipbreuk leed pisten de mannen op hun handen om de vorst eruit te houden en ze kregen allemaal ontstekingen in hun gebarsten knokkels en zo.'

'Nou ja, in een open wond, dan wel, maar je eigen afscheiding kan heel goed zijn, alle topmodellen drinken tegenwoordig elkaars pis. Ik vind dat sexy.'

'Mmmm,' hij zweeg en zegt dan: 'Ik vind, Paulette, dat je wel een erg visceraal gericht gezinnetje hebt.'

'Ik heb nooit vaseline nodig.'

'Je bent sexy, Paulette, ik herinner me dat je graag wilde dat een man een liedje in je oor zong tijdens...'

'Noem je dat zingen? Jij zong niet beter dan je neukte.'

De vrouwen hebben altijd zo hun eigen geintjes, dacht de Neef, net als die teef: douches en vulkanen! Zekers, als je het knopje van hun fetisjisme weet te vinden en er steeds op drukt, willen ze wel van je houden. Als ik eenmaal het geld van De Man Die Loopt heb, zit er misschien wel een reisje naar Japan in, iedereen heeft het altijd maar over drollen, en lekker schuim kloppen met die kaviaarhoer in de jacuzzi, en de vlokken eruit stoten, mmm.

De Neef, een symbool van zijn natie, stond rillend pal in de koeiendrek onder bewolkte Schotse luchten te mijmeren over betere dagen in het verschiet.

De Man Die Loopt liep de hellingen af met kampeerbepakking op zijn rug en zijn gedoofde pijp ondersteboven in zijn mond om te voorkomen dat die zich met regen vulde. Aan het einde van elke lange arm bungelde een draagtas. Beide tassen waren helemaal gevuld met water, de plastic hengsels deden zeer aan zijn handen en hij moest de tassen van zich af houden om zijn benen bewegingsvrijheid te geven.

In de tas in zijn linkerhand dreef een dode zalm, opgekruld tegen het plastic; je kon zijn zilveren schubbige zijkant zien. In de andere tas zat alleen water dat eruit klotste als gevolg van zijn onregelmatige tred.

Het regende nog steeds toen hij bij het Hotel kwam. Op het parkeerterrein van het Hotel goot hij naast twee geparkeerde bussen het water uit de tassen. In een ervan wikkelde hij de zalm en legde die naast zijn laars; daarna bracht hij twee vingers bij zijn linkeroog en haalde het eruit. Het was een glazen oog. Na het glazen oog eruit te hebben gehaald pookte hij in de donkere holte van de kas en haalde onder het huidlapje een klein pakje aluminiumfolie met hasj vandaan. Hij vouwde het open, brak er met zijn duimnagel meer dan de helft af en slikte het brokje door. Hij pakte het resterende stukje weer in en stopte het terug in de kas achter het glazen oog dat hij weer inzette. Hij raapte de zalm op en liep over het terrein naar de deur van de bar. In het Hotel was het druk van de bustoeristen die daar zouden overnachten.

Toen hij aan de bar kwam zei hij: 'Twintig enkele.'

'Twintig? Wilt u twintig whisky's voor het busgezelschap?' De barman schoof een blad op de bar en begon twintig whiskyglazen uit te tellen.

Hij schreeuwde: 'In één glas, man; in één glas!'

De barman keek hem aan, zuchtte, pakte een pul en begon die te vul-

len met een reeks borrelmaatjes whisky.

De Man Die Loopt flapte de zalm op de bar. 'Vis of boter bij de vis?' vroeg hij.

De barman zei: 'Hoor 's, meneer, ruilhandel is sinds de Middeleeuwen uitgestorven, het zal met geldig betaalmiddel moeten.'

De Man Die Loopt haalde uit de zak van zijn overjas een flink stapeltje natte bankbiljetten van een pond en begon met een opgetrokken wenkbrauw de biljetten af te pellen; een paar ervan scheurden doormidden zo doorweekt waren ze, maar hij plakte ze op de houten bar.

De barman verzamelde meer dan twintig van de drijfnatte hele en halve biljetten, maar stopte ze niet in de kassa, hij legde ze op een radiator naast een stel bierkratten te drogen. De barman sloeg de kassa aan en legde het wisselgeld naast de dode vis. 'Wilt u dat van de bar verwijderen, alstublieft.'

De Man Die Loopt pakte de vis van de bar en stopte hem in de plastic zak. 'Wat een prachtige grote vis, is het een zalm?' vroeg een toerist die niet ver van hem af stond.

De Man Die Loopt haalde zijn glazen oog er weer uit, grijnsde naar de toerist en zei: 'Werp een blik in mijn hoofd.' De toerist maakte zich snel uit de voeten.

De Man Die Loopt haalde een klein kistje uit de binnenzak van zijn overjas. Hij maakte het open en haalde er zijn drinkersoog uit. Dit glazen oog was gelijk aan het andere, maar het wit van het oog was expres doorlopen met rode adertjes zodat het paste bij zijn levende oog na het consumeren van twintig whisky's. Hij zette het rode oog in.

Een uur en drie kwartier later was het na sluitingstijd en de bar leeg op De Man Die Loopt na; in de bodem van zijn pul stond nog een flinke laag whisky.

De barman herhaalde: 'Vooruit, meneer. Ik moet echt het glas van u terug hebben.'

De Man Die Loopt pakte de draagtas: het omgekeerde dode oog van de vis en zijn gapende bek zaten dicht tegen het grauwige plastic gedrukt. Hij tilde de zalm er aan zijn kop uit, omklemde de kieuwen met zijn greep, goot langzaam de whisky uit de pul in de open bek van de dode vis, voorzichtig om geen druppel te morsen, zette daarna met een klap de pul op de bar. Goedenavond! *brulde hij. Hij liep het Hotel uit de regenachtige duisternis in en hield de bek van de zalm bij zijn eigen mond, sloeg zijn hoofd achterover en goot alle whisky uit de vis naar binnen. Daarna nam De Man Die Loopt de staart van de zalm in allebei zijn handen, zwaaide naar achter en gaf het gevaarte een flinke slinger de weg over. De vis buitelde door de nacht en landde met een plof op het dak van een van de bussen – wat in de ochtend ongetwijfeld zou leiden tot een hoop speculatief gezever onder de toeristen over de voedingsgewoonten van de steenarend, enz., enz., maar ondertussen ging hij ervandoor, met rasse schreden het natte donker van de nacht in met zijn duimen achter de riemen van zijn kampeeruitrusting gestoken. Hij liep via de binnenwegen over de Concessiegronden, tussen de afgelegen huizen door de duisternis tot hij bij een flauwe helling in de weg kwam waar hij bleef staan. Hij liep een vlak veld in en beende door het pikdonker. Er kwam een fors geknetter en een blauwe ontploffing toen hij tegen een omheining van schrikdraad op vol vermogen liep. Hij jankte en viel achterover op zijn gat in een plas. Hij zag geen steek voor zich, achter zich, links van hem of rechts van hem en dus wist hij niet waar de schrikdraadomheining was, die in het donker op hem wachtte.*

De Man Die Loopt zat daar onbeweeglijk in het verregende veld en grinnikte in het donker, en maakte toen een geluid dat meer weg had van een snik. Hij boog zich voorover en zwaaide zijn bepakking af. Hij haalde er een stel stokken uit die tegen elkaar sloegen en klonken als tentstokken. Maar dat waren het niet. *Hij vouwde de plastic muren en het dak uit van een speelgoedpoppenhuis dat hij vaak voor zijn kampeerexpedities gebruikte. Hij probeerde op te staan om het huisje op te zetten, maar hij was zo kadaver dat hij iedere keer achterover op zijn gat zakte. Uiteindelijk maakte hij de veters van zijn laarzen los en trok ze uit, waarna hij ging liggen en alleen maar het plastic van het huisje tot aan zijn kin als een laken over zich heen trok.*

Hij begon te snurken, het water vormde belletjes in zijn omhooggerichte neusgaten en ook klonk in het donker het geluid van grote regendruppels die op het plastic kletterden. De volgende ochtend stonden zijn laarzen vol water.

In de namiddagzon, een verse tas met water dragend, kwam De Man Die Loopt de heuvels af. Hij liep de Bazaar van Ouwe Grijskop binnen om proviand in te slaan. Hij legde zijn aankopen op de toonbank naast de kassa, overal water knoeiend terwijl hij rondliep. Hij kocht vier blikken Zuid-Atlantische Haring in Tomatensaus en een blik Noord-Atlantische Haring in Tomatensaus! Hij kocht Clann-tabak, twee exemplaren van de Daily Telegraph, *twee exemplaren van de* Financial Times *en twee exemplaren van* The Times.

'Het klaart nu aardig op, geloof ik, hè?' zei Ouwe Grijskop.

'Hou je kop en geeft eens een draagtas,' zei De Man Die Loopt, die was vergeten om zijn drinkersoog te vervangen en daarom een rooddoorlopen en een helder oog had. Hoewel hij stinkt, schreeuwt, water morst en een keer zelfs haring-in-tomatensaus-kak op de grond van de winkel had gescheten en zijn kont daarna met een dode duif afgeveegd, had Ouwe Grijskop veel respect voor De Man Die Loopt vanwege de kwaliteitskranten die hij las.

'Goedenmiddag verder, meneer,' zei Ouwe Grijskop, die met een dweil achter De Man Die Loopt aan kwam.

De Man Die Loopt liep de paden op naar zijn huis op de heuvel. Hij leegde de zak water in een honderdlitervat in de overwoekerde tuin, dat al door de regen was gevuld, zodat het langs de zijkanten overliep. Hij maakte de voordeur van zijn huis open. Namiddagzon scheen nog over zijn schouder maar binnen was het donker: pikdonker. Hij deed de deur achter zich dicht, zakte op handen en knieën op de grond en sleepte de draagtas met proviand al kruipend door het netwerk van smerige papier-machétunnels en iglo's die hij in de kamers en gangen van zijn huis had gebouwd: het papier-maché gemaakt van jaargangen en jaargangen ongelezen kwaliteitskranten.

By the Bonnie, Bonnie Banks of Loch Lomond

Ik ben geboren op de prachtige oevers van Loch Lomond in het Sloykamp in 1944, waar Ma (God hebbe haar ziel) en zogenaamde-Vader geïnterneerd waren. Ik onderbrak de verplegers, ook geïnterneerd, toen ze probeerden een warm maal naar binnen te werken.

'O, Petulia,' verzuchtte dokter Schmidt tegen Ma terwijl hij zijn handschoen knallend aantrok: vijf spookachtige, bleke condooms, lichtgevend als sneeuwbessen in de schemering. 'U heeft *beloofd* dat u mijn voordracht niet zou verstoren.' Toen ik bungelend naar het magnetische zuiden een klap op mijn achterste had gekregen, verzuchtte de goede dokter: '*Het lijden van de jonge Werther* stond voor vanavond op het programma.'

Dergelijke woorden begeleidden mijn komst in de wereld.

Gehurkt, negen maanden voor mijn geboorte (ik ben altijd punctueel), stokte Ma's adem toen een komeet van vuur hoog over haar haarlinten de sterren in schoot. Ze hoorde zelfs de onzichtbare stukken metaal de dennenbomen voor haar bekogelen, kerven en door elkaar schudden, alsof ze over de heuvel in galop achter de brand hoog in de lucht aan zaten!

Ma zei dat ze niks van de inslag had gehoord omdat mijn zogenaamde-Vader inmiddels op haar lag. Ze zei dat de wolken er vanonder door verlicht werden tegelijk met de climax van haar hartstocht: helemaal paars, zwiepend licht hoog in de holtes, bollingen en slierten van de wolken, toen werd alles donker. Pa zweefde omlaag en kwam voor haar op zijn voeten terecht voor ze was uitgeplast; hij moet er bijna knap uit hebben gezien in die lichtwarrelingen.

Wat kun je verwachten in een wereld waar meisjes van zestien in het open veld hun rok optillen en halfnaakte, krachtdadige mannen uit de lucht omlaag komen zweven?

En hij, stel je voor! Daar hangend, gehuld in omgekeerde vlammen en bespat met olie, zijn kleren half afgerukt, daarna uit de cockpitkap vallend en tuimelend tussen verzilverde wolkkoppen van het donker, enigszins verlicht door zijn brandende vliegtuig onder hem, gevolgd door duisternis erbinnen maar met de adem van engelen om zijn wangen, wolken die zijn vliegeniersbril bevochtigen in de verbijsterende stilte van het volmaakte zweven van zijde. Toen het onzichtbare veld onder zijn voeten op hem af kwam en hij oog in oog stond met een halfnaakt tienermeisje, haar huid blauw in de nacht, was er reden tot feest. Noem Ma weinig vaderlandslievend als je wilt. Menige man is sindsdien (en ervoor) door haar handen gegaan, maar ze hield voet bij stuk dat het de geweldigste neukpartij van haar leven was, God hebbe haar ziel, en dat werd als excuus naar de plaatselijke priester geschreeuwd.

Later naaide zogenaamde-Vader van de zijde van zijn parachute nieuw ondergoed voor haar. Zo kwam ik, in haar buik, in een interneringskamp bij de dam waar van alles en nog wat zat: Moffen, gewetensbezwaarden (stuk voor stuk dichters), verloren Molotovs en Spaghettivreters, die van bordpapier een kerk bouwden en hem goud schilderden. Sommigen met technische vaardigheden bleven in het kamp, anderen, grondwerkers, werden iedere dag in open kolenwagons via de spoorlijn van en naar de basis van de Koninklijke Marine vervoerd.

Vader zogenaamd, tot hij op een dag boven op de dammuur een John Deere-tractor over de rand zestig meter diep in het casco van de dammuur liet tuimelen. Ze namen niet de moeite om wat er van *hem* over was omhoog te hijsen, alleen de bougies werden uit de tractor geborgen en daarna de beton boven op hem gegoten.

Iedere keer als ik een waterkoker aanknip en het licht afzwakt, verkneukel ik me bij de gedachte dat zogenaamde-Vader zijn piepkleine steentje bijdraagt aan de hydro-elektriciteitsvoorziening van de Schotse Hooglanden. Ik heb zelfs eens een missive neergepend aan de toenmalige Energieminister waarin ik te kennen gaf dat ons gezin eigenlijk korting op de elektriciteit zou moeten krijgen. Nimmer een gewoon blijk van beleefdheid in de vorm van een antwoord ontvangen. Kernenergie zou, op basis van mijn mathematische onderzoekingen, de volgende oplichterij van de klant worden. Wie was mijn echte vader? Is dat niet overduidelijk? Kolonel Bultitude natuurlijk! Het was van begin tot eind een doofpotaffaire, wat de Bultitudes ontkenden toen ik probeerde erkenning te krijgen voor mijn niet door Hollywood erkende scenario's.

Mijn innemende glimlach en mijn verbluffende gelijkenis met koning Edward (of was het Georgie?) kwamen mij te stade op de lagere school op het eiland waar we onze namen met krijt op dakleien schreven, uitwisten en daarna niesden. Wanneer je moest, stak je beleefd je hand op voor juf Campbell en liep je naar buiten naar een deinend korenveld om te pissen of te poepen.

Op het eiland moest je iedere ochtend drie kilometer te voet naar school en wanneer je terugkwam kon je aan het bloed of de veren op de treden van de caravan zien of er die avond konijn of kip op tafel kwam. Op een keer liet Ma me een gekookt konijnenhart zien – het was een grijze kleine kiezel. Moeder was een ster met de oude vertrouwde pijl en boog. Een gave die ik heb geërfd.

Onze standplaats was naast een huis: nummer 4. Waarom nummer 4? Tot op drie kilometer was geen ander huis of gebouw te bekennen! Vreemd als ik erop terugkijk, maar de exacte afstand tot alles op het eiland: het grote huis, het schoolgebouw, het dichtstbijzijnde schijthuis, de pier naar het vasteland (waar je bij laag tij bijna een steen naartoe kon gooien, over glad zwart water en drooggevallen wier, dat er hulpeloos bij lag, de staande reiger en de volmaakte pendant van zijn eigen versteende weerspiegeling!) – de afstanden leken altijd drie kilometer te zijn. Later, toen ik een doorgewinterde mathematicus werd, namen die berekeningen meer van mijn tijd in beslag dan de Stelling van Deurmat. Ware men een door-de-wol-geverfde freudiaanse biograaf, dan zou men de conclusie trekken dat de ontstentenis van de huizen 1, 2 en 3 op het eiland mijn speculaties als het op fysica aankwam waarschijnlijk eer in de theoretische dan in de praktische richting voerde.

Toen ik tien was meende Ma dat ik difterie had (of was het roodvonk?). Ze meende tevens dat de dampen van het asfalteren alle slechtheid uit me zouden branden en dus moest ik, op zijn zondags op een doordeweekse dag in de aanvang van de zomer, de trage progressie van de Ieren op de oprijlaan van het grote huis voor de wind volgen en diep inademen terwijl ze de plakkerige teermacadam uitstrooiden.

Ma liet me alleen toen ze door alle vijf de Ieren werd meegenomen om te zien waar de elfen bijeenkwamen en ik stond op de teertank met mijn gezicht braaf boven de open klep gebogen opstijgende dampen te inhaleren. Zwarte, glanzende teer bedekte de zijkanten van de tank met lagen matte, gestolde druppels; waar een klap met een metalen roerstok of hark een plakje had afgeschilferd lag een gepolijste glans.

De teerpony, met zijn oogkleppen en voederzak met lekkend water dat op het verse asfalt stoomde, begon ondanks mijn gekrijs te lopen; zijn hoeven waren erin verzonken tegen de tijd dat de Ieren hijgend en Ma met verwarde haren terugholden; de teerpony zat muurvast. Toen ze hem eenmaal loskregen hoorde je de hele week de pony van mijlenver aankomen met die klompen harde zwarte teer nog steeds om de hoeven van zijn voorpoten geklonterd.

Die avond werd de leren riem over mijn blote achterste gelegd. Onvermijdelijk zat er ook teer op mijn zondagse goed. Ik vroeg Ma of ze nog elfen had gezien en ze riep: Vijf, hele hele kleintjes. De zondag daarop stierf de pony aan dampinhalatie. De eerbiedwaardige Kolonel Bultitude liet het paardje aan stukken hakken als voer voor de tijger die hij volgens zeggen in zijn grote huis hield.

Van de Ieren vond ik Padraig (uitgesproken als Porick) het aardigst. Ik bracht hun iedere dag hun bak thee. Padraig liet me een rioolbuis zien die de vrouw van de Kolonel met alle geweld onder de oprijlaan wilde hebben, zodat de elfen hem konden gebruiken en hun o-zo-tengere voetjes niet vast kwamen te zitten als ze het natte asfalt over moesten.

Iedere vrijdagavond kwam Padraig Ma ophalen naast nummer 4, in een gloednieuw pak dat hij van de rondreizende Pakistani kocht. Padraig droeg dat pak het hele weekend als hij met Ma zijn loonzakje leegde aan drank en tabak in de pubs op het vasteland. Op maandag waren de portefeuilles leeg en klauterden Padraig en de andere Ieren in hun gloednieuwe pak weer in de greppels en begonnen te scheppen, geulen te graven en te hakken en wegen te maken. 'Best geklede wegwerkers in Schotland,' brulde de Kolonel tegen gasten op de achterbank van zijn Bentley, tijdens een sjeesritje van tweehonderd meter vanaf de jachtsteiger, als de Ieren vanuit de greppels groetten. Op vrijdag, betaaldag, staken Padraig en de anderen hun hoofd en schouders in een waterton en kochten voor het weekend weer een gloednieuw pak. Nooit gedoe met wasgoed, ze droegen die nieuwe pakken het hele weekend en de volgende werkweek weer tot aan de volgende vrijdag als de kleren smerig, verscheurd en aan rafels waren, dan kochten ze weer een stel gloednieuwe pakken. Een vestimentaire verkwisting die ik altijd heb getracht te evenaren, hoewel de tijdspanne tussen het aantrekken van een nieuw pak en het afdanken van het vergane eer naar de lange kant neigt.

En dus gooide Ma haar Duitse grammatica weg, trok naar het zuiden naar het land van Burns in de buurt van Darvel of was het Newmilns (?), en lanterfantte ik in de velden met Bosbezie Bill die in een hooiberg woonde en in mij (onder meer) de kiem legde van mijn liefde voor een zwervend en roekeloos bestaan en dat was de tijd dat de Landweer ginds in Edinburgh Ma leerde hoe ze een vrachtwagen moest besturen. In het rijexamenrapport (een van mijn gekoesterde bezittingen) heet het dat haar theoriekennis 'onorthodox maar doeltreffend' was en 'haar rijvaardigheid trefzeker en betrouwbaar ondanks het feit dat ze in Princes Street een zakenman van zijn paraplu ontdeed', maar zij vertelde me dat dat kwam omdat de examinator zijn hand tussen haar benen had zitten en gedurende vrijwel het hele rijexamen haar wielen in de tramrails vastliepen.

In een zomer, de greppels overwoekerd door kraaiheide die tegen je wieldoppen zwiept en er zijn sap op achterlaat, reed Ma onze oude achttons leger-Bedford, beladen met waaierende golven hemelsblauwe zijden lappen, tegen de regen afgedekt met canvas over de opbouw. Bracht de lading naar het modistenmagazijn in Darvel.

Bosbezie Bill had een lift in de cabine afgetroggeld, zat met een elleboog brutaal op het portier geleund, en wipte zijn peuk door het open raam naar buiten. Bij Loudoun Hill klauterde hij eruit om zich op het oude slagveld uit te leven. Een kilometer verderop zag Ma de eerste witte rook in het zijspiegeltje trillen en over het veld verwaaien. De laadbak van de vrachtwagen stond hopeloos in brand. Ma wist dat de enige kans om de lading te redden was niet te stoppen maar snel door te rijden, heuvelaf, op de claxon drukkend door de smalle hoofdstraat en te proberen stevig op de rem te gaan staan voor de brandweerkazerne van Darvel, waar de jongens die zij zo goed kende haar vrachtwagen met hun enorme spuit zouden blussen. Maar dat risico nemen hield de mogelijkheid in dat het vuur naar de dieseltank zou lekken en de hele boel zou opblazen, mogelijk midden op het stadsplein, maar Ma wist hoeveel die lading zijde waard was en dus trapte ze het gaspedaal in, dreef een groep paardrijders uiteen, en toen de brandende vrachtwagen onder aan de heuvel kwam, vloog het dekzeil in de fik en schoot met een geweldige zwieper los, knapte het touw waarmee de lading zelf zat vastgebonden, begonnen lappen vlammende zijde, hemelsblauw met oranje vlammen, zich uit de laadbak los te pellen terwijl Ma het stadje in reed met een rivier van blauw achter zich aan, als een tanker waaruit verf stroomt, de randen van de zijde knetterden en rookten, tot de voordeuren openvlogen en de dames uit de huizen van Darvel naar buiten kwamen in een blauwe rivier met schroeivlekken alsof de straat opnieuw onder kwam te staan, maar dit keer met de glanzende stof in plaats van rioolwater van de fabriek aan de rivier. Toen Ma voor de glazen roosterdeuren van de brandweerkazerne aan de handrem rukte was er nog maar vijf meter zijde over die achter op de vrachtwagen lag te branden en ze stapte opzij toen het voertuig in vlammen opging. De rest van de zijde strekte zich drie kilometer lang over de weg uit en rimpelde tegen de bermen, zodat piloten die Dakota's op Prestwick invlogen via de radio vroegen wat er werd gevierd en de jurken van de debutantes van Darvel twintig jaar lang van dezelfde uitgesproken blauwe stof waren gemaakt, vaak met een brandvlek verstopt onder de rokken, naast die bedeesde, blote benen.

Maar ja, drie kilometer zijde is toch aan de prijzige kant en toen de fabriek erachter kwam dat Ma zich nooit een verzekering had kunnen veroorloven, presenteerden ze mijn moeder de ijzingwekkende rekening voor elke meter zijde die zich uitstrekte van Loudoun Hill tot in de hoofdstraat van Darvel.

We moesten met de noorderzon een goed heenkomen vinden naar de Hooglanden, ik weggedoken onder haar gevouwen elleboog en haar canvas tas om me tegen de spetterende regen te beschermen, met alles wat we bezaten bij ons, in de dekking van de nacht dwars door het veld meegenomen door Bosbezie Billy, om bij het sindsdien allang opgeheven zijspoor van Drumclog te komen waar we in de locomotief van de eerste goederentrein meereden. Noordelijk naar een rangeerterrein ten zuiden van het Centraal Station, waar Ma me naar buiten stuurde terwijl zij een kort onder-onsje had met de machinist in de wagen en ik de grote Black Five-locs langs zag stomen...

De lippen van de Neef bewogen: VOLSLAGEN EN ABSOLUTE ONWAARHEDEN! Hij schudde zijn hoofd. Het was pure fictie, verzonnen, waarvoor stukken en brokken van familiegeschiedenis waren gebruikt, verhalen die hij in kroegen had gehoord! Met een stalen gezicht en roestvrij lef ging die Oom van hem ertegenaan! En nog godvergeten oneerbiedig tegenover zijn moeder ook, bezwangerd door een gevechtspiloot van de Luftwaffe! Hoe krijg je 't verzonnen, retetering!! En het snobisme! Man Die Loopt was altijd al een snob zonder reden. Uitgerekend het soort dat zich laat voorstaan op blauw bloed; De Man Die Loopt had de adel nooit van dichterbij gekend dan door de neus van de laars van een jachtopziener tegen zijn reet! En bij god, Opoe had nooit een vrachtwagen gereden... daar miste ze nou eenmaal de glamour voor!

De voorhoofdrimpelende inspanningen en het mediëvistieke denkwerk van de Neef waren de hele dag doorgegaan. De vorige avond, na hun romantisch samenzijn onder de sterrenhemel, nou ja, onder regenwolken in de koeienvla staan, had Paulette, liefderijk vond hij, zijn wespensteken met jodium gebet na een verkwikkende schoonmaakbeurt om de kak eraf te spuiten: met haar sierlijke, geringde duim had ze de tuit van de tuinslang dichtgeknepen en daarna had ze hem naar bed gestuurd, en stond hem alleen nog een kusje op de wang toe.

Die ochtend had de Neef onder het raam van zijn slaapkamer (wat klonk dat vreemd: 'jouw slaapkamer') het getik van wasknijpers gehoord en zich voldoende opgetrokken om op Paulette neer te kunnen kijken. Haar verkoudheid leek erger, met haar mond vol veelkleurige knijpers, dat jongste dochtertje zat op een kleedje met Katia de pop te spelen, liet haar een straaltje plassen en proefde er een beetje van. Om je te bescheuren! Wat een huiselijk tafereeltje. Verstoord omdat de aanblik van eenvoudige wasknijpers de Neef weer eens deed herinneren aan degene van wie hij nooit rust zou krijgen, zijn Oom, De Man Die Loopt, die altijd knijpers aan zijn kleren had hangen als hij ze onlangs bij iemand van de waslijn had bevrijd.

Paulette bracht bouillon die in wankel evenwicht op een blad was gemorst en verbood de dochters de trap op te komen om hem te kwellen, maar waar het op neerkwam was dat de Neef aan bed gekluisterd was in een huis zonder telefoon (slechte invloed op de kinders, had Paulette gezegd). Ondanks het knagende gevoel over het feit dat hij zonder verlof wegbleef zonder verslag uit te brengen aan de Voorman, ondanks de kilometers waarmee De Man Die Loopt de afstand tussen hen vergrootte, verveelde de Neef zich tegen de middag mottig. Hij had de rugzak met de kilometers schrijfmachinelint erin naar zich toe getrokken en was aan een onderzoek begonnen.

Het was lint van een elektrische typemachine dat met geweld uit de cassette was gehaald zodat aan elk uiteinde het lint was uitgerekt en geplooid en de inkt van het plastic tot een doorzichtig stilzwijgen was afgebladderd. Maar met kleurpotloden uit de lade kon de Neef in een kinderkleurboek op de blanco achterkant van de bladzijden de uren doden door de niet overtuigend literaire inspanningen van, wie anders, De Man Die Loopt over te schrijven:

`dnomoLhcoLnavsreveoegithcarpedponerobegnebkI`

Schrijf het daarna van rechts naar links over:

`IkbengeborenopdeprachtigeoeversvanLochLomond`

Dan laat je je oranje tekenpotlood over de woorden gaan en zet er een schuin streepje tussen om ze los te koppelen en al doende het verbijsterende verhaal te lezen dat van leugens, regelrechte hallucinaties en familieverwijzingen aan elkaar hangt:

`Ik/ben/geboren/op/de/prachtige/oevers/van/Loch/Lomond`

...daarenboven lijd ik aan een zeldzame kwaal. In feite lijd ik aan heel wat zeldzame kwalen waaronder een hevige huidallergie voor onthoofde en opgezette stierkalfkoppen aangebracht tegen de muren van onze fraaiste landhuizen, maar een van mijn kwalen is een afwijking van het slakkenhuis in mijn binnenoor die mijn evenwichtsgevoel verstoort. Na het innemen van de geringste hoeveelheden alcohol – zeg bijvoorbeeld na het eten een armagnacje uit 1942, maar zelfs de sporen die te vinden zijn in tomatenketchup of de menthol in hoestdrankjes (waarvan ik uitgesproken afficionado ben); of zelfs sporen van sorbitol die in kauwgum zitten, of, in de dagen voor ik al mijn tanden verloor in een ongelukkig dentaal ongeval, zelfs in tandpasta – vindt er onmiddellijk een reactie plaats in het diepste binnenste van mijn binnenoor.

Onder invloed van alcohol (in tegenstelling tot gewoon onder invloed) wordt mijn evenwichtsgevoel op een unieke en uitzonderlijke manier aangetast. Het wordt mij dan onmogelijk om het geringste *hellinkje* te bestijgen of af te dalen zonder tegen de grond te slaan of in volslagen stuurloosheid rond te tollen!

Voor een zuipsoldaat, woonachtig in een van de schaars bevolkte, bergachtige streken van het Verenigd Koninkrijk, waar openbare drankgelegenheden met gemak tientallen kilometers van elkaar af liggen en voornamelijk verstrekken aan autobezitters die de wetgeving aangaande rijden onder invloed in de wind slaan, heeft deze handicap in de loop der jaren een enorme invloed op mijn leven uitgeoefend. Met een simpel tripje van de Creagan Inn naar de Ballachulish Hotel Ferry Bar, op zijn minst dertig kilometer, was voor mij goeddeels veertien dagen gemoeid. En dan zwijg ik nog over de verleidelijkheden van de lus door Appin!

Stel je voor! Zelfs als kind, na me te hebben bezondigd aan een Wrigley Fruitkauwgumpje (als die al te krijgen waren), of later in de jaren dat ik uit vrijen ging (als zich dat al voordeed), wanneer ik me in mijn beste pak hees en me verwaardigde met een snotlap snel een kloddertje Colgate langs mijn bijters te halen, teneinde met meer zelfvertrouwen mijn eens met tanden gevulde mond naar het gestifte colagat van een eendagsdeern te brengen! Als ik dan met haar ging 'stappen', moest ik haar vaak naar huis brengen via een omweg van twintig kilometer vanaf de aanvankelijke plek van ons rendez-vous. Ik heb het geduld van heel wat vrouwen op de proef gesteld van wie toch mag worden verondersteld dat ze met juist die eigenschap zijn toegerust.

Of uiteraard wanneer ik de minder onschuldige maar veel haalbaardere verstrooiing zocht van het innemen van mijn glaasje in vredige, afgelegen taveernes aan de voet van honderden meters hoge door de tand des tijds afgesleten bergtoppen! Dan werd het mij onmiddellijk onmogelijk de geringste heuvelhelling op te komen of in een autobus van het openbaar vervoer te stappen of zelfs de trede te nemen (en er bestaan wel degelijk vele voorbeelden van een diergelijk architectonisch fenomeen) om in het Herentoilet te komen, en was ik genoopt de druk op mijn blaas aan de bar te verlichten, met steevast eendere reacties van personeel en clientèle.

Het laat zich licht voorstellen hoe te midden van een stam als de onze, waarin drinken een totemistische hoeksteen vormt, mijn reizen en trekken hoofdzakelijk en onvermijdelijk uitliep op het maken van de meest buitensporige en afwijkende omwegen teneinde een gewenste bestemming te bereiken.

Wanneer u zich van, zeg, A naar B in rechte lijn kunt verplaatsen, kan ik slechts bij het geliefde B geraken via het pad waar geen enkele helling of afdaling voor me ligt, dat is te zeggen, tot de uitwerking van alcohol mijn bloedbaan verlaat, waarna ik, verkwikt door zuivere bergbeken, de paden op de lanen in klos tegen bergen op en af, over hooggelegen glooiingen, kruinen en kliffen, kammen en schaliebanen, heuvels en hellingen en de rotzooi die zich in het Siluur en alle andere geologische tijdperken heeft opgehoopt, om mijn gewenste bestemming te bereiken.

Of, uiteraard, om te *ontsnappen*. Want we reizen niet altijd naar een plek, vaak ontsnappen we, ontvluchten we vreselijke dingen (de Macushla) of alleen de druk van de verveling. Anschluss en exodus is wat in deze tijd mensen in beweging zet en het najagen ervan is een veel voorkomende ziekte die het best wordt verbeeld in talloze Hollywoodfilms die ik heb geschreven en waarvan de rechten me verhinderen ze te citeren zoals...

NB: schrijfmachinelint loopt hier af. Nieuw lint zomaar ergens opgepakt.

7 april. Gisteravond moest ik nodig wateren en stak over naar de telefooncel bij de bushalte en legde mijn hand op de deurknop. De cel wilde niet open en toen ik omlaagkeek zag ik een dik touw bijna on-

deraan één keer om de cel geslagen, geknoopt en strak gespannen verdwijnen in de duisternis van de wateren van het loch. Stinklap de Matteklap, die malloot van een trawlervisser, had zeker zijn *Seaman Queen* daar in de stromingen voor anker gelegd, was met een stelletje in een sloep aan land gegaan op strooptocht naar drank en hasj; had de lijn om de telefooncel geslagen voor het geval de boot van zijn anker loskwam.

Het was een onheilsvaartuig vanjewelste. Op een dag hadden ze de netten uitgezet en ze leken een grote vangst te hebben. Toen ze met de windas de netten ophaalden hadden ze alleen een dood paard gevangen. Ze gingen bij de zandbanken voor anker en hesen het dode paard met de lier op de kant om het te begraven.

Kostte dagen om het gat te graven en ze kregen allemaal een zonnesteek. Sindsdien was niemand van die bemanning meer dezelfde! Ineens ontwikkelde ik het nieuwerwetse idee dat de Macushla, een van hun gabbers, zich daar in het donker op de trawler bevond, zoals Keyser Soze, op de boot 'vele mensen dodend', in de Hollywood-film *The Usual Suspects*, die ik zowel heb geschreven als geregisseerd. De Macushla daar op die trawler; in het donker op het dek achtergelaten, waar ze hem naartoe hadden gedragen, waar hij op een of andere manier sinistere operaties coördineerde, bereidwillig opgevangen door de vissers, velen van hen blijvend getekend door beten van bruine kwallen wanneer hun kamossellieren de ruggengraatloze dieren uit de diepten hebben opgetakeld en ze over de boom zijn gekletst. Alle vissers dragen de kenmerkende 'stonewashed' spijkerstof, die ze zo krijgen door hun Levi's een paar dagen op de kamosselsleepnetten te leggen.

Toen ik later terugkwam en nog steeds nodig mijn blaas moest ledigen, was de hele telefooncel van British Telecom van zijn sokkel gerukt en achter de boot aan de zee in getrokken, zodat er alleen nog een naar urine riekend betonnen vierkant was overgebleven. Ik stelde me de telefooncel voor: een transparante lijkkist, sierlijk drijvend als een windzak, net boven de zandbedden, waar hij in zijn dak vis ving. Als aandeelhouder ben ik voornemens het hoofdkantoor hiervan op de hoogte te stellen.

10 april. Stel u de oeroude Yog Shoggoth voor, of wat er ook op diens paspoort stond, en andere voorwereldlijke wezens, verschrikkelijker

dan al wat Lovecraft of Arthur Machan zelfs in hun wreedste indigestie hebben bedacht en je kunt je nog niet voorstellen hoe weerzinwekkend de Macushla is. Crowley en al dat gedoe waarbij we vroeger in de jaren zestig onze ganzerik afrukten, dromend van Tangerine. Stel u tien keer erger voor en nog krijgt u geen idee van de Macushla en alle verschrikkingen die hij achter zich aan sleept; zoals Ma altijd zei, als een schaap met ingewandsbreuk dat een glibber van bloederig buikvlies uit haar kont mee naar huis sleept.

Is het mogelijk om alle walgelijke kanten van de Macushla op een rijtje te zetten? Zijn opvatting dat wratten op de penis iets positiefs zijn, met dezelfde stimulerende eigenschappen op de vrouwelijke genitaliën als, zeg, een zilveren piercingbolletje op de voorhuid. Namaak-Chanel op zijn herpeszweren deppen. Zijn weerzinwekkende sektarisme. Zijn wreedheden ten opzichte van ontelbare vrouwen. Ik citeer: met vaseline ingesmeerde (gejatte) mobieltjes in de vibratiestand in de vagina duwen, en dan van de andere kant van de kamer het nummer bellen en dat, moet ik eraan toevoegen, nadat hij een ingeschakelde elektrische tandenborstel (waar hij net zijn goedkope gouden ringen mee heeft gepoetst) in haar achterste heeft gestopt terwijl zij op bed voor een (gejatte) digitale videocamera ligt te kronkelen.

Zijn beruchte smaak: flink veel vijgenstroop uit de pot naar binnen slaan, daarna afgaan in een durex (extra sterk), het gevulde condoom in de vriezer naast mager rundergehakt (*en* McCains gerespecteerde meest geliefde gezinspizza's, een uitvinding van mij) invriezen, dan het bevroren condoom als een dildo inbrengen, met ernstige gezondheidsrisico's voor de andere partner. En dat allemaal afgereageerd op zijn jongere zusje! Ik moet even pauzeren met schrijven.

Wat een opluchting! Waar was ik gebleven, o ja, en dat *walgelijke* gezin, en met zovelen. Als je het hebt over een dichtbevolkt kansarm gebied! Ooit gehoord van die Schotse dans met zijn achten? Nou, dat achttal waren die acht kinderen in hun caravan waar ze twee bedden en zo weinig kleren en schoenen met elkaar moesten delen dat ze in een ploegensysteem moesten opereren, vier buiten in het daglicht terwijl de anderen sliepen, de oudste vier buiten, in dezelfde kleren op strooptocht in de nachtelijke ploegendienst, waar ze van alles uitspookten. Een roulatiesysteem voor de (gestolen) Nikes aan spijkers tegen de muur. Wat een gezicht! Zekers, in dat gezin hadden de meisjes letterlijk de broek aan! Rokjes hadden ze niet.

En hun manieren! Wisten niet wat een huis was. Laat staan een 'alsjeblieft' of 'dankjewel'. Toen die Macushla een tiener was, kotste hij met oud en nieuw op iemands vloerbedekking, knielde gewoon, sneed het gewraakte stuk er met zijn springmes uit en gooide het verpeste stuk vloerbedekking het raam uit, alsof de eigenaren er niets van zouden merken.

Altijd als je de Macushla zag zat er bloed van drie weken oud op zijn overhemd gespat; maar altijd dat van iemand *anders* uit een kroeggevecht. Kan zijn handen niet thuishouden, gewelddadig, *gewelddadig*, dat is ie. Op een keer hoorde ik dat hij acuut naar het ziekenhuis was gebracht en ik was blij dat hij eens zijn verdiende loon kreeg. Bleek dat hij alleen was opgenomen omdat de tand van een andere jongen uit zijn vuist verwijderd moest worden. De Macushla had hem zo'n harde dreun verkocht dat de tand door de kapotte wang was gedrongen. Ik herinner me de Macushla uit die dagen met speciale groeven die met een stanleymes in de hakken van zijn schoenen waren gekerfd, zodat ze sigarettenpeuken van straat opnamen om tabak voor shaggies te scoren...

De Neef brak het overschrijven op dit punt af met de gedachte: is dat nou bedoeld als een soort goocheme woordspeling: 'opgevangen door de vissers'? Veel te knap om door Man Die Loopt zo bedoeld te zijn en nog meer leugens, fictie en in feite, constateerde de Neef, een en al laster! Gebruikelijke terugkerende waanideeën over de beroemde 'scenarioschrijver' die hij in Hollywood zou zijn geweest en de nummers die hij met beroemde musici heeft geschreven (die hij bestookt met een spervuur aan scheldbrieven gekrabbeld op oude kranten van de patatzaak, waarin hij royalty's opeist!). En de Macushla waar *hij* over doorzaagt? Nou vraag ik je, als je De Man Die Loopt zou kennen, die het krenkende lef heeft een gezin te bekritiseren dat er het beste van probeert te maken!

De Neef piekerde en vloekte. Allemachtig, deze man met zijn jaszakken vol paardenbrokken, waarin hij een smerige hand steekt om die brokken achter in zijn verachtelijke smoel te gooien, de meeste brokken ernaast, die rikketikkend van zijn stalen neuzen over de hele vloerbedekking van de pub wegspringen en als hij er dan nog een whisky achteraan gooit heb je misschien het ongeluk (als hij als gewoonlijk zonder zijn valse bijters reist) een glimp op te vangen van die rottende kiesstomp achterin waar ooit een tomatenzaadje wortel schoot zodat de plant uit zijn kies opgroeide, waarop hij dan een keer in de veertien dagen kauwde om aan zijn vitaminen te komen, tot hij zestig kilometer verderop (hij weigerde om zonder zijn pneumatische drilboor te reizen) naar de kiltdragende tandarts werd gesleurd die probeerde de kies te trekken en de hele kaakholte wegrukte terwijl de assistente flauwviel. 'Geen paniek,' bubbelde zijn Oom door het bloed heen terwijl hij zijn wang bij elkaar hield, '*jaren* geleden heb ik een aanvaring met een scheepsanker gehad!', wat zijn verwrongen glimlach verklaart. Als hij in een pub kwam voor een biertje en zijn favoriete paling in gelei, haalde hij het slecht passende gebit uit zijn mond. Het bleef op zijn plaats zitten met kauwgum en hij plakte het balletje altijd tegen de zijkant van zijn bierglas als hij at. De valse tanden legde hij altijd in de asbak, daarna zette hij ze met sigarettenas en al weer stevig met de kauwgum vast.

Over zijn geliefde drilboor gesproken, dat was de enige echte romance in het leven van De Man Die Loopt. Hij zag kans om een marinebons zo gek te krijgen dat hij werk kon aannemen voor Lord Wimpey of Sir Bob MacAlpine bij de pas toen ze de hoofdweg bij de krachtcentrale aan het verbreden waren en naar het oosten uitbouwden op pontons en deklagen. Ze gaven Man Die Loopt een benzinedrilboor waarvan hij nooit meer wilde scheiden. Elke avond nam hij hem in de bedrijfsbus mee naar huis, in de papieren tunnels van zijn stek om hem te poetsen, de lagers te oliën, met een lap te strelen en dan bij het ochtendgloren er weer mee terug. Hij sliep met de drilboor naast zich, zijn armen eromheen geslagen. Op zijn kroegtochten in het weekend nam hij hem ook mee. De Man Die Loopt werd eens uit de Tight Line gegooid omdat hij godver in de salonbar zijn drilboor aanzette om indruk te maken op een stel vrouwtjes. Het ijs in hun gin-en-tonics begon te rinkelen en in de uitlaatdampen vloog bij een de pruik af! Het gerucht ging zelfs dat De Man Die Loopt ooit was waargenomen toen hij, stomdronken, met de drilboor op de weg gericht, aan de machine vastgesjord op een heldere zomeravond naar huis stuiterde.

De Neef werd het zat om met waanzinnige en nauwgezette inspanning het quasi-literaire geraaskal van De Man Die Loopt weer te geven en verkoos in plaats daarvan te genieten van de lol om hem te onderscheppen, de procedure af te werken en het geld van hem af te pakken. Want uiteindelijk was er De Procedure en De Zaak.

De Neef stapte uit bed en probeerde druk op zijn voeten te zetten. Nog gevoelig, maar de zwelling was geslonken en hij was zo ongeveer wel weer klaar voor actieve dienst en reizen, en dus strompelde hij naar het raam om naar buiten te kijken. Onbezonnen om blootshoofds onder deze dynamische luchten op pad te gaan met alle spookzakken overal langs de kraaienwegen, dacht hij.

Toen hij zich de trap af in het gezinsterritorium waagde, bezetten de twee dochters de bijkeuken, waar ze in een giga pyrexschaal een bakmengsel aan het mixen waren met reggaemuziek die uit een gettoblaster tetterde. De Neef genoot van de herwonnen lengte waarmee hij boven hen uitstak en ging opzettelijk vlak bij hen staan.

'Mammie ziek op bed, haarkont.'

De jongste giechelde.

'Is 't echt?' schreeuwde hij.

Hij bediende zich van twee flesjes Heineken uit de ijskast zonder notie te nemen van het geblaat: 'Heeft Mammie gezegd dat je dat kon pakken?'

De Neef zwalkte door de gang, aangetrokken door Paulettes blaffende gehoest, bleef staan om een blik in de slaapkamer van de oudste te werpen, maar het kleine kreng was nog niet in het mobieltjesstadium aangeland.

'Daar hebben we de verloren zoon,' zegt Paulette, met haar koortsige ogen wat betraand.

'Je ziet er belabberd uit en het is niet goed voor je om dat spul te roken.'

'Wat doe je nou!'

Hij griste haar stickie weg en drukte het uit, ging op de rand van het bed zitten, nam slokjes van het heerlijke bier, keek op haar neer, stak zijn hand uit om het haar uit haar gezicht te strijken, wat ze hem liet doen, en keek toen om zich heen naar hun Neukpaleis: de gebruikelijke kant en opzichtige gordijnen, gebloemd behang, prullerige Franse kaptafel bezaaid met de rimram van een snol.

Ze snoot haar neus.

'Kunnen ze die tamtammuziek niet afzetten?' mompelde hij.

'Wat zijn ze aan het doen?'

'Bakken.'

'Kabouterkoekjes. Ze verbranden zich heus niet. Laat ze maar begaan.' Ze glimlachte.

Misselijkmakende sentimentaliteit van ouders, dacht hij, en verschoof een beetje. 'Moeten die niet in bed liggen?'

'Dalijk.'

Hij knikte. Paulette haalde een stok kaarten voor de dag, met blote vrouwen uit de jaren zeventig. Samen, de Neef werd steeds geiler, gingen ze Kuttenjagen terwijl zij in bed lag en hij op de rand zat en op de deken de kaarten uitdeelde. Paulette won steeds.

'Weet je,' ze hoestte, 'jij hebt nog steeds zoveel woede helemaal in je opgekropt zitten. Je hebt zoveel woede in je zitten, daar moet je bij zien te komen. Zelfs als je leest ben je boos. Ik heb naar je zitten kijken, zoals je altijd de rug terugboog en steevast brak, en je met je duimen almaar over het omslag zat te wrijven zodat er twee vettige afdrukken achterbleven en je ogen uitpuilden alsof je de woorden vrat.'

Hij knikte en zegt: 'Ja, eigenlijk heb je wel gelijk; een soort wrevel over de welbespraaktheid van anderen.'

'Zal wel, *hoe dan ook*.'

'Nou?'

'Waar denk je dat die woede vandaan komt?'

'De maan en de sterren, meid, en nu moet ik een telefoontje plegen. Leen me een paar muntjes, wil je, ik betaal je met een paar dagen echt terug?' Hij legde de kaarten met het plaatje naar boven bij haar knie en kneep er even in, door haar giechel wist hij dat ze hem voor alles toestemming gaf.

De Neef liep fluitend door een kloof van flapperende gordijnen zoals hij eens op Third Avenue kuierde onder watervallen van glas.

'Ik ben 't.'

'Waar heb jij op deze aardkloot uitgehangen?'

'Ongeluk. Ben Loch Etive overgestoken in een kano met een wespennest in de boeg. Ben godver bijna verzopen. Kon niet lopen. Zit in Boomtown.'

'Waar is mijn *mobiel*?'

'Trek maar van mijn aandeel af. Onkosten. Eén lift op de grote weg en ik zit 'm weer op de hielen. Ik denk dat de kloot de boot van mijn gabber Hacker heeft gejat. Zit geen motor in, maar hij kan hem roeien zodat ie me al lang achter zich heeft gelaten.'

De Voorman zegt: 'Die zit nu al in Ballachulish, dus haal je vinger uit je gat. Ik heb gehoord dat ie gisteren de kroeg in Portnacroish heeft aangedaan waar ie brulde: "Wie brengt me de huid van de Red Fox?" Hoor dat ie de tent behoorlijk heeft toegetakeld. *Domhnal Sgrios* (Donald de Destroyer) in eigen persoon. Tegenwoordig ligt er die nieuwe brug over Loch Creran, God zegen de EU, dus zie dat je daar komt; hij maakt vast een bedevaart naar het graf van James van de Glen in Keil. Pak hem in Ballachulish bij zijn kladden, knoop Man Die Loopt hoog aan zijn nek op, als zijn vlees eraf valt, bindt zijn skelet met prikkeldraad aan elkaar zodat zijn botten in de wind klepperen. Kan me niet schelen, maar zorg dat je die klotecenten te pakken krijgt.'

Voorman hing op en de Neef kreeg van de telefoon niet de acht pence terug waar hij recht op had. Hij richtte naar zijn schatting voor acht pence schade aan en ging toen op het oude, gesloten stationsperron zitten langs de opgeheven spoordijk waar de geprivatiseerde bussen draaien en met hun modderbespatte flanken staan te wachten. Hij rookte het uit de slaapkamer van de oudste dochter gesnaaide pakje Embassy Royal leeg, het ene saffie na het andere, stak op met haar aansteker, waarop om een of andere reden het woord STRONT prijkte.

In elk geval lag er de nieuwe brug bij Loch Creran. Het oude bouwsel was geliefd bij De Man Die Loopt maar gevaarlijk met de vierkante gaten in het massief gegoten onderstel die door boeren nooit degelijk waren gerepareerd. Schapen en zelfs hele koeien zouden er gewoon doorheen twintig meter omlaag in het loch vallen.

De avond kwam weer van achter de rotsen opzetten. Steil overeind voor de lichtende kim alsof de dag de negatieve en de nacht de ware staat van de wereld was – de positieve. Gouden constellaties van muggen hingen als spoken boven de gedroogde plassen op de draaiplek terwijl de Neef duizelig werd van de tabak.

Gedachten aan zijn verleden met Paulette, linten in haar haar, vaak zetten ze vaart achter hun gevrij voor de zonsondergang overging in duisternis, een enkele schaamhaar die bleef plakken in haar moeders botervloot die ze voor glijmiddel hadden gebruikt; hij dacht terug aan dat kleinborstige meisje in het begin van haar lente en hoe ze naar haar eigen lichaam keek alsof het van iemand anders was. Inmiddels besefte de Neef dat het haar eigen prachtige lichaam was dat ze verheerlijkte in de dingen die ze samen deden terwijl haar ogen omlaag- en omhooggleden over de vooraf subtiel geplaatste spiegels.

Licht kwijnde ten zuiden van Lorn weg, over de vele lochs ten westen van Appin en Lochaber; de nacht was massaal in beweging, gestaag in actie en de peuk die hij het verste wegknipte kon hij al niet meer zien. De maan steeg in een scheur tussen de wolken, een glijdende stapelwolk deukte hem in, trok opzij en verwaterde het melklicht, maar toen straalde de maan door een spleet met een flits van blauw. Het was of je van slaap in het ware licht vergleed. Als Nosferatus geboren in Slane Castle kreeg de Neef het gevoel dat hij zijn lichaam terugkreeg. Vesper Adest, Juvenes.

Gebladerte dat achter hem amper bewoog werd langzaam zilver. De maan steeg als een lift in zijn nieuwe kansel, vormde een tweede horizon boven de echte: de baai begon zilver te trillen.

Onder een zware lucht, wit gevlekt tegen donkerpaarse schaduw in de wolken, liep hij terug naar de keuken om alleen bij het licht van de koelkast bier te drinken, wanhopig verlangend om zijn wereld te veranderen. De kinderen waren naar bed gebracht en hij liep terug naar Paulettes kamer, waar ze slaperig lag te roken en fluisterde: 'Ik ken een zigeunermiddeltje tegen verkoudheid.' Ze droeg de pyjama van haar man toen hij haar bij haar vingers pakte en haar helemaal optrok en naar de keuken meenam.

'Je moet kunnen pissen,' bromde hij.

'Kan *altijd* pissen.'

Hij maakte kastjes open om de vereiste grote steelpan te vinden, schoof die tussen haar blote gelakte teennagels op de keukentegels.

'Bewijs het maar 's.'

Ze staarde, bijna onzichtbaar in koelkastlicht, mompelde alleen: 'Smijt de deur van de koelkast dan dicht.'

Rokend knipperde de Neef met zijn ogen terwijl ze haar achterste helemaal omlaag bracht, de pyjama onder de steel van de pan weghaakte. Zijn ogen, haar ogen pasten zich aan. Ze zat overweldigend stil, keek hem in het donker recht aan, plots zakte ze helemaal door tot bijna op de pan, toen klonk een zilverig geklater, zacht geplok, gevolgd door de volle straal en het niveau in de pan steeg welig; wat gespuit, toen ineens stilte en ze trok de pyjama snel op.

'Vooruit, trek kleren voor buiten aan,' beval hij. Onderweg boog Paulette zich naar hem over en probeerde hem te kussen, maar hij wendde zich af waarop zij snoof en probeerde haar gebaar te verdoezelen door de koelkast open te maken en er een flesje bier uit te halen.

Hij stak de eindeloos mysterieuze vlam van het gasfornuis aan en begon Paulettes verse pis te koken. Een groot ei (100% hoendergeluk) uit de ijskast dat hij om het niet te kraken met zijn eigen vingertoppen in de warme, teleurstellend reukloze, heldere pis liet zakken.

Het ei rammelde rond toen ze weer binnenkwam. Een zwarte wollen trui, maar een minder dan middellange rok en hoge leren laarzen. 'Wat ben jij aan het *doen*!' giechelde ze door lippenstift heen.

Om de dubbele kooktijd van de eierklok te laten verstrijken kuste de Neef Paulette toen lang, met gretige beetjes in haar tong en toen ze haar hoofd opzijdraaide, smakte ze met haar lippen, schudde haar haar en giechelde: 'Dit is stout, dit is echt heel... *slecht*,' maar er was het onderdrukte besef, daar was de Neef zeker van, dat hun infantiele hedonisme al drie miljoen keer was opgevoerd en hij deed de plechtige gelofte dat hij het, meer dan wat ook, zou overtreffen.

Hij pakte de steelpan en hield die tegen de zijkant van de gootsteen om haar gekookte pis eruit te gieten en plukte toen de beloning: het grote hete ei dat hij in zijn handpalm draaide en wipte. 'Je hebt een naald nodig, iets als een gewone speld.'

'Een naald?'

'Nee, geen injectienaald, gewoon een naald uit een naaidoos.'

Ze smoorde een lach, kwam uit de woonkamer terug met een speldenkussen.

'De dunste. Goed. Okiedokie. Schrijf door kleine gaatjes te maken je initialen in het ei.'

Ze ging op haar knieën voor de keukentafel zitten zodat de rok als donker bloed over haar kuiten viel en de Neef de versleten zolen van de laarzen met hoge hakken kon zien terwijl ze zich concentreerde. 'Auw, het is heet!' Het eerste gaatje veroorzaakte een scheurtje en hij kon zien dat ze de P te groot maakte.

'Niet zo groot. Zo is het goed, maak elk gaatje een beetje groter door de naald draaitjes te geven. Ja, zo is het goed.'

Toen Paulette haar initialen in het ei had geprikt mompelde de Neef, die naar haar vingers had gekeken: 'Kom met me mee de nacht in.'

'Moet de meisjes eigenlijk niet alleen laten.'

'Kom op. Daar gebeurt niks mee. Dat beloof ik. Ik ben bij je. Niet meer dan driehonderd meter, kom met me mee naar de rij bomen,' fluisterde hij, maar dacht onwillekeurig: ginds in de rij bomen zal Julian de Afvallige het christendom afschaffen en de oeroude goden in ere herstellen. Hardop zei hij: 'Ik weet wat we zoeken, heb ze gisteren gezien. Doe de deur op slot, neem de sleutels mee.'

'Wat? Wat!?'

'Sssjt. Mijn cadeautje voor jou.'

Hij stond bij de deur en toen ze zich langs hem perste huiverde hij, voelde omlaag en had een volle erectie! Maar wat een verdomde rompslomp om er een te krijgen! Hoe dan ook. Voelde zich zo vol leven, bijna als vanouds.

Ze liepen naar buiten, omlaag langs de traag bewegende straatlichten boven hen, terug naar de draaiplek waar de weg aan de randen van de wijk doodliep. Ze spraken niet en de Neef wist zeker dat hij het tussen hen kon voelen. Het soort dingen waar ze zo van hield. Hij wond haar nog steeds op. Hij had met haar moeten samenwonen in dat voor een kwart afbetaalde huis met twee gezonde zoons, niet die misdadige, vroegrijpe, ontaarde krengementjes.

Duister waarin ze het houtvesterspad opliepen tussen de zachte, overdadige coniferen, dus nam hij haar hand en liep weer omhoog naar de megalieten.

'Waar?' mompelde ze.

'Hier.' Hun stemmen waren zo nutteloos in al die nacht. Al die duisternis en stomme vijandigheid met dieren die luisterden, wachtten tot ze tegen de grond gingen, om hen te bespringen en hun botten kaal te kluiven. Het enige wat echt was, het enige wat voor de Neef waarde had, was Paulettes sterke lenigheid, waarmee ze naast hem bewoog door oeroude, echte nachtwouden, laarzen met hoge hakken zwikkend, waarop ze deinend naar de open plek liep waar de bezemsteelstaken van een kreupelhoutbrand stonden, daarna staken ze door naar een brandgang die naar het oosten liep. Hij was niet goed onderhouden, lag vol knisterend afval. In tondeldroog weer zou een bosbrand gemakkelijk kunnen overspringen, maar dat zou hem worst wezen. De grote grand-canyonbrand, laat die maar komen. Hij dacht dat hij ze goed had onthouden, maar zelfs zijn neus was in zulke diepe duisternis verloren, ondanks de vollige maan, dus moesten ze omkeren en wat teruglopen.

'Goed; hier. Stop. Draai om. Ga op je knieën zitten.' Hij trapte een tak opzij met knisterende, verdroogde dennenappels eraan die als kerstballen rammelden.

'Wat is het?'

'Heb je het ei?'

'Heb ik.'

'Zie je deze hoop. Heel voorzichtig, je moet het ei in je handpalm beschermen, zo dat de schaal niet breekt, maar met je nagels; begin nog niet, luister eerst. Je moet je vingers erin graven, langzaam, steeds dieper erin. Je moet het ei er helemaal in krijgen, tot in het hart van deze hoop, dan moet je het ei daar laten, er diep in geplant en dan trek je nog langzamer je arm weer terug. Je moet er heel diep in, echt diep, tot voorbij je elleboog maar steeds het ei in je handpalm beschermen anders werkt de betovering niet.'

'Is het... wat is het?'

Hij knielde bij haar linkerarm en met zijn rechterhand bewoog hij zijn vingers omhoog langs haar been, hoger, onder de rok, inmiddels hoog genoeg tegen haar kippenvel op om te voelen dat ze er niets onder droeg, wat hij al wist. Haar ademhaling veranderde. Hij streek met zijn vingers snel omhoog omlaag, omhoog en toch ook omlaag, zodat hij opgewonden raakte van het voelen van de bovenkant van die hoge leren laarzen bijna tot aan haar knieholte. Ze ademde hortend. Hij zegt: 'Ga er langzaam in, Paulette, langzaam, ga er heel voorzichtig met je hand in.'

Haar korte maar zwart gelakte nagels schraapten een tapijt van dennennaalden op de hoop ritselend opzij. Ze slaakte een grommetje. Ze zei: 'Nee, nee. Die trui uit.'

De Neef kromp ineen toen ze terugdeinsde, maar ze trok alleen de trui over haar haar uit, dat terugkletste op haar maanbleke schouderbladen, haar tieten hingen een beetje af als vleermuizen in het donker, maar niet zoals je zou verwachten na twee kinderen te hebben gebakken!

Hij graaide met een hand naar de knopen van zijn broek en raakte tegelijkertijd de stevige stijve aan, maar hij kreeg zijn gulp niet los, daarom moest hij zijn vingers van zijn rechterhand weghalen om de knoop los te maken. Hoe was het ook weer in *Gulliver* als het miniatuurleger tussen zijn benen door marcheert? 'En om de waarheid te bekennen, mijn broek was toen in zo'n slechte staat, dat er aanleiding was voor wat gelach en bewondering.' Bewonder dit maar eens, dacht hij, en duwde zijn broek naar beneden, maar toen hij zakte voelde hij dat zijn Bethlehem Steel net begon te slinken. Snel nam hij weer zijn positie tussen de ijskoude laarzen in en om zijn vuur aan te wakkeren, tilde hij haar rok op en legde de volheid van Paulettes uitgestalde billen bloot, waarover het maanlicht de donkerste felle schaduw aan een kant ervan romig kleurde. Hij vouwde de stof van de rok keurig om haar middel op zodat hij nog steeds de schriele schouderbladen onder hem aan het werk kon zien tijdens het graven, pakte toen zijn halve erectie en bracht hem daar waar hij hem wilde hebben en probeerde wat glijmiddel van het verhoornde uiteinde te krijgen en toe te steken. Er zat niets, dus bracht hij twee vingers in waar zij kletsnat was en haalde er wat van op om zichzelf in te smeren. Paulettes lichaamsbewegingen werden veroorzaakt door de duwende onderarm die al een aardig eind in de aardhoop was doorgedrongen.

De Neef van De Man Die Loopt bewoog zijn vingers op en neer over Paulettes koude lijf en streelde veerkrachtige gespierde plekken en fluisterde: 'Het zijn mieren, Paulette.'

'O god, je bent ziek jij,' fluisterde ze.

'Het is een mierennest en je moet dat in je eigen pis gekookte ei er helemaal diep in brengen tot in de kamer van de koningin, dat zullen ze niet leuk vinden, misschien voel je een paar felle beetjes, pech gehad! Als het daar eenmaal zit zullen werkmieren door de gaten van je naam, Paul-*ette*, naar binnen kruipen en door het eiwit heen eten tot in het geel van de dooier.'

'O jezus, dit is smerig gedoe!'

'Mieren zullen zich door het eiwit heen eten maar alleen die rijke gele dooier eruit halen, hem door de initialen van je naam naar buiten pendelen en opvoeren aan de godvergeten hongerige mond van de koningin. Daar komt de toverkracht vandaan. Het is een oude zigeunerremedie tegen verkoudheid.'

'Steek je pik dan in me, kopziek mannetje. In mijn kontgaatje. Ik ben er bijna!'

'Doe het langzaam!'

'Jaaahhh?'

Hij gaf een van die korte, dringende minirukjes, toen kwam er een koude bries over hen heen die kippenvel over zijn dijen trok en hem nog verder deed slinken, retetering. Hij *moest* gewoon de oude Markies van Lorne in haar slagerspui zien te krijgen, in haar harige hammenburger, in haar godverse *gulden snede*, retetering! De Neef stak een zilte vinger in zijn mond en schoof de wijsvinger met de natte punt in Paulettes strakke achtergaatje, tot aan het halve maantje van zijn nagel, net als in Vroeger Dagen! Hij zuchtte, nostalgisch, duwde links en rechts nog wat door om hem er dieper in te krijgen; toen ze kronkelde, kronkelde ze vanuit haar middel, slaakte zo'n lange lage diepe zucht.

'Ik ben er bijna, ik zit tot mijn elleboog in het mierennest,' brouwde ze duidelijk opgewonden.

'Doe rustig aan,' zegt hij, zijn linkerhand nog steeds met zichzelf bezig, neerkijkend op die lunaire lijnen onder... maar... maar godver. Hij probeerde het met gedachten, P.a.u.l.e.t.t.e, bijna een jongensnaam. Ze lag met een bil tegen de dennennaalden en hij kon in het donker een schokkende beweging voelen; met haar andere hand beroerde ze zichzelf. Dat deed de deur dicht. Hij verslapte helemaal.

'Het zit erin, het ei zit er middenin. Het zit er middenin!' Ze begon haar arm terug te trekken.

Hij herinnerde zich dat ze van zingen klaar kon komen, dus boog hij zich onhandig voorover tot bij haar oor, zijn lip raakte het, oorlelletje ijskoud, en met zijn beverige bariton.

Yoo Got to...!
AccenT-Tuate the Positive... and
Elim... in-ate the negative and...
Latch on, to the affirmative
But... don't mess... with Mr In between... ah
You've got to spread your... AH! To the maximum
And bring Gloom down to the minimum
And have faith in pandemonium, liable to walk upon the scene!
To illustrate! my last remark: Jonah annn the Whale, Noah in the Ark
What did they do just when everything looked so dark??
MAN, THEY *SAID*... ALL TOGETHER NOW
ACK CENT CHEW Ate... THE POSITIVE

Ze trok een scheef gezicht: 'Je bent toch niet seropositief?'

Hij duwde zijn vinger nog dieper naar binnen.

'Uhh.'

Ouwe Nurks was inmiddels uitgeblust. Een vlaag van frustratie welde in de Neef op.

Ineens ontplofte Paulette. 'Smerige mierenkoningin, Colin, COLIN, COLIN! Je mag alles met me doen... Uhh. Ik ben klaargekomen,' zegt ze snel terwijl haar lichaam schokte. In een paar tellen geen belangstelling meer.

De Neef leunde achterover, hopeloos, verslagen, weggezakt in oerwouden van depressie en onmacht; onmiddellijk en voorkomend verwijderde hij zijn vinger.

Toen ze haar arm uit het heuveltje van het nest terugtrok zag je zwart getijdenschuim van mieren om de lange, bleke witte koker van haar slanke biceps lopen. 'Eee bah!' Ze veegde haar arm met haar andere hand af, liet de werkmieren krioelen en begon met haar vingers te draaien, haar handen af te slaan om zich ervan te ontdoen en wapperde wanhopig langs haar naakte witte ledematen. 'O, dat was onwijs, maar ik moet onder de douche, bah, ik zit onder, eeeehhh.' Ze keek hem in het maanlicht aan. 'Je kon hem niet overeind krijgen, hè. De vos heeft nog steeds dezelfde streken.'

Hij keek weg, dacht dat hij zou gaan huilen.

Paulette fluisterde, nu ze achterover lag en met haar vuisten haar rok tot haar buik had opgestroopt: 'Pis maar op mij dan. Niet op de laarzen mikken anders komen er vlekken op.'

Hij glimlachte en stond op; dit kon hij met hart en ziel uitvoeren. Hij pakte Ouwe Nurks vast, spreidde zijn benen en straalde de eerste pis op haar dij, richtte toen hoger om het op haar vlakke buik te laten klateren, glinsterend in haar navel, daarna omlaag, op haar vagina, de krachtige straal op de blonde driehoek van haar schaamhaar richtend. Ze mompelde iets. 'Dat ziet er voor mij uit als een open wond,' gromde de Neef.

'Armen, op m'n armen, spoel die kleine rotzakkies van me af.'

Hij richtte de pis op haar lange, uitgestrekte arm terwijl ze toekeek, ogen een beetje knipperend vanwege het gespetter.

'En de andere. Snel. Daarna...'

Hij stuntelde een beetje, hield de straal met zijn duim en wijsvinger tegen, richtte opnieuw en waterde op haar andere arm. Toen zijn pisstraal bij haar geringde vingers kwam klauwde ze die dicht en opende ze in de straal.

'Mond,' daagde ze hem uit, dus richtte hij meteen op haar gezicht, wat haar een beetje verraste, maar ze sloot snel haar ogen en draaide haar wangen van de ene naar de andere kant in de nog krachtige straal, bracht toen haar tanden ver van elkaar terwijl hij haar mond vulde, tot de laatste paar druppels en de tanende boog op haar glinsterende bovenlijf neerdaalden. Ze sloot haar mond, aarzelde, slikte het toen door net als de stoute dwerg het glas room moest leegdrinken waarin hij de kleine Gulliver had gegooid.

Hij zuchtte, trillend op zijn gespreide benen, verbaasd over haar. 'Paulette, meid, geef de hele boel op en kom met me mee, ik kan aan geld komen, zoveel als je nog nooit bij elkaar hebt gezien.'

Hij wist dat ze hem die nacht niet bij haar in het huwelijksbed zou laten slapen, wat hij ineens vuriger dan wat ook wenste, om de plek te ontheiligen waar zij urenlang zou masturberen, haar aandacht gericht op allerlei smerigheid, door hem tot ontbranding gebracht maar mijlen van hem verwijderd. Net als in de Goeie Ouwe Tijd. De Neef had er een hekel aan om bij deze feiten stil te staan maar het is als in de *Reizen*, Swift die weer eens bezwijkt voor zijn scatologische obsessie, Gulliver die de enorme handpalm van het meisje verlaat om tussen twee zuringbladeren te schijten: 'Ik hoop dat de welwillende lezer me wil vergeven dat ik bij deze en dergelijke bijzonderheden stilsta; die hoe onbeduidend ze ook mogen lijken voor laaghartige, vulgaire geesten, in elk geval een wijsgeer zeker zullen helpen zijn gedachten en verbeelding te verruimen...'

Paulette schudde zich uit, stond op, begon onmiddellijk, waarschijnlijk al met wroeging en haar haar uitschuddend de helling af te benen; naar een douche in haar eentje, stem steeds zwakker: 'O, Macushla, *de* Macushla,' lachte ze. 'En jij wou me meenemen, weg van al deze verschrikking?' Ze lachte, bleef staan, spuwde toen voor ze bergaf strompelde en door dode takken trapte. 'Middeltje tegen verkoudheid! Ik ben verdomme bijna dood. Maar goed dat Colin en ik nooit hebben bijbetaald voor een bidet om mijn kut of kont te wassen, tegenwoordig heb je dat amper meer nodig.'

De Man Die Loopt loopt over de opgeheven spoordijk. Voor de neuzen van zijn laarzen glinsteren stilletjes kleine stukjes plat, gebroken glas in het maanlicht. Hij bukt, raapt een stukje op, houdt het tussen twee vingers op naar de volle maan: groen. Hij tuurt door zijn wimpers. Of liever gezegd 'zijn wimper'? omdat hij het stukje glas met zijn ene oog bekijkt, zijn overgebleven oog. Hij poetst het glas aan zijn gerafelde jas op. De kleur van het glas neigt naar het blauwgroen, maar niet zo sterk als zeegroen of turkoois. Andere glasstukjes zijn dieprood of nog zeldzamer kleine fragmentjes hebben een kleur tussen geel en oranje in. De Man Die Loopt heeft de vindplaatsen aangegeven met witte stenen, want er liggen altijd meerdere kilometers opgeheven spoor tussen de plekken waar de stukjes glas bij elkaar liggen, als de resten glas-in-lood van een geplunderde kerk. Maar dit was in feite het lensglas van de mechanische seinpalen van de oude, verdwenen spoorlijn naar Ballachulish.

De Man Die Loopt raapt de stukjes glas op en zet ze in zijn oog, vastgeplakt aan de kauwgum die hij in de oogholte heeft gestopt. Achter de kauwgum in de holte van zijn schedel heeft hij het miniatuursleutelhangerzaklampje gepropt dat in een kerstcracker zat, in de AAN*-stand geknipt. In de kou van het donker zorgt het daar diep binnen voor een aangename warmte. In de zwartheid van de nacht gloeien kleine stukjes rood, geel en groen glas, die als een tros grote visseneieren in zijn oog met het spookachtige licht erachter glinsteren.*

Het dagboek uit de Hooglanden van koningin Victoria

De Neef had over dit land waar hij doorheen zou trekken lopen mijmeren. Niet alleen de wegen volgen maar weten waar je ervan moest afwijken om de slingerende omwegen te ontlopen en initiatieven te nemen, doorsteken over groene kammen en bouwland, zoals een kraai in vogelvlucht naar het noorden vliegt, tenminste, als kraaien echt vlogen en niet op de weg tot pulp waren gereden. En dus dacht de Neef in dit achtergebleven gebied, waar hij steeds bijna de allerverst uitziende koeienvlaaien ontweek: Arva, Beata Petamus Arva! Zoals Horatius het zou zeggen, retetering.

Nog voor de middag kwam de Neef een helling af die was bezaaid met legio ruige, hoge varens, als Spartanen in slagorde over de berghellingen opgesteld. Gespannen richtte hij zijn hoofd op, inmiddels gladgeschoren en, dubieus, geurend naar Paulettes Ladyshave en de uitgebreide collectie van haar echtgenoots vettige, stoffige flesjes aftershave van eind jaren zeventig: een beetje Old Spice hier, venerabele Blue Stratos daar; de Neef ging toch voornamelijk voor Brut. 'In elke man zit iets van een bruut,' verkondigde de reclameboodschap op de verpakking; een grondbeginsel waar de Neef zich volgaarne bij aansloot! De Neef droeg ook een geschiktere broek, nieuwe, omgeslagen sokken (aan de binnenkant verstandig met Tippex genummerd!) en hij had een reflecterend waterdicht jack bemachtigd van de North Sea Oil-werkgevers van Paulettes man, met op de rug het logo van de oliemaatschappij. Hij had zich gevoed met de – overgebleven – eieren uit de koelkast van Paulette, hij had gedronken uit de snelle beken in de heuvels boven hem, waar zwarte turfspikkels in zijn gekuipte handpalmen draaiden! Hij kon het stellen zonder liefdadigheid. Voor één keer.

De vordering die hij in zijn tocht maakte werd weer eens op de proef gesteld door een potige muur waarmee dringend op het hart werd gedrukt dat er sprake was van Privé-eigendom.

Laat ik hierbij stellen dat het de ervaring van de Neef is dat de woonst der rijken esthetisch gesproken hem niets te zeggen heeft. Hun façades, hun pretenties bevatten zoveel signalen dat hij zijn gierende lach amper kan inhouden wanneer hij de Herenhuizen en Landgoederen ziet achter de glinsterende apenpuzzels en de gebruineerde gloed van een rode beuk, ettelijke honderden meters verderop. Jazeker, elk groot Hooglandhuis moet zijn eerbiedwaardige boom hebben net als het daverende Victoriaanse toilet niet mag ontbreken! Nee, wat architectuur betreft, mijmerde de Neef, mogen ze de namaak-Balmorals van de Victoriaanse statigheid houden; hij heeft meer op met de barkrukken, samengesmolten bierkratbedden, walmende gootstenen, voederbakken en muizennesten van het huis van De Man Die Loopt, of nog veel meer met de eindeloze erotische mogelijkheden van een wanstaltige, in een hittegolf smorende gemeentewoonwijk. Achter elk slaapkamerraam gaan ontelbare geheimen schuil, waarvan je vooral een glimp kunt opvangen vanuit een rijdende trein als je de weilanden aan weerskanten achter je laat en in de buitenwijken komt waar gul geopende gordijnen een hele wereld van intimiteit openbaren: een smal bed met een dekbed erover gegooid. Psychologisch veelzeggende posters, of een blouse met net opgetilde gekruiste ellebogen, het gezicht onzichtbaar, een strak gespannen bovenlijf onder de functionele bh, of gewoon een stel handen in een gootsteen gestoken... deze luisterrijke democratie van *zien*, alles wat de rijken willen verhullen van hun bestaan, aan het uiteinde van gazons, achter bomen, aangekondigd door intercomsystemen, verscholen achter de luchtdichte zuiging van een Jaguar-portier, in hun schaamte. Bij het spoor kennen ze een gezegde dat hij van De Man Die Loopt heeft geleerd: 'Jazeker, knul, ook het eersteklasrijtuig moet door de verschrikkelijkste wijken van de stad.'

Maar goed, tot staan gebracht voor een lage muur met het grote huis erachter, de façade teer gerasterd door heel hoge, smalle tuindeuren aan het terras, gesloten voor zo'n prachtige ochtend – de Neef had het jack van de oliemaatschappij over zijn onderarm geslagen, zo warm was het.

Hij gluurde over de muur, voor het geval de eeuwige tuinier of de douairière in eigen persoon in oude tuinbroek ervoor bezig was borders af te steken. Maar helemaal geen indrukwekkende tuin, gewoon ruw, pollig gras tot aan de voorkant van het huis. Overigens wel een hele lap; je zou er een Chinook-helikopter op kunnen laten landen en natuurlijk de grote kluit gigantische platanen aan het einde.

Er was geen levende ziel te bekennen. De Neef ging een kortere weg nemen over het lint van hun oprijlaan die met een fraaie lus weer bij zichzelf uitkwam, omzoomd door de wiegende amberkleurige kelkjes van verwelkte narcissen. De met steenslag verharde weg zou hem naar het wildrooster en het poorthuis voeren, aan de verkeerde kant van het bordje Privé, maar in elk geval weer terug op de openbare hoofdweg.

Hij keek allebei de kanten op, wipte toen over de muur, verstuikte zijn hand op de verse betonnen voegen tussen de stenen. Stokstijf stil op Privé-eigendom zag de Neef dat er geen zon op de openslaande deuren stond, waarachter geen nieuwsgierig toekijkende gezichten schuilgingen, hij hoefde dus maar het hobbelige gazon over te steken en hij was weer weg. Maar de pioniersgeest kent geen grenzen. En rottweilers waren niet de smaak van deze snobbers, besloot de Neef, hoopvol.

Hij werd meer over het ruige weidegras naar het huis getrokken dan naar een eventuele oprit. Over een smalle trap kwam hij op het terras, hij zag dat een van de openslaande deuren best een verfje kon gebruiken. Hij controleerde onder en boven de sluitingsstang: notoir gemakkelijk open te schudden, enige nadeel het geluid. Twee openslaande deuren verder was er een losjes behangen met rode wilde wingerd, tegen mogelijke windvlagen vastgezet met niet meer dan een draadhaakje en stond een centimeter open! Met een trage vloeiende beweging die zijn overtuiging en volledige gebrek aan aarzeling verried, schoof de Neef zijn vinger in de spleet, wipte het haakje omhoog en trok de deur snel naar zich toe, waarna hij een stap zette en het pand betrad. Bij zijn voet stond een koperen urn en bij de neuzen van zijn laarzen begon het geboende hout en de kwasterige rand van een fraai tapijt.

Wat kon het schelen, dacht hij, hij had al zijn schepen al achter zich verbrand. Hij was niet van zins terug te gaan naar een landbouwartikelenopslag om ratten te vangen. Geen sprake van. Nu was het tijd voor buigen of barsten, nu zou hij eens scoren, en geld van zijn Oom vangen dat hem toekwam. Hij wilde zo vroeg op de dag niet aan de Voorman denken en een schaduw over het schitterende weer werpen.

Wat een kamer! Een zee van een tapijt met als eilanden daarop antieke tafels met sierlijke poten, maar vooral de spiegels! Vergulde lijsten rijk bewerkt en gigantisch groot! Tot aan de kroonlijst, waarin beide zijden van de zaal oneindig werden weerspiegeld. Hij werd naar het midden getrokken om te proberen zijn veelvoudige weerspiegeling op één lijn te krijgen; duizelig deed het hem denken aan zijn pogingen de satellietschotel op de grond van de caravan van Moesje in de goede stand te krijgen. Toen hij zichzelf in vier spiegels op een rij had, moest hij toch even constateren hoe goed hij eruitzag in weerwil van zijn perikelen, zijn lotgevallen.

Een jongeman stak zijn hoofd om de deur, zette één voet op het tapijt en hief een roze handpalm om te zwaaien. 'Hi, sorry, heb geklopt maar er kwam geen antwoord, dus dacht ik, ik ga maar naar binnen.'

Godver. Een Yank, nog wel. De Neef had bijna een gevechtshouding aangenomen, maar aangezien het leek of ze open huis hielden zei de Neef: 'Geen punt, *kom* er gerust in! Ik stond de spiegels hier te bewonderen.'

'Nou je het zegt, yeah, niet gering ja, behoorlijk indrukwekkend. Yeah, niet gering. Bill, Bill Wright. Tante Bethany noemt me altijd Tegoedbon, ha, ha.' Tegoedbon stak zijn hand uit. 'Ik kom niet vaak op bezoek, maar ik ben voor zaken in Schotland...'

'Bultitude,' kefte de Neef en gaf Tegoedbon een hand en dacht: ziet eruit als een watje, geen gevaar, 'Rodger Bultitude. Van de Bultitudes.'

'Hm,' de Yank knikte glimlachend.

'Het is toch voor de lunch, niet... dat was me niet helemaal duidelijk?' vroeg de Neef.

'Yeah.'

De Neef knikte. 'Jaaa. In wat voor branche zit je, Bill?'

'Tante Bethany heeft je dus niet hoorndol gemaakt over mij! Voor de verandering. Hollywood, jeetje, mijn god.' Hij sloeg zijn ogen op naar het plafond.

Zelfverachting. De Neef merkte wel dat het stiekem de bedoeling was dat hij onder de indruk zou zijn, dus louter om de zak te pesten draaide hij zich naar de spiegel en zei: 'Victoriaans?'

'Ouder dan alles in LA, zo dateer ik de dingen! In welke branche zit jij, Rodger?'

De Neef glimlachte, hij wilde zoiets zeggen als 'huurmoordenaar' of 'souteneur van minderjarige meisjes'. 'Klassieken,' zei hij kortaf.

'Klassiek antiek?'

'Nee, nee. Klassieke talen. Griekse en Romeinse klassieke literatuur. Hoofdzakelijk.'

'O, geef je les?'

'Nee. Meer... onafhankelijk onderzoek. Ik ben maar een arme wetenschapper. Zoals het geliefde refrein van miljonairs gaat:

Nihil Habentas
Omnia Possidentos

"Zij die niets hebben bezitten alles."' Hij keek stuurs om zich heen. Er meteen voor in om te ruilen.

Ze waren allebei in tegenovergestelde richting door de kamer gaan lopen en kwamen elkaar herhaaldelijk in elke spiegel tegen.

'Heb jij *The Hero with a Thousand Faces* gelezen?'

'Feces?' riep de Neef zonder over zijn schouder te kijken.

'Een studie over mythische archetypen. Ik heb begrepen dat het boek grote invloed op Lucas heeft gehad.'

'Lucas? Die heb ik niet gelezen,' de Neef fronste zijn voorhoofd.

'Nee, nee. De filmmaker. Hij heeft *Star Wars* gemaakt.' Tegoedbon lachte.

O, doe me godver een lol, dacht de Neef.

'Aha,' de Yank wilde net wat zeggen toen een oude dame die veel weg had van een staande lamp de kamer binnenkwam.

'Dacht al dat ik dat brutale lachje hoorde! Tegoedbon. Wat zie je er walgelijk gezond uit. Doe jij nooit eens iets ONGEZONDS in de smog van Californië?' kraste ze.

'Tante! Meneer Bultitude bracht me net wat Grieks bij.'

'Nou, bravo, hoor,' krijste de oude teef en ze omhelsde de Yank uit Hollywood. Wat een godverse schertsvertoning. Maar nu viel haar kraaloogje op de Neef.

De Neef ging meteen tot actie over, stapte op haar af, goed getimed voor de uitgestoken hand waarvan hij wist dat die voor hem zou worden opgehouden, met een kus op de handpalm in de oude stijl, van toen dit nummer vast de societybals in Inverary Castle afwerkte, die niet zonder de nodige losbandige schandalen verliepen; je moet vooral niet denken dat de aristo's ook maar één pretje mislopen, dat wist hij in elk geval wel. 'Latijn, om precies te zijn. Genoegen om hier te zijn. Iedereen zal u er wel mee lastigvallen, maar we hadden het net over de spiegels.'

'Goeie god, ze zijn de trots van Ouwe Barrels. Hij klautert op de schouders van Jemima en Jacquelina om ze tot bovenaan te poetsen. In elk geval beweert hij dat ze dat doen!'

'We vroegen ons af. Welke periode?'

'De *dure* periode, mijn beste. Aangezien je hier voor het eerst op bezoek komt, moesten we je maar eens naar het gezelschap boven sturen, meneer Bultitude.'

De vrouw des huizes troonde de Neef en de Amerikaan mee naar buiten door een gang met gobelinbehang. 'Jemima. Overhemden en dassen voor Tegoedbon en meneer Bultitude. Wat is uw overhemdmaat, meneer Bultitude?'

'Drieënveertig voor het gemak, tweeënveertig voor formeel.'

'Aha, dan zal de vijfenveertig van Ouwe Barrels wel lekker zitten. Enige voorkeur in overhemden?'

De Neef antwoordde: 'Nou, ik geef de voorkeur aan stevige witte katoen met een boord die breed genoeg is voor een windsorknoop, manchetten voor losse knopen,' flemend. Hij had er altijd al over gemijmerd in wat voor kleren hij zich zou steken als het huis van De Man Die Loopt aan hem toe zou vallen en verkocht was. Een Italiaans kostuum, mengsel van linnen en zijde, als room tegen je benen – niks geen maatkledingflauwekul – en een paar schoenen van Salvatore Ferragamo, bij wie hij eens voor de etalage op de Via Condotto in Rome had gestaan om met ontzag de diepe glans van het leer te bewonderen. Wat schreef de ouwe Salvatore ook al weer in zijn fraaie autobiografie, *Schoenmaker van dromen*? O ja: 'Ik heb ontdekt dat het lichaam in staande houding regelrecht op de voetboog drukt. Eerst moet je het gevoel van steun in de boog hebben: dat staat voorop, is fundamenteel, van het grootste belang. Verder moeten je tenen vrijheid hebben.' Wat je in je leven al niet leest, retetering.

De ouwe bes stond naar de met koeienstront bekoekte laarzen van de Neef te kijken. 'Ben je van de Bultitudes van de eilanden of van het vasteland?'

'Beetje van allebei.'

'Dat zijn ze toch allemaal!'

'Ha ha ha ha ha.'

'Ha ha ha ha ha.'

Ze liepen gezamenlijk de keuken in waar de ambiance heel anders was vanwege alle metalen werkbladen en de overweldiging van alle opgehangen koperen en aluminium kookgerei.

'Met excuses, chef,' de tante glimlachte. 'We sturen er nog twee naar boven.'

De deksel van een pan trilde als een pruillip die zijn laatste snik slaakte en de chef trok een scheef gezicht en roerde.

'Hoe is de espagnolesaus?'

'Zo helder als glas.'

'Twee dagen aan de pruttel. Lees zijn boek, meneer Bultitude. Hij is een wonderdoener.' De tante glimlachte.

Jemima beende de keuken in met de overhemden en stropdassen over haar armen gevlijd.

'De broeken moeten er maar mee door kunnen, heren, maar alstublieft, schoenen zijn niet toegestaan op het tapijt boven, dat is van museumkwaliteit.'

Hij en Tegoedbon trapten hun laarzen uit, schoven de overhemden die ze droegen over hun armen en gooiden ze op de tegelvloer tussen de glanzende uienschillen terwijl tante instemmend toekeek en de dassen ontvouwde.

'Yorkshire-cricketclub, daar moet u het mee doen, meneer Bultitude.'

Christenenzielen, dacht de Neef, en begon te twijfelen of hij dit door kon zetten, maar hij strikte zijn das en schoof een min of meer geslaagde windsorknoop op zijn plaats, gebruikte daarbij de uitzonderlijk glanzende bodem van een vergiet als spiegel.

'Vouw je maar op.'

Ze waren naar de muur gelopen waar een dienstluik zat, toen de Neef besefte dat het een etenslift was. Hij kroop erin, ging op zijn jack liggen om het overhemd schoon te houden en nam een foetushouding aan. Hij ging er maar van uit dat dit huisetiquette was. De Neef hoestte een beetje en mompelde: 'Heb last van claustrofobie.'

'Wacht maar tot je *boven* bent,' gromde chef toen hij het luik dicht liet vallen en op de knop drukte.

In een paar tellen kwam aan het duister een einde toen het luik weer openklapte en er luid gejuich klonk. De Neef klauterde eruit.

De maffe tante was hem via de trap voor geweest om aan te kondigen: 'De heer Bultitude van Broken Moan en tevens komt nog naar boven! mijn verschrikkelijke neef, Tegoedbon, uit Hollywoodland.'

Onze Neef rolde op de grond. Er zaten minstens twintig mensen rond de eivormige tafel in een gigantisch lange kamer; en verdomd, ze droegen geen van allen schoenen.

'Een Bultitude, een Bultitude, je bent welkom,' bulderde de reus, vast Ouwe Barrels in eigen persoon, die zich in zijn stoel omdraaide, de Neef een klap op zijn kont gaf en in de stoel naast hem duwde.

'Stevige billen voor je leeftijd. De Bultitudes zijn legermensen. Wat ben jij: RAF, Marine, Landmacht?'

'Dat is strikt vertrouwelijk.'

Er werd gelachen.

'Op de plaats rust, soldaat!' Ineens haalde Ouwe Barrels onder het katoenen servet op zijn schoot een glanzende trompet vandaan die hij op het gezicht van de Neef richtte en luid liet schallen. 'Dit is om geredevoer af te kappen als men zich te veel laat meeslepen.'

Om de tafel zat een uitgelezen gezelschap van wel heel wonderlijk uitziende types. Geen wonder dat in deze contreien zulke mafkezen zich in hun kastelen en landhuizen verschansen, dacht de Neef. En dan de kleren die ze droegen! Het leek op een botsing tussen twee vrachtwagens, een van het operagezelschap en de vrachtwagen die van de andere kant kwam was godver van de Leger des Heils-wereldwinkels, retetering. Al dat gemier over kleren terwijl hier de huisregel was: schoenen taboe, wurgstropdassen, ouwe snuiters in versleten tweed, zelfs oranje te strak geknoopte tweeddassen met gerafelde uiteinden, nekken die uit overhemden barstten, verlepte boezems die in opzichtige lovertjes hingen, waarin de kaarsen weerspiegelden.

Er ging weer gejuich en applaus op toen Tegoedbon zich uit de etenslift ontvouwde met in zijn hand een schaal jakobsschelpen, waarvan wat *gratin* aan het puntje van zijn neus zat.

'Je bent het evenbeeld van je neef George,' riep een oude bemoeial.

'Mondje dicht,' zei Ouwe Barrels, 'verkeerde vader.'

Ouwe Barrels ging staan en blies op de trompet. 'Tijd voor de aanval. Met de hand opgedoken kamschelpen gegratineerd met champagne, maak ze domweg soldaat en houd je waffel.'

De Neef probeerde bij het gezelschap in de smaak te vallen, leunde opzij en fluisterde: 'Ik neem aan dat amnestische schaaldiervergiftiging hier weinig uitmaakt,' tegen het harige linkeroor van Ouwe Barrels, dat stoppels vertoonde waar het op de lel was gesnoeid.

Hij bulderde: 'Ha! Gelijk heb je, knul. Als het geheugen van dit zootje zou worden uitgewist zou het een verhulde zegen zijn; honderd schandalen voor eeuwig teloorgegaan! Ben je hier met Tegoedbon en die verdomde lamzakken van de film?'

'Niet echt.'

'Sigaar?' kefte hij.

'Moeten we daar niet mee wachten tot straks?'

'Niet in mijn huis, knul... een sigaar tussen de gangen door is prima.' Hij klapte het humidordeksel voor hem open en hielp de

Neef een havanna van dertig centimeter op te steken, met het advies om de tweede helft uit het raam te gooien, omdat de tweede helft altijd bitterder was. 'Net als het huwelijk,' grauwde hij, waarop de enorme oude man een keurig met peterselie opgemaakte schaal Rennie-spijsverteringstabletten liet rondgaan.

'Iemand Rennies tussen de gangen door?' riep Ouwe Barrels, die er een paar in zijn mond wipte, sigarenrook inhaleerde en in en uit en rond zijn mond en zijn grijze, weerbarstige baard liet kronkelen. Vettige zweetdruppels vielen van zijn gezicht op het tafelkleed in plaats van de trompet. Ineens bracht Ouwe Barrels zijn vinger naar zijn lippen om met een wonderlijk teder gebaar tot stilte te manen en iedereen hield ook op met praten toen de grote man naar de ramen wees.

Er was achter de ruggen van andere disgenoten een balkon, waarvan de ook weer hoge openslaande deuren openstonden om frisse lucht binnen te laten en de toppen van berken en het donkerblauwe loch erachter zichtbaar te maken. De Neef zag hoe een klein vogeltje, dat hij vreemd genoeg niet kon thuisbrengen, de kamer binnen was gevlogen en op een schapenvel zat. De vogel wrikte haren uit de vacht en toen hij er een paar in zijn bek had verzameld, draaide hij zich om en vloog de kamer uit.

Ouwe Barrels bracht zijn trompet naar zijn lippen en blies een valse noot. 'Iedereen dooreten.' Het gekletter begon weer. Hij wendde zich tot de Neef: 'Ze gebruiken de haren van de schapenvacht om hun nest mee te bouwen.'

Na de jakobsschelpen volgden stevige opmerkelijke asperges en oesters *au gratin*, daarna sorbet, die Ouwe Barrels afsloeg met de mededeling dat het zijn smaak zou bederven, voor hij weer een voetlange Churchill opstak. Er werden baloegakaviaar met citroenblini's opgediend; Barrels stond erop dat iedereen de kaviaar van de rug van zijn hand at. Dat ging allemaal vergezeld van een kist ijskoude Bollinger RD uit 1978, geschonken in steelloze fluitglazen waarin een ruit was geslepen om de kleine belletjes zo te laten borrelen dat ze in de vorm van een volmaakt kruisbeeld naar de oppervlakte schoten. Als er geen champagne meer in zat werden de flessen omgekeerd in de zilveren koelers gestoken, daarna werd er gefileerde Dover-sole à la meunière gebracht, opgediend met gestoomde aardappelen, nog meer geklaarde boter in zilveren kommen en een kist gekoelde Puligny Montrachet 1973: 'Ordinaire kookwijn; helaas voor jullie wil ik de '75 vasthouden!' verklaarde Ouwe Barrels; daarna nog meer sorbet, die tot vermiljoene plasjes mocht wegsmelten, waarna de biologische lendenbiefstuk, medium zonder inspraak, werd opgediend met puree en een kist Lafite 1982 die al de hele ochtend in allerlei verschillende karaffen had staan chambreren, hoewel Ouwe Barrels plagerig pronkte met een kist Réserve des Maréchaux, een kist Pichon Longueville 1933 en een kist Chateau Pavi 1921: 'Mochten we versterking behoeven!'

Ouwe Barrels blies op zijn trompet en kondigde de biefstuk aan. 'Niks geen gekkekoeienziekte in deze lappen, Tegoedbon, Bultitude junior; we hebben twintig jaar lang onze eigen kuddes hier voor de deur gehad. Vroeger allemaal stomme gazons en tennisbanen. Onzin. Wij fokken onze beesten dus zelf. Kijk uit waar je je schoenen neerzet als je straks een ommetje maakt, toch wel jammer.' Ouwe Barrels sneed met vork en het dreigend uitziende vleesmes een stukje vlees af, bekeek de glans van de biefstuk, stak het toen in zijn mond en kauwde. 'Deze knaap heette Big Mac, prachtige bruine ogen en blonde wimpers.'

Er ging gejuich op. Hij blies weer op de trompet om stilte, gebaarde heftig en strooide gul as op het tafelkleed en in het eten van zijn beide buren. 'Zure regen daalt neer, schimmelbanken rukken op, vergiftigen oesters, garnalen, mosselen, chemicaliën stromen uit gezonken schepen, straling lekt uit kerncentrales en gezonken onderzeeërs, ongezuiverd afvalwater in de zee, Tampax beheerst de zeeën verdomme, en het verdwijnt allemaal in de vis. Genetisch gemanipuleerde groenten zodat je achterkleinkinderen met twee pikken worden geboren, pesticide in de groenten, straling van Tsjernobyl die nog steeds door de grondwaterspiegel beweegt, tweekoppige lammeren die nog steeds in Angus worden geboren en het vlees wordt gewoon doorverkocht, spreekt vanzelf dat als BSE in de koeien zit het ook in de melk en de kaas zit... dat allemaal, en wat wordt ons voorgehouden?' Hij tilde de trompet op en liet een winderige noot schallen. 'Wat wordt ons voorgehouden? Onze samenleving die de kunst van het bevuilen van zijn eigen nest tot grote hoogte heeft geperfectioneerd, zij houdt ons voor te STOPPEN MET ROKEN!' Hij bulderde van het lachen, zette de trompet met de beker omlaag weer voor zich op het tafelkleed en nam een uitzonderlijk lange trek van zijn sigaar. 'Op onze Nationale Gezondheid!' Iedereen klonk met hem mee. 'Eet door, Bultitude, eet en laat het je smaken alsof het je galgenmaal is, misschien ben je morgen dood.'

Het was moeilijk om niet onder de indruk te raken van de aanblik van een man die tegelijk een enorme sigaar rookt, een sappig stuk biefstuk verorbert en snel het ene na het andere glas van een grand cru rode bordeaux achteroverslaat. De Neef nam zijn hedonistische arbeiderspetje af; moest toegeven dat deze bekakte zakken er wel raad mee wisten, maar toch, hij keek de tafel rond en dacht: moet niet vergeten om binnenkort *Het communistisch manifest* te herlezen, retetering.

Daarop volgde de opmars van een heel leger flambés, opspringende vlammen en meer verticaal vuurwerk, gevolgd door koude bavarois. In weerwil van zijn libertaire bespiegelingen vond de Neef het moeilijk om niet volop te genieten en aldus, uiteraard, betrokken te raken. De appel van Eden heeft zovele smaken en dus viel die hof weer eens buiten zijn bereik terwijl hij smulde, aan Paulette in het maanlicht dacht en zich bediende van nog meer bavarois, nog meer gigantische helften van de grootst denkbare sigaren die verkwistend werden weggegooid, met een zwieper door het open raam naar buiten om gewoon weer een nieuwe op te steken.

Toen volgde knapperige groene appels, in barokke plakjes gesneden met karamelslierten erover, volmaakt rijpe meloen, verse frambozen, zo dik en gekoeld dat er druppels condens op zaten en daarna kaas: gruyère, camembert en stinkende verse brie, maar het viel de Neef op dat er veel ophef werd gemaakt over de Tête de Moine en de Limburger. Er werd door Jemima speciaal voor Ouwe Barrels nog wat citroenbavarois met verse room naar boven gebracht, daarna werd voor de dames een Armagnac uit 1935 geschonken en voor de heren een Roffignac-cognac 1893, gul uitgeschonken in voorverwarmde cognacglazen, daarna espressokoffie en... nog meer sigaren.

Gedurende het hele feestmaal merkte de Neef dat veel van de lunchgesprekken die over de buiken heen werden gevoerd betrekking hadden op het nieuwe Schotse Parlement, al kon de Neef niet inzien hoe dat achtenswaardige instituut op welke manier dan ook inbreuk kon maken op de hegemonie van deze tafel. Maakt voor de armen noch de rijken enig verschil, dacht hij. De uitdrukking 'financiële zekerheid' leek ineens een veelvoud aan mogelijkheden te dekken, het kwam erop neer dat je voeten eigenlijk de grond niet raakten en hij likte zijn lippen af bij de gedachte dat hij De Man Die Loopt zou onderscheppen. Ook werd er uiting gegeven aan een opvallend ongerijmde obsessie met sociale rechtvaardigheid en het lot van de arme en noodlijdende bevolking van de woonwijken in Glasgow en Edinburgh werd ook gememoreerd, van wie vertegenwoordigers die middag overigens niet dik gezaaid leken. In Tegoedbons hoek van de tafel was het over en weer van de opgewonden conversatie uitsluitend beperkt tot het liefdesleven van allerlei Hollywood-sterren waaraan Tegoedbon steeds met het diminutief refereerde. De Neef zelf werd verondersteld enige mate van communicatie op peil te houden aan zijn kant van de tafel, ondanks pogingen de onafgebroken toevloed van voedsel te verstouwen.

'Hou je van Fellini?' Een vrouw boog zich naar hem over.

'Alleen als het gewassen is,' de Neef glimlachte en knikte. De Neef was niet op zijn achterhoofd gevallen, hij wist dat in dit milieu de geijkte losse intellectuele opmerking van je werd verwacht. Geen probleem, hij had geen asociale complexen. Hij schraapte zijn keel en verkondigde: 'Wisten jullie dat toen hij bij Cosima en Richard Wagner te gast was, Nietzsche naar schatting tot wel tien keer per dag masturbeerde?'

'In alle opzichten een opmerkelijk man,' teemde de vleermuis aan de overkant van de tafel.

Achteraf verkondigde de Neef: 'Fantastische lunch. Zoals Alistair Crowley schreef: "Ik kan het met niets stellen, maar als ik het heb, kan het maar beter het beste zijn."' Hij maakte een kleine buiging om een boer te verdoezelen.

Het hoofd van Ouwe Barrels draaide zich om. 'Nou, ik denk dat we daar allemaal mee kunnen instemmen. Zo mag ik het zien, geen zorgen voor de dag van morgen, jongeman. Nu moeten we aan de slag.'

Er klonk opgewonden gemompel. Twee afgeleefde snuiters met maf gekleurde vlinderdasjes verlieten de tafel, tilden een Victoriaans spreekgestoelte op en liepen er voorzichtig mee over het tapijt naar waar Ouwe Barrels stond te wachten. Het gestoelte leek bestemd voor zo'n gigantische, stokoude familiebijbel met de stamboom op de binnenkant van de kaft gepend. Het werd op zijn plaats geschoven en de gasten, zelfs Jemima, begonnen zich voor het spreekgestoelte te verzamelen. Ouwe Barrels ging erachter staan en gooide zijn laatste sigaar uit het raam. Vervolgens ontsloot hij de gecapitonneerde bovenkant van de lezenaar die naar links en rechts openklapte en hij haalde er iets uit wat leek op een enorme, schilferige koeienvla. Jemima sloot het blad van de lezenaar voor hem terwijl Ouwe Barrels het grote voorwerp boven zijn hoofd tilde.

Tegoedbon boog zich naar hem over en fluisterde de Neef in zijn oor: 'Ik heb het nooit van dichtbij gezien maar ze zeggen dat het in mensenhuid is gebonden.'

De Neef begon zich duizelig te voelen na al het geslemp, het leek of er zweet op zijn voorhoofd stond, maar toen hij daar voelde zat er niets. Wat was dit voor een malle vertoning, retetering?

De oude baardmans stond met een vreemde nieuwe, pompeuze plechtstatigheid min of meer te psalmodiëren. 'Bezwering. Een natte wespensteek, heerschappij over alle dingen. In het hart van deze bergen zijn er stralende voorbeelden van. En wij ook, beschermers van de geheimen van het Zwarte Boek van Badenoch. Een ochtendlijke bezwering op het Zwarte Boek van Badenoch,' kondigde Ouwe Barrels aan en de verzamelde disgenoten mompelden allemaal iets.

Tegoedbon boog zich over en fluisterde de Neef in het oor: 'Het is een heksenboek, volgens zeggen uit de zestiende eeuw; sindsdien al generaties lang in het bezit van de familie: geneeswijzen, betoveringen, bezweringen, vreemde verhalen. Griezelgedoe.'

Ouwe Barrels die dit sombere, geheimzinnige gezeik stond voor te lezen begon echt op zijn zenuwen te werken, de Neef kon nu het zweet onder zijn overhemd voelen en de dampen van de cognac stegen op in zijn gezicht en de kraag van het overhemd maar schuren, aangezien hij tegenwoordig niet meer gewend was aan een overhemd en stropdas. Vroeger trouwens ook niet. Maar er volgden nog meer opgetekende verhalen! In zijn dronken geest verwarde de Neef dit oude verhaal met de stem van De Man Die Loopt van het schrijfmachinelint en nu, hoe absurd dat ook leek, leken de twee stemmen parallel te lopen met de stem in zijn eigen hoofd, die zorgvuldig de aaneenschakeling van vernederingen waaraan hij werd blootgesteld optekende, in zijn jacht op zijn verdorven Oom, want hadden we niet allemaal een stem in ons hoofd, die parallel met ons loopt, zoals de trein naast de bus door Glen Lochy rijdt en als Angie of de jonge Si de loc besturen, kun je wel een paar minuten naar ze zwaaien daarboven in hun machinistencabine... zoals de trein parallel rijdt met de bus, zo loopt een stem parallel in ons hoofd en doet ingetogen kond van onze gedachten en misschien van de staat van onze ziel terwijl de telegraafpalen voorbijritsen.

Het kon uiteraard niet anders dat het horen van ontcijferde en in beschaafd Engels weergegeven hiërogliefen de Neef, die een beetje opzijschoof en een hand uitstak om op de rug van een stoel steun te zoeken, deed denken aan de nachtmerrieachtige verhalen van De Man Die Loopt zoals hij ze, in Paulettes huis aan zijn bed gekluisterd, had ontcijferd. Alles begon een samenvloeiing van verhalen te worden.

Tegoedbon boog zich weer naar hem over en de Neef suste hem bijna, omdat zijn gefluister van het Amerikaanse soort was, maar voor hij dat kon doen zei Tegoedbon: ‘Sotheby beweert dat het in New York een half miljoen kan opbrengen als privé-verzamelaars opbieden tegen antiquaren en musea, maar ze willen er uiteraard niet aan. Een half miljoen *pond sterling*.’

De Neef staarde naar het versleten boek dat voor de bulderende oude man lag, hij keek naar de openslaande deuren en haalde diep adem. Retetering!

Hij wilde juist iets gaan zeggen toen er beneden zo'n allemachtige dreun klonk dat zelfs de Neef opschrok. Ouwe Barrels hield op met het lezen van een betovering waar fijngemalen strontvliegen aan te pas kwamen, keek over zijn dubbelfocusbril op en mompelde: 'Wat krijgen we nou? Jullie, jong grut. Naar beneden en ga kijken.'

Spijtig wierp de Neef een blik op het spreekgestoelte, draaide zich toen om en stoof naar de deur.

Samen met Tegoedbon, die de brede treden met twee tegelijk nam, rende de Neef de gebeeldhouwde trap af en de grote schilderijen van een heel leger voorvaderen schoot langs hun schouders, samen met talloze prenten en gravures van militaire stellingen met titels als *De kanonnen, Goddank de kanonnen!* of *De laatste man*. Met een snelle bocht naar rechts keerden ze terug naar de grote spiegelkamer waar de Neef voor het eerst het huis in was gegaan.

Toen ze binnenkwamen keek een enorme, bruine langharige Hooglandkoe dreigend door haar gescheiden, gemberkleurige pony en stormde op haar volmaakte evenbeeld af; ze daverde trillend in op de spiegel, waarbij de kwaststaart opzijzwiepte en een wand van spiegelglas verbrijzeld op haar schouders neerdaalde toen ze onstuimig terugdeinsde, een antiek tafeltje doormidden spleet en vertrapte en een stormloop op het volgende aanstootgevende spiegelbeeld ondernam.

Wat ook in het oog liep waren verscheidene grote koeienpetsen en vlaaien stront die uitzakten en over het kleed dropen.

De Neef wendde zich tot een met stomheid geslagen Tegoedbon en zei: 'De verstandhouding tussen ons en het dierenrijk brokkelt af.'

'O, godallemachtig.' Ouwe Barrels was aan komen zetten met het hele lunchgezelschap, dat zich fijngevoelig op de achtergrond hield. 'Thatcher! Thatcher, truttenkop dat je d'r bent, hoe ben jij binnengekomen? *Jij* wordt volgende week voor de lunch opgediend!' Hij stak een wraakzuchtige vinger uit.

'Ik geloof niet dat dat een goed idee is, Oompje. Ze zit onder het gebroken glas,' verklaarde Tegoedbon ongevoelig.

'Wie heeft godver die deuren open laten staan?' bulderde Ouwe Barrels.

De Neef was heimelijk naar de buitenkant van de groep geslopen, trok in de keuken zijn laarzen weer aan, spurtte toen met flappende veters weer de trap op om tot de ontdekking te komen dat Jemima de wacht had betrokken naast het Zwarte Boek van Badenoch. Hij hield in, liep naar haar toe, haalde diep adem, waarop de Neef tot zijn stomme verbazing overdadig op het museumwaardige tapijt kotste.

Jemima keek onbewogen naar het hangende hoofd van de Neef met haar armen over haar machtige boezem gekruist. De Neef boog zich over de tafel en spuwde zijn laatste braaksel in iemands lege koffiekopje. 'Ik loop wel even naar beneden om iets te halen waar ik dit mee op kan ruimen.'

'Zorg maar dat je hier wegkomt,' gromde ze.

Beneden was het een hels spektakel, de verniste vloerdelen trilden door de hele gang terwijl met een hoop kabaal van verdergaande vernieling, tantetje en de twee ouwe zolen met vlinderdasjes en Ouwe Barrels verwoed probeerden de koe door de open deur naar buiten te drijven. Op het terras had zich een oploopje gevormd dat de wonderlijkste theorieën kirde over wat koeien zoal aantrok. Een van de lijken was van de lunch nog teut genoeg om 'Olé!' te keffen toen de koe langs hem heen zwenkte, een paar urnen vernielde, met een hoef uitgleed die door het tapijt scheurde.

De Neef was inmiddels al door de voordeur naar de gebogen oprijlaan gelopen. Je reinste P. G. Wodehouse, retetering, mompelde hij. Toen hij met tikkende veters over het brede keerpad spurtte zag hij een fraaie zilveren auto staan, een Nissan Primera 2 liter, de motorkap bezaaid met halve havanna's die waren blijven branden en de lak onherstelbaar hadden beschadigd.

Ik werd wakker van ontploffingen. Het was ergens tegen Guy Fawkes-avond dat ik begon te drinken. Ik kon vaststellen dat ik niet al te veel dagen had geslapen, want de droesem van wodka en cranberrysap was nog niet tot een harde, donkere koek gestold in de bodem van het glas dat nog steeds naast mijn hand stond. Ik voelde mijn baardgroei: drie dagen. Ik riep: 'Pub!'

Ik liep naar de Ferry Bar. Mijn tijdsberekening werd bevestigd. Onder uiteenspattende en samentrekkende irissen vormden de roze, verstrooide sneeuwkristallen van vuurwerkontploffingen slechts een melancholieke neerslag, een warrelende puinregen van goud. Op de hoogste toppen leken overal feestvuren te branden, zoals ze dat deden ter viering van koninklijke evenementen, zoals de verloving van prins Charles en Lady Diana Spencer, mijn verre familieleden.

In de pub heerste deining. Hij heet het Ferry Hotel, maar mijn definitie van een hotel is een pub met bedden boven, zoals ik vaak tegen mijn verachtelijke neef heb gezegd... Ik stond aan de drukke bar. 'Neemt u me niet kwalijk, is deze kruk vrij?' vroeg een beleefde jongeman aan me.

'Ja, ja, neem hem maar,' zei ik. Het *was* mijn oudste neef, de Macushla, en hij deed of hij me niet herkende, voor de zoveelste keer.

'Dank u wel,' zei hij, tilde de kruk boven zijn hoofd en smeet hem over het biljart naar een stel andere jongemannen. Ik ging...

Einde lint.

Nieuw schrijfmachinelint.

Toen kwam ik in wat ik later, na ettelijke weken, een naam kon geven: Dublin. Fascinerende stad – in elk geval *klonk* hij fascinerend. Mijn stek, gedeeld met de Man uit Cavan en de Man uit Navan (of was het andersom?), bevond zich aan de zijkant van Clery's warenhuis in de chique O'Connell Street.

De Man uit Navan (of was het Cavan?) haalde op een dag trots een vormgegeven stuk steen uit zijn regenjas te voorschijn. 'En zou je ooit kunnen raden wat dit is?'

Ik legde de stenen pudendum in mijn handpalm, om beter het gewicht te voelen om er later zijn hersens mee in te kunnen slaan mocht zijn paard winnen. Man van Cavan, of Navan zegt: 'Het is de neus van die klootzak van een Brit, Nelson, die we in '66 van zijn zuil hebben geblazen.' Hij knikte. 'Als koters vochten we op straat met elkaar om de beste brokstukken te bemachtigen. Dit was een souvenir voor mijn Ma en heeft op de schoorsteenmantel gelegen tot aan het einde van haar leven, God hebbe haar ziel.'

'Dat is niet de *neus* van Nelson, stomme zak,' was mijn antwoord.

Iedere ochtend werden we gewekt, ik met Nelsons kloot in mijn vuist geklemd, door opgewekt, enthousiast geklets over Brian Boru en koning Sitric Silkenbeard vanaf het bovendek van de dakloze toeristendubbeldekker, die dagelijks op een braakverwekkend vroeg tijdstip aan zijn rondrit begon. De Man uit Cavan (of was het Navan?) verkondigde dat de gids 'een lul van een Engelsman' was. Erger nog, hij was typisch... 'een man uit Norfolk!' maar liefst. Toch voel ik in mijn verkilde hart nog altijd een warm plekje voor de koning *en* zijn zijden baard.

Zowel Man van Cavan als van Navan waren lopende patiënten van het St John of God's-ziekenhuis. (Mocht u enige twijfel hebben over aan wie St John toebehoort. En het ziekenhuis trouwens ook.) Zij (Man van Navan en van Cavan, niet St John. God evenmin) hadden beiden de lange pelgrimage van Ranelagh over de Via Appia naar de (Mount) Joygevangenis gemaakt. Vele malen. Ze waren herstellende alcoholici. Of dat zouden ze spoedig weer worden zodra ze ophielden met drinken.

Omdat ze, als ze aan wat sterke cider konden komen, nog steeds last hadden van hallucinaties, had ik er lol in om deze Provincialen mee te nemen naar het Phoenix Park waar, wat zij niet wisten, de dierentuin lag. Ik wist dat ze probeerden te doen of de neushoorn, de giraf en het nijlpaard die aan de rand van hun blikveld dreven niet bestonden, ze knikten beleefd, deden of ze niets zagen en dorsten er niets over te zeggen.

Als zoon van een Engelse kolonel hield ik me uiteraard vaak op in de betere wijken van de schone stad. Bijvoorbeeld het Grand Hotel, Malahide, waar Smithy een paar nachten had gelogeerd voor zijn transatlantische vlucht in 1931 vanaf het strand; of in elk geval was de rolcontainer achter de keukens een bijzonder geliefd verblijf aangezien de Indo-europese chef er de resten van de goulash in en boven op me gooide – tegelijk een bron van warmte en voeding.

En dan de mildheid van het klimaat voor een geharde Schot! Het is zoals mijn vriend, Monsieur Camus (1913-1960), schreef: 'Er zijn in de wereld veel onrechtvaardigheden, maar waarover nooit wordt gepraat is die van het klimaat' (mijn vertaling). Als u de voorkeur geeft aan het origineel: 'Je Boucoup de le injustice de le monde pour un non arbblement est dat de climat.'

Zelfs midden in de gure winter als de vorst op mijn met goulash bezette overjas glinsterde (op maat gemaakt door Forsyth in Edinburgh; een geschenk van mijn vader met een veelzeggende knipoog bij de dienstingang!), baadde ik eronder in het zweet. Mijn god, als ik naar het grotere eiland zou schrijven dat ik omgeven was door palmbomen zouden ze me voor gek verslijten. Of nog erger, voor een aansteller!

Dan liep ik over de getijdenkwelders, bleef in de maanschaduw van Phil Lynotts roze huis staan om nog veel meer geschikte akkoordenreeksen over het gazon te schreeuwen tot de Bewakers me naar het strand droegen. Terwijl ze me vervolgens in elkaar begonnen te trappen krijste ik... 'Aah... barbaren, doorzoek mijn zakken, ik ben een beroemde scenarioschrijver! Voor de film!' (Ten behoeve van hen gaf ik wat meer details, begrijpt u.) 'Gesneuveld door een creatieve inzinking. U zult er luciferdoosjes tegenkomen, zelfs bestek, een mosterdmesje bijvoorbeeld, van een paar van de fraaiste hotels in Europa' (trap tegen het oor).

'Gluurder en ook nog kruimeldief,' gromde de derde politieman terwijl hij nog harder schopte.

'Aauw! Lucifers van het Hotel Eden in de Via Ludovisi in Rome' (felle trap tegen de ballen).

'Ah, stelletje lijpkikkers. Hotel Meurice, Parijs' (een stomp in de maag).

'Je hebt ons uitgemaakt voor "barbaren" en "lijpkikkers",' mompelde de tweede politieman (gerekend van links), met zijn potlood zijn tong aanrakend om een aantekening te maken voor hij doorging met trappen.

'Kijk dan! Een cocktaillepel van de Connaught in Mayfair,' kreunde ik, tevergeefs. Mij was het lot beschoren van die stumper Boris Pastoukhoff, die in het Lancaster Hotel in de rue de Berri zijn schilderijen als onderpand voor zijn rekening moest achterlaten en ze hangen daar tot op de dag van vandaag nog in de slaapkamers aan de muur.

Na afloop lieten ze me daar liggen, mijn lucifers doorweekt en mijn cocktaillepel doormidden, in afwachting van het opkomende tij.

Phil was in de stad gevierd (voornamelijk dankzij mijn zonder-vermeldingcomposities zoals 'The Cowboy Song', 'Warriors' en 'Jailbreak'). De stad wemelde van Amerikanen; wat heet, zelfs de graffiti weerspiegelden een onmiskenbare VS-invloed: als ik mijn residentie op Sackville Place betrok stond er naast mijn dromende wang haastig in viltstift gekrabbeld: ROT OP NAAR RUSLAND ROOIE SCHOOIERS. Een wonderlijke en harde dichtregel die sindsdien mijn metafysische en politieke overpeinzingen verstoort. Ik zou nog meer onder de indruk zijn geraakt als de auteur hem in het Iers had gezet. Of zoals ik het liever noem: het Aars. Zoals in het traditionele Schotse deuntje: 'Four and Twenty Virgins Came Down from Inverness': 'We zingen: ballen tegen je partner aan en aars tegen de muur gedrukt, als je op zaterdag niet van bil kan gaan, weet dan dat 't nooit meer lukt.'

De stad was gastvrij voor bierdrinkers. Soms wees de Man van Cavan een volgens zeggen beroemd dichter aan in de bar van het Sackville, als onze financiën, of nog belangrijker ons voorkomen, een bezoek niet in de weg stond. Dan voegde de Man van Cavan er veelzeggend aan toe: 'Kijk, daar heb je Terry uit Derry die denkt dat hij uit Donegal komt' (of woorden van gelijke strekking). 'Maar hij heeft nog altijd royalty's te goed,' met fluisterstem, wat onmiddellijk leidde tot de wenk dat het, in weerwil van al onze inspanningen om binnen te komen, tijd werd voor een kordate aftocht. Dit vaste stramien bracht me op het vermoeden dat de Man van Cavan, of misschien ben ik in de war en was het de Man van Navan, of mogelijk beiden, een uitgevers-achtergrond had. Ik heb hun adres opgeschreven, p/a Clery's warenhuis, als een contact voor de toekomst met het oog op deze memoires.

Hoewel ik strikt formeel ben en een afkeer heb van het gebruik van het familiaire 'tu' in een gesprek, heb ik, na nog meer verwarring, de Man van Cavan en de Man van Navan naar hun voornamen gevraagd. Na ze urenlang te hebben uitgehoord, inclusief verwijzingen naar een almanak uit de bibliotheek van het ILAC-winkelcentrum, kwamen we tot de conclusie dat ze Shane en Sean heetten, of was het Sean en Shane.

Het openbaar vervoer was eersteklas, gerekend naar onze behoeften. Als het weer wisselvallig werd, kon je altijd wel een billijk geprijsd kaartje op de grond voor een station zien liggen, hetgeen een persoon in staat stelde de hele dag in de verwarmde treinen te reizen, heen en weer, van en naar het uiterste begin- en eindpunt van de lijn, zich onledig te houden met het spelen van Zoek de Nazi-oorlogsmisdadiger of je kennis van de internationale politiek op te frissen door het lezen van de ruime keuze aan zo zorgeloos achtergelaten kranten en weekbladen. Als we op een koude winderige dag niet in een trein konden komen, was dat toch weer eens een gelegenheid om in Grafton Street het Wie Ziet het Eerst de Stijve Tepel te spelen. Met weddenschappen of ze het allebei waren of maar een! Kortom, gelukkige dagen.

Wat de hogere cultuur aangaat, net voorbij de luifel van het Gaiety Theatre, waar we werden verwijderd, konden we proefjes krijgen van de meest verfijnde Andantes door voor het conservatorium pal onder een raam te gaan staan, hoewel ons vaak werd toegeschreeuwd dat we moesten doorlopen, door het meisje dat zo meeslepend het Canzonetta speelde uit Tsjaikovski's vioolconcert in D. Afgezien van onze opstijgende geur, krijste ze, werd ze afgeleid door ons hulpeloze gejank. 'Rot op en zorg dat je gauw doodgaat,' waren haar bewoordingen.

Wat de kansen op kapitaal betrof stond mij en mijn beide vrienden uit de provincie een vrij brede selectie aan portefeuilles ter beschikking om ons aller risico gespreid te houden.

Zij hadden samen een aandeel in een renpaard dat aan races deelnam op Fairyhouse en The Curragh ergens in het donkere Kildare, zoals zij eraan refereerden. Vaak begonnen ze dagen voor aanvang van een race al naar The Curragh te lopen, waar de races door sneeuwval werden afgelast nog voor ze de baan bereikten. Uiteindelijk kwam ik erachter dat hun aandeel in het paard nog geen shilling bedroeg en dat ze het certificaat waren kwijtgeraakt dat aan hen was verkocht in een pub door een eenarmige man. Heeft geen zin om daarvoor te duimen.

Een van de meest rechtvaardige aspecten van de beschaafde en vooruitziende busdienst in die stad was dit: als reizigers geen gepast kleingeld op zak hadden, gaf de chauffeur hun een restitutiestrookje. Ik geef een voorbeeld: als uw rit 40p kost en u was zo gelukkig om alleen maar een munt van 50p bij u te hebben, dan zou de conducteur u een plaatsbewijs van 40p geven met een klein strookje ter waarde van 10p eraan gehecht!

Door met die strookjes naar de intelligente doordenkers van het hoofdkantoor van het buswezen in O'Connell Street te komen, konden brave Dubliners er *contant* geld voor krijgen, zomaar daar aan het loket. Als ze in elke Europese stad zo verlicht zouden denken over te veel betaalde ritprijzen zou dat de ondernemingszin op Europese schaal toch zeer ten goede komen, niet? 'Wordt Dublin daarom aangeduid als de Kostelijke Stad?' krijste ik eens in de rij voor restitutie. Ze hebben me in elkaar geslagen.

Vandaar dat ons hoofdberoep, dat kunt u zich wel voorstellen, bestond uit het afstruinen van de straten, om ons te storten op elk weggegooid buskaartje met nog een geldige aanspraak op restitutie. In het toeristenseizoen haalden we de grote oogst binnen. Vaak hadden toeristen uiterst grote coupures op zak – bijvoorbeeld een heel Iers pond – waardoor de herstelbetalingsstrookjes opliepen tot onvoorstelbare bedragen, die als tegoed aan hun kaartje waren gehecht, maar die ze ongelukkigerwijs, wegens onbegrip voor de plaatselijke cultuur, weggooiden – altijd in de bakken bij de bushaltes langs de hele O'Connell Street. Wat doken wij vaak in die afvalbakken, omhelsden ze bijna zo vertrouwd waren ze ons: 'bruscar' is het Aarse woord voor afval. We verjoegen de wespen die de Coca-Colablikjes plunderden om te graven tussen de minder kwalijke van veel kwade zaken op zoek naar buskaartjes. Ach, die dagen in de schone stad, want het was een metropolis met potentiële mogelijkheden in overvloed; we hoefden maar op de Ha'penny Bridge te gaan staan waar onder ons door de Liffey naar zee stroomde, om miljoenen liters potentiële Guinness te aanschouwen.

En op een keer, toen ik zwom in de restitutiestrookjes: een vrouw! Is het niet zo dat zelfs een enkele ontmoeting met de andere sekse altijd positieve luister aan een verre stad verleent? Ik waagde me lager en mijn neus, waarvan inmiddels een gedeelte ontbrak, ging over het dons, nee! het *bont*, dat van haar navel tot aan haar venusheuvel liep, en toen ontdekte ik het eindelijk. 'Dus dit is het *einde* waar elke kerel altijd over loopt te kreunen,' zeg ik ('arsa mise' in het Aars).

O, maar we zaten niet alleen in onze rolcontainer achter het hoofdkantoor van Eircom en de Roemeense vluchteling wilde met alle geweld toekijken; hij streek herhaaldelijk lucifers af, waardoor schaduwen langs de klapdeksel van de container sprongen en ik alleen maar misselijker werd en de tranen zichtbaar werden die langs zijn gelooide wangen stroomden tot de lucifer zijn vingertoppen verbrandde. Als gevolg van jaren gemeenschappelijk slapen was ik triolisme beu en verlangde naar een eenvoudig een op een. Dat krijg je. Geloof me. Bovendien was de vluchteling hopeloos impotent, ondanks zijn toenadering tot mij. Ik zou niets liever dan van plaats geruild hebben. Nachten als deze deden me verlangen naar mijn drilboor.

De Man Die Loopt was bang dat hij wespen zou doorslikken. Wel zwierf hij onder de bergtoppen met zijn van bederf vergeven, door halitose geplaagde muil kwijlend wijd open en welke zichzelf respecterende wesp zou daar ooit naar binnen zijn gegaan? Hoe dan ook, hij flanste van metaalgaas een mondbeschermer om zijn kaak in elkaar die in combinatie met het assortiment aan voorwerpen dat hij in zijn oogkas opborg op honderd meter afstand de straatschoffies de stuipen op het lijf joeg. Toen maakte hij er een gewoonte van een kartonnen doos met uitsparingen voor zijn ogen op te zetten. Dit was een of ander protest tegen het feit dat hij zijn rijbewijs was kwijtgeraakt en op de zijkanten en achterkant van de doos stonden allerlei anti-politieleuzen geschilderd en bovenop het NAVO-*insigne, met het oog op een eventuele luchtaanval. Uiteindelijk vond hij een compromis door de oude kanariekooi van zijn moeder over zijn hoofd te binden waarvan hij het deurtje openmaakte om er een bierblik door naar zijn lippen te brengen of wat paardenbrokken achter in zijn keel te gooien.*

In die dagen woonde hij in het zeemanshotel bij de pier, maar werd er algauw uitgezet nadat hij zijn bed doormidden had gezaagd en 's nachts het raam uit had gegooid zodat het door de vloed werd meegevoerd. Hij gaf zichzelf uit voor zeeman sinds hij de baai binnen was geroeid in een volgbootje dat hij ergens had gestolen. Met het verloren gaan van het bed in zee was hij gedwongen elders onderdak te zoeken. Hij woonde in een hol ergens bij Callanagh. Het was rond die tijd dat de mascotte van de bergreddingsbrigade, een sint-bernard die ze altijd in de helikopter meenamen, vermist werd. Volgens de onuitroeibare legende hing er, nadat De Man Die Loopt zijn hol had verlaten, een vakkundig gevilde vacht van een sint-bernard tegen de wand met twee glazen ogen in de betref-

fende gaten gestoken. Ook lag er een met geweld opengebroken cognacvat.

De Man Die Loopt roeide twee keer per dag de baai over naar de Botenwinkel waar hij met duistere middelen seinfakkels in allerlei kleuren kocht om de onvoorstelbare handelingen in zijn hol bij te lichten.

Bonnie Prince Charlies vlucht naar de heide

Wazige regenwolken hingen in de verte boven Loch Linnhe en de zeilende meeuwen ervoor werden uitgelicht door de zon achter de bergen, zodat het wit van de vogels iets spookachtigs, schitterends en heel onwerkelijks kreeg. Een zeemeeuw liet een fel oranje zeester op het grijze asfalt van de weg voor hem vallen. De Neef, die stond te duimen met het bovenste knoopje open en de das losgeschoven, wilde de weg op lopen om de harde huid op te rapen en de zeester terug het lochwater vlak achter hem in te keilen, maar meteen werd de zeester door het voorwiel van een auto tot een roze vlek geplet.

Hij kokhalsde droge lucht, liep een paar passen door en bleef opnieuw staan. Hij stak zijn duim weer op met weinig vertrouwen dat zijn maag al rijp was voor de door geavanceerde veringtechnieken gegarandeerd weemakende soepele rit, toen hij snel zijn duim weer liet zakken omdat hij de onmiskenbare brandplekken op de motorkap en het dak van de naderende zilveren auto zag, maar te laat, altijd te laat! De auto begon te remmen. Achter de voorruit zag hij het knikkende, immer-minzame gezicht van Bill 'Tegoedbon' Wright.

'Rodger!' zei Tegoedbon. 'Waarom heb je in godesnaam niet gezegd dat je geen auto had?'

'Ben mijn rijbewijs kwijt. Rijden onder invloed. Beetje gênant. Ik wilde me later door de auto laten ophalen, maar ik moet iets bekennen.'

'Bekennen? Waaat?' Bill glimlachte vechtend met de versnellingspook. 'Godvergeten handversnelling. Ik bedoel maar, je hebt moeten kotsten, heb ik gehoord, begrijpelijk toch, kerel. Jemima heeft 't schoongemaakt. Die drank! Ze maken het voedsel veel te zwaar, man. Ik drink niet. Ik ken in LA mensen die een hartaanval zouden krijgen van de aanblik van die tafel alleen al!' Hij kreeg de pook in de schichtige en ongrijpbare vijfde versnelling.

'Het gaat niet om het overgeven!' De Neef liet berouwvol zijn stem dalen. 'Ik ben degene die de tuindeur open heeft laten staan! Stel je voor. Kijk, ik dacht dat het misschien verboden was om te roken, dus ben ik voor een paar trekjes even naar buiten gelopen voor ik naar boven ging en heb toen die deur waarschijnlijk niet meer op de klink gedaan. Ik vind het echt verschrikkelijk. Heel verschrikkelijk.' De Neef drukte op de elektrische knop van het raam om een centimetertje lucht te krijgen. 'Eigenlijk zou ik moeten aanbieden de schade te vergoeden. En natuurlijk,' de Neef wees op zijn borst, 'moet ik dit overhemd en deze stropdas teruggeven.'

'In godsnaam, Rodger, je gaat niet terug om aan te bieden de boel te vergoeden. Gebruik je geld voor nuttige dingen, zoals de Bevrijd Willy Stichting. Je weet wel? Om de walvis uit die film vrij te laten? Voor de spiegels kunnen ze nooit jou de schuld geven,' grinnikte de Amerikaan. 'Neem aan dat jij niet kon weten dat ze daar een veeboerderij hadden! Geen nood. Ouwe Barrels is verzekerd voor een koeienaanval.'

De Neef begon te grinniken. 'Zonde van de schade aan je auto.'

'De studio betaalt wel,' verklaarde hij vol vertrouwen en ongeïnteresseerd. Bill keek naar de Neef. 'Niet aanbieden om te betalen. Ik herinner me nog alle drukte om die spiegels van toen ik een kind was, ze zijn vast een *hoop* waard.'

De Neef draaide zich naar de Yankee en zei: 'Neem aan dat ze altijd nog Het Zwarte Boek op de veiling kunnen gooien.'

'Yeah. Ha.'

'Is het echt zoveel waard? Kunnen ze het niet beter in een kluis bewaren? Leggen ze het nooit achter slot en grendel?'

'Kijk, eigenlijk weet alleen de familie ervan, het écossaise-clubje zal ik maar zeggen. Daarom organiseert tante Bethany die bizarre voorlezingen. Dat zootje is er nu te oud voor, maar in de jaren zeventig waren ze behoorlijk losgeslagen, autosleutelfeestjes en de hele rataplan. Ze is geen echte tante van me, mijn ouders kennen haar van Oxford.'

'Weet je dat ze vroeger, in de tijd van de Clearances, toen alle Schotten van hun land werden verdreven, als ze dan een huis plunderden scheurden ze de bladzijden uit de boeken. Weet je waarom?'

'Waarom?'

'Nou, niet echt omdat ze er zo op gebrand waren hun kennis te verbreden. Alleen omdat ze een bladzijde uit een degelijk boek konden gebruiken om een volmaakte musketpatroon voor buskruit te maken. De musketkogel die zich in je dij boorde kon wel eens door een bladzijde uit de bijbel zijn gegaan of een Latijns leerboek of zelfs een bladzijde uit *Robinson Crusoë*!'

'Weet jij veel van de geschiedenis van de Hooglanden? Je had ons met die film kunnen helpen.'

'Hoezo? Waar gaat ie over?' De Neef glimlachte beleefd.

'Dat zou je wel eens kunnen interesseren, Rodger, een historische liefdesgeschiedenis.'

'Je meeeeent het, helemaal in mijn straatje.'

'Hij heet *Kidnapped*.'

'Het beroemde *Kidnapped*?'

'Eh, yeah. Denk ik wel. We hebben Darryl Simpson als Alan Breck.'

'Dacht dat dat een zwarte acteur was!'

'Is ie ook, maar wij beschouwen Breck meer als een exotische, piraatachtige figuur.'

'Tjee, dat is geweldig, Bill. Wat doe jij eigenlijk in deze film?' vroeg de Neef.

'Heb een hoop productie gedaan in la-la-land, maar dit is een grote studioproductie. Ik ben freelance locatiescout en producent.'

'Locatiescout. Dus jij bent degene die alle plekken uitzoekt waar scènes voor de film worden opgenomen?'

'Precies. Slagvelden, uiteraard dicht bij goede verbindingen, uitzonderlijk mooie landschappen als achtergrond waartegen acteurs hun scènes spelen: kastelen, ouwe veepaden, maar het is lastig om plekken te vinden die nog niet eerder in films zijn gebruikt en natuurlijk moet je proberen die godvergeten hoogspanningsleidingen te vermijden die ze hier over alle hellingen hebben geregen. En vanwege al die bergen willen die verdomde mobieltjes van ons niet werken.' Hij lachte goedhartig.

'Moet bekennen dat film niet mijn uitverkoren tak van kunst is,' verklaarde de Neef plechtig. Op *I Know Where I'm Going* na. Wat is die goed! Volslagen psychedelisch. Ongewild psychedelisch. Heb 'm maar ooit één keer gezien... ben 'm nooit vergeten.'

'Ben bang dat ik die heb gemist.'

'Een van de wonderlijkste films. Mijn Oom weet veel van film, ik niet. Hoe is het om in Schotland een film van de grond te krijgen?'

'Ik zal eerlijk met je zijn. De scenarioschrijver en ik denken erover om er een boek over te schrijven met als titel "Je zult in deze stad nooit meer diepvries pizza eten".'

Ineens lachte de Neef en bedacht dat hij uiteindelijk misschien toch maar *niet* deze Yank als een onwetende vluchtchauffeur zou gebruiken na het Zwarte Boek van Badenoch te hebben gestolen, om hem vervolgens met de sleepkabel aan de achterkant van de auto vast te binden en hem met tachtig kilometer per uur over een stil houtvesterspad van steenslag te sleuren. 'Dat is komisch,' gaf de Neef toe.

'Nu ziet het ernaar uit dat ze hier godver ook nog zonder benzine komen te zitten. Kun je je voorstellen wat dat voor onze productie betekent? Straks gaan we nog echt paarden inzetten. Man, iedereen wil een plekje in Hollywood maar ze houden zich liever niet met de werkelijkheid bezig.'

'Een accurate samenvatting van de huidige Schotse mentaliteit, Bill. Het is de vloek van Connery, die ouwe knakker heeft ons ideeën ingeblazen die ver boven onze stand zijn. Waar ga je nu overigens naartoe?' vroeg de Neef plotseling.

'Iets onderzoeken wat tegenwoordig Cona Castle heet.'

'*Mooi.*' De Neef had ooit geprobeerd om er in te breken.

'Waar ga jij naartoe? Ligt het eiland van je ouders hier in de buurt?'

'Nee. Ik kan vanavond met de taxi terug. Zaken. Een eind verder aan deze weg. Ballachulish. Moet even in het hotel langs en in de plaatselijke winkel. En om eerlijk te zijn, Bill, ben ik je reuze dankbaar voor de lift, maar zou je het erg vinden om even te stoppen om wat bij te komen? Mijn maag is nog een beetje van slag.

Gewoon niet aan al dat zwaar tafelen gewend. Hier ergens bijvoorbeeld, links, ik zeg wel waar. Interessant. Het graf van James van de Glen.'

'Best, ik stop wel.'

'Weet je wie James van de Glen is? In Hollywood zou je zeggen dat het een gebeiteld verhaal is. Daarop is Stevensons *Kidnapped* gebaseerd.'

'Yeah, ik geloof dat ik er wat over heb gelezen toen we research deden, ja, ja. Ik ben nou eenmaal hier om naar locaties te kijken, het zou een genoegen zijn om een rondleiding te krijgen van een kenner.' De locatiescout lachte.

'Hier is het.'

Tegoedbon zette de auto aan de kant.

'Mijn Oom is de kenner. Vertelde me er altijd over toen ik een jochie was, iedere avond voor ik in slaap viel. Onrustig slapen met nachtmerries. James van de Glen is hier in de bossen in 1752 door het bewind van Hanover opgehangen wegens een moord die hij niet had gepleegd. Hij, of zijn skelet, ligt precies hier begraven, kom maar kijken. Misschien kun je het als locatie gebruiken.' De Neef stapte uit en er lag een dikke, lange stok in de greppel bij het hek. Hij raapte hem op en controleerde of hij sterk was door ermee op zijn handpalm te tikken.

'Staat de auto zo wel goed, ik blokkeer het hek een beetje.'

'Maak je niet druk. Ze toeteren wel als ze erdoor willen. Kom nou maar mee.' De Neef klauterde over het hek en beende voorop met de stok in beide vuisten geklemd. Hij stak het boerenerf over. Er blafte een hond en een gammele houten deur van een bijgebouw rammelde in zijn grendel: de snuit van een collie was te zien, speurend en snuivend in het stof van de ruimte onder aan de aangevreten deur. De Neef liep over het erf door naar de kust in de nabijheid van de opgeheven spoorlijn.

Tussen deinende berken glinsterden de ondiepten van het loch. De Neef liep de begraafplaats op en sloeg af naar de laatste rustplaats van het stoffelijk overschot. Hij ging op zijn hurken zitten. Op het graf lag de droge kwak van een verdampte kwal, het knapperige lege lijk van een platgereden kraai omgeven door een sierlijke kring van geplukte lijsterbessen, een slappe, prikkende brandnetel in een lege Hennesey-fles en de verse, menselijke, *al* te menselijke krul van een opgerolde, glinsterende drol.

'Kennelijk is Oom weer naar de Hanoverianen overgelopen,' mompelde de Neef.

'Best een aangename plek.' De locatiescout hoestte en de sluiter van een duur fototoestel gonsde ergens achter de Neef.

'Zekers,' mompelde de Neef. 'Zoals Beckett schreef: "Ik zie geen been in begraafplaatsen."'

'O jee.' Tegoedbon was achter de Neef komen staan. 'Dat ziet eruit als...'

'Jaaa...'

'Nogal oneerbiedig.'

'Hier in de bergen heb je allerlei bondgenootschappen, Bill. Die verschuiven met het seizoen. Zou een drol van een Campbell kunnen zijn. Kan er ook een van de protestantse falange zijn.' Hij boog zich voorover en rook. 'Beslist te pittig voor een Engelsman. De slapte van die brandnetel geeft aan dat hij maar een uur op ons voor ligt!' De Neef stond op, wreef zijn handpalmen tegen elkaar en keek om zich heen.

'Maar Rodger,' zei Bill, 'zou het niet kunnen dat de boosdoener naar het zuiden gaat?'

'De "boosdoener". Klinkt goed. Had hem zelf niet beter kunnen omschrijven. Nee, ik kan vaststellen dat hij de verfijnde gerechten uit *zuidelijk* Argyll heeft gegeten. Er is een kans dat hij nog ergens zijn visitekaartje achterlaat, pal ten noorden van hier, bij de moordplek.'

'De moordplek?'

'Jullie hebben je grasheuveltje, wij hebben ons bosbeheerbordje.'

'Hè?'

'De plek van de moord hier in de bossen van Lettermore. De moord waarvoor de botten van James hier moesten bungelen.'

'Aha.'

'Plaats van het misdrijf. Kom op, ik vertel het je in de auto wel.'

Ze reden langs het loch, tot in de hoogste versnelling nog een kilometer of twee naar het noorden. 'Wat hier is gebeurd is dat na de opstand van 1745 en de nederlaag van de jacobieten in Culloden, het huis van Stuart van Ardshiel door de roodrokken in brand werd gestoken, waarna hij naar Frankrijk werd verbannen voor zijn rol in de opstand van Prince Charlie.'

De Amerikaan knikte eerbiedig.

'Vrouw en kinderen werden eruit gegooid, stierven in armoede in Engeland en ver van deze heuvels. Zijn halfbroer James Stuart kreeg gratie en woonde daarginds in Glen Duror. In '52 was de rentmeester van Faianacloich aan de kop van Loch Creran Colin Campbell, een onteigenaar die bekendstond als de Red Fox vanwege zijn rode haar. Sommigen zeggen dat hij in Benderloch een vrouw heeft vermoord, hij gebruikte zijn kennis van de streek om na Culloden mannen uit deze streek aan te geven. Ga daar maar rechts.'

Ze reden achter een stel huizen een ruw houtvesterspad op.

'Goed zo, hier naar boven.'

'Misschien een beetje te veel voor deze auto.'

'Niet zo bescheten, trap hem maar flink op zijn staart, maar zet hem wel in zijn een.'

De auto reed de eerste bocht om en er spoten wat steentjes onder de achterwielen vandaan. Maar om de volgende bocht was er over het pad een opvallend geel lint gespannen en op een met de hand geschilderd bord stond: HOUTAANKAP GEEN TOEGANG.

'Ach, dat verrekte Bosbeheer. We zullen te voet verder moeten. Misschien verrassen we hem wel.'

'De Boosdoener.'

'Zelf ook een Rooie Vos. Kom op.' De Neef krabbelde uit de auto en haalde er voorzichtig de lange stok uit die hij had bewaard en onder de hoofdsteun door naar de achterruit geschoven, zodat er schors op de zitting schilferde.

De Neef dook onder het lint door, alsof hij de plek van een misdaad betrad, wat ook waar was. De locatiescout had het er moeilijk mee: coördinatie van de auto in de versnelling laten staan met de handrem erop, de auto op slot biepen met de afstandsbediening.

De Amerikaan liep achter de Neef aan de heuvel op, het oranje tapijt van de dennennaalden van de vorige winter lag nog in door de wind gelegde plooien over het pad. Op de schuine door de diagonale haal van een kettingzaag gesneden voorkant van een serie boomstronken waren metalen pijlen gespijkerd. Op een van de borden stond met ijzeren letters te lezen:

PLAATS VAN DE MOORD DEZE KANT UIT

maar het vierde woord was overgesmeerd met wat eruitzag als stront en met een zwarte viltstift waren de woorden

ZACHTE DOOD
PLAATS VAN DE ~~MOORD~~ DEZE KANT UIT

erboven aangebracht.

De bodem was ongelijk en sponzig; een smal pad, waar twee mensen nauwelijks langs elkaar heen konden, voerde naar de grote dennen verderop, claustrofobieën van vlezige, eenjarige bladeren braken het zonlicht als slappe vingers en de schaduwen werden overheerst door de wat zoetige geur van rottende humus.

Een rommelig stel, op hun zijkant in de grond geslagen planken bevatten hopen roze grind, de glanzende smaragdgroene mospollen en winterbruine mierenhopen met aan weerszijden afgevallen twijgen opgewoeld tussen de oude takken ernaast. Een volgende pijl gaf aan dat de plek van de moord verderop lag. Maar ineens schrok de locatiescout op toen in de stilte van het bos de ernstige stem van de Neef heel dreigend en laag klonk, pal rechts van de Amerikaan. Hij had niet gezien dat hij zich daar stilletjes had verscholen.

'De cairn ligt daarginds, er is niemand. Hij is er niet, tenzij hij ons in de gaten houdt, bijvoorbeeld vanaf de echte plek van de moord. Er ligt een oude cairn onder de nieuwe die door bosbeheer is opgestapeld, maar misschien is die in de negentiende eeuw opgericht. Het is net als met een slagveld, Bill. Weet je dat sommige slagvelden zijn verdwenen, omdat de soldaten niet meer konden uitmaken wáár ze zich op het betreffende veld bevonden waar ze zo bang waren geweest? Veertien uur staan tussen de kanonnen in Waterloo, je behoefte doen waar je staat. Dat maakt een slagveld tot een veld van dromen, vol stront. Is er op een plek ooit zoveel gebeden als op een slagveld? Meer dan in welke middeleeuwse kathedraal ook. Zijn er ooit zoveel zielen weggerukt? Het is een bovennatuurlijke plek, stel je die dolle exodus van geesten voor. Denk aan Waterloo, of in jouw geval Culloden, de Macdonalds die uit elkaar spatten onder Belfords kartetsen, al die geesten die zo snel achter elkaar opstijgen dat er luchtverkeersleiding aan te pas zou moeten komen om er orde in te brengen. Je kunt niet zomaar een slagveld voor je films uitkiezen, Bill, je hebt iemand als ik nodig om de bloeddoordrenkte bodem voor je op te sporen, om die specifieke graad van wazigheid aan de horizon te vinden die je nodig hebt: de spreekwoordelijke stroom die een ijzingwekkende bijnaam krijgt, de exacte geografie van een plek waar het noodlot duizenden mensen zal insluiten. Weet je, Bill, dat toen de Romeinen in Schotland waren, het negende legioen naar het noorden marcheerde en verdween. Oma vertelde me altijd dat je ze, als je rond bedtijd goed luisterde, nog kon horen terwijl ze in de verte verder marcheerden. Heel wat avonden ben ik bibberend in slaap gevallen als ik ze steeds maar dichterbij hoorde komen.'

De Neef draaide zich om en wees ineens naar boven. Tussen de vette bladeren hing als een soort verscheurde groene lap leer een opvallend hoge klifwand van massief zwarte rots glinsterend van het water.

De locatiescout richtte zijn fototoestel omhoog en begon foto's te schieten terwijl de Neef sprak.

'In sommige verslagen over het neerknallen van de Red Fox wordt vermeld dat de moordenaar of moordenaars zich bij een zwarte rots bevonden. Maar net als ze in Culloden hebben gedaan heeft Bosbeheer deze plek verpest. Dit pad is erdoorheen gebulldozerd, waarschijnlijk ergens in de jaren vijftig, waardoor de natuurlijke ligging van de plek moet zijn veranderd. Als ik iemand dood zou willen schieten die over het oude ruiterpad aankomt, waar *jij* nu staat, zou ik het vanaf daarboven doen, waar je met een musket lekker lang omlaag kunt richten en snel de heuvels in kunt vluchten, waarschijnlijk zonder dat iemand je ooit zou zien. Vergeet niet dat er in die tijd geen enkele den stond, alleen overweldigende berkenbossen toen de wereld nog ongerept was en een kans had. Dit allemaal,' hij maakte een gebaar, 'is er deze eeuw neergezet. Je moet het kunnen voelen, Bill... één groot potentieel filmdecor.'

'Tja, we zouden van hieruit een schitterende opname kunnen schieten, met Alan Breck en Cluny MacPheerson precies waar jij nu staat.'

De Neef glimlachte. 'Hé, Billy-boy, dat is niet het soort schieten waar we hier over praten.' Hij liep naar hem toe, stelde zich voor hoe hij met de stok zwaaide, nee! wachten tot ze naar de cairn lopen en hem dan vanachter met een van de weggerolde keien van de oude Monumentenzorg-cairn zijn hersens inslaan en vervolgens het lijk het bos inslepen. Maar vandaag de dag draait alles om gerechtelijk onderzoek, jongen. De nalatenschap van dr. Joseph Bell, op wie Sherlock Holmes is gebaseerd. Mooi even alle moorden voor deze generatie verpest. En hij zat opgescheept met de auto en allerlei *andere* indirecte bewijzen. En ook nog dit: hij zou meer in de kijker lopen door de creditcards dan door het contante geld en op de lange duur was hij een directe link terug naar het Zwarte Boek. Moet hier zijn kansen niet verpesten. De Neef glimlachte en zegt: 'Kom op, we gaan.'

'Lopen we niet door naar de cairn?'

'Dat is voor toeristen, de schietpartij heeft hier plaatsgevonden, waar of niet? Kom mee, Bill.'

De Neef liep voorop terug naar de auto beneden. 'Ze namen James gevangen, hij werd in Inverary berecht door een jury waar Campbells in zaten en veroordeeld met een volslagen gebrek aan bewijs. Hij werd hier in de buurt in Ballachulish opgehangen boven aan een rots die je kilometers in de omtrek kunt zien. Het bevel was dat hij daar moest blijven hangen en wegrotten als een voorbeeld van de rechtspraak van koning George, daarom bleef hij daar onder militaire bewaking jarenlang wegrotten, hij bungelde daar maar geëscorteerd door een zwerm kraaien en zeemeeuwen en toen zijn botten vielen werden ze weer met draad bij elkaar gebonden om in de wind te blijven klepperen. Als de vrouw van James naar het westen en de zonsondergang keek dan zag ze die door de samengeraapte ribbenkast van haar echtgenoot en als zijn zuster in Callerton aan de andere kant van het loch de zonsopgang zag, dan zag ze die door dezelfde botten.'

Toen ze bij de auto kwamen waren zwermen zwarte vliegen op hun ondoorgrondelijke manier overal neergestreken en sloegen tegen hun gezicht toen ze allemaal opvlogen omdat het portier openging.

'Maar wie had hem dan wel doodgeschoten?'

'De hamvraag van vierenzestigduizend dollar, Bill. Maar laat ik het zo zeggen: ik ken mensen, gekken, die het geweer hebben.'

'Je neemt me in de maling?'

'Echt waar, hetzelfde Spaanse musket waarmee de Rode Vos is doodgeschoten. Net zoiets als de Lijkwade van Turijn of spaanders van het Kruis of de Heilige Graal, uiteindelijk wordt elke grot in het westen de grot van Prince Charlie genoemd; dus is er natuurlijk aardig wat nep in omloop, maar het echte geweer is generatie op generatie doorgegeven, ze hadden het daarginds op het eiland begraven.'

'Hé, we zouden het dolgraag in de film gebruiken. Authentiek uitziend historisch materiaal is moeilijk te vinden.'

Onder aan het pad sprong de huurauto met een dot gas de weg op en langs het loch naar Ballachulish, beheerst door de brede moderne brug die de platte veerponten die de Neef zich uit zijn jeugd herinnert heeft vervangen.

Ze parkeerden voor het oude Victoriaanse hotel. 'Daarginds ligt Cnap a' Chaolais, waar het rottende lichaam hing. Loop *jij* maar naar boven. Je moet het met eigen ogen zien, de atmosfeer opsnuiven. Ze wisten wel wat voor plek ze moesten uitkiezen, vergeet dat niet!'

De locatiescout beende met twee treden tegelijk omhoog naar de zijkant van de brug en zijn fototoestel, het oog van de nieuwe wereld, in de aanslag.

Op de plaquette tegen het monument daarboven stond te lezen:

Ter nagedachtenis aan James Stewart of Acharn, die op deze plek op 8 november 1752 werd geëxecuteerd voor een misdaad waaraan hij niet schuldig was.

Opgericht door de Stuart Society 1911.

De locatiescout spelde geluidloos de woorden en besloot om de hoofdrolspelers en ongetwijfeld ook de regisseur hier mee naartoe te nemen, om te laten zien hoe grondig zijn plaatselijke kennis en onderzoek was. Hij kon de stem van de actrice al horen: 'Heeft Rod Stewart dáárvoor betaald?'

Twintig meter lager in de overkoele bijna koude Ferry Bar knikte de Neef naar de barman en zegt: 'Is De Man Die Loopt hier geweest?'

'Sorry?'

'Is De Man Die Loopt hier vandaag geweest? Of in de afgelopen dagen?'

'Neemt u me niet kwalijk maar bent ú niet De Man Die Loopt?'

'Nee. Nee. Zeer zeker niet. Godver nee, man. Ik ben z'n Neef. Hij is m'n Oom, vrees ik.'

'O, sorry hoor. Ik ben nieuw. Ze hebben me een foto laten zien. Hij komt er hier niet meer in. Ze zeiden dat hij onder geen beding binnengelaten mag worden. Hij heeft altijd dooie dieren bij zich. Jaagt busgezelschappen de stuipen op het lijf!'

'Ja nou, dat stuk vreten bedoel ik. Maar heeft niemand hem hier zien rondhangen?'

De barman was godver een Australiër. Toch niet te geloven wat er van de wereld terecht moest komen. Aan het biljart werd het spel onnodig onderbroken, dus de Neef draaide zich om en onmiddellijk gingen de twee jongens, die duidelijk op school hadden moeten zitten, door met spelen.

'Wat zal het zijn?'

'Groot glas Coca-Cola dan maar, met ijs, en een zakje garnalenchips.'

'Sorry hoor. Geen garnalenchips.'

'Iets met vlees?'

'Gerookt spek.'

Gerookt spek, dacht de Neef. Jezus, wat een leven. 'Ook goed. En de Lea & Perkins graag.'

'Wilt u Cola Light of Classic?'

De Neef draaide zijn oor omlaag naar zijn schouder, alsof hij in een pikdonkere nis tuurde en probeerde een spoor van spot te ontwaren, maar de kerel meende het echt, aarzelde met het grote glas losjes in zijn hand.

'Classssic,' fluisterde de Neef bijna.

De barman schonk nonchalant het glas in, geen spoor van een grijnslach op zijn lippen.

'Hé, ik wil u wat vragen?' zei de Neef.

'Yeah?'

'Over grasparkieten, in Australië, in de Territoria. Is 't waar dat de wilde groen zijn? Dat alleen parkieten die worden gevangen en gefokt andere kleuren hebben?'

'Grasparkieten? Zou het niet weten hoor. Ik kom uit Nieuw-Zeeland.'

'O jammer. Wilde ook nog wat over Ned Kelly vragen.'

'Sorry.'

De Neef draaide zich om en keek dreigend naar de twee tieners. Jeugd van tegenwoordig, geen enkel gevoel voor traditie meer. Welke traditie? 'Kweetnie, ben 'k vergeten, dacht de Neef. Een van de jongens zag er erg meisjesachtig uit, ongelooflijk eigenlijk, maar ze speelden door alsof ze niets hadden gehoord. De Neef betaalde voor de frisdrank en de chips met het kleingeld, stapeltjes munten van twee en een pond, dat hij uit het handschoenenkastje voor de versnellingspook had gepakt. 'Mag ik wat muntjes voor de telefoon.' Hij hoestte en zei: 'Ik vraag het steeds aan Australiërs en ze weten het niet. Ze hebben nooit zwermen in het wild gezien.'

De barman knikte.

'Maar goed, ook al komt hij er niet meer in, heb je soms gehoord of de Oom in de buurt is geweest, daarboven bij het monument, of waar dan ook?'

'Nee hoor.'

De Neef keek naar het opengescheurde zakje chips met klodders donkere worcestersaus erop en naar de bruisende, borrelende bovenkant van de Coca-Cola en besefte dat hij kortgeleden had overgegeven en er eigenlijk helemaal geen trek in had.

De Neef pakte zijn chips en zijn glas en liep naar de toiletten waar de telefoon hing. Sta op, neem uw glas op en ga er godver tegenaan! Ooo, Marlboro Lights, dacht hij, zette het glas op de cd-jukebox en riep naar een van de jongens, het meisjesachtige watje. 'Héja, joh, mag ik een saffie van je roven?' Voorzover hij kon zien zat er in deze jukebox niks van Lizzy of Roses, retetering.

'Zekers,' kraakte het joch met zijn onvaste, brekende stem. God, de lastige slungeligheid van de puberteit. De Neef huiverde.

De jongen bracht de aansteker bij de Neef zijn mond. Het joch had echt een mooi gezicht, was de rakker soms opzettelijk uitdagend om eigenhandig de aansteker zo dicht bij de mond van de Neef te brengen? De Neef knipperde met zijn ogen door de opstijgende rook, maar het joch keek gewoon ernstig, alsof hij een leertje in een kraan stopte, met zijn kin omlaag in de kraag van zijn helemaal dichtgeritste anorak. Wat kun je op die leeftijd toch gewoon overkomen als een lekker stuk zonder er moeite voor te doen.

'Bedankt.' De Neef liep terug naar de telefoon en belde het mobiele neusje van de zalm van de Voorman.

'Ja.'

Zachtjes pratend zei de Neef: 'Ik zit in Ballachulish en van hem geen spoor. Moet het dorp nog proberen en de seinpaal bij de pastorie, maar ik heb mijn twijfels. Goed. Ik zal proberen om vandaag weer contact op te nemen.'

'Hoor 's: waar heb je eigenlijk uitgehangen?'

'Heb me een paar nachtjes gedeisd moeten houden. Nou en? Waar maak je je druk over? Waar kan hij hier nou geld aan uitgeven?'

'Dan heb ik nieuws voor je.'

'Wat!'

'Hij is in het Black Garrison geweest.'

'Kan niet. Wie heeft je dat soort shit verteld?'

'Ik heb mijn contacten. Hou er maar rekening mee. Ik denk dat ie van Ballachulish naar het noorden is gegaan.'

'Van hieruit naar het noorden!'

'Dat zeg ik toch, man, ik denk dat ie de brug over is en naar onbekend gebied, onbewoond land.'

'Hij is nog nooit verder noordelijk dan Ballachulish geweest. Hij heeft geen Ordnance Survey-kaarten. Er is geen opgeheven spoordijk meer die hij kan volgen!'

'Ga hem die kant uit maar achterna, zie of je hem kunt vinden.'

'Wacht 's even, ik heb geen geld. Ik kan niet zomaar op expeditie naar het noorden, lukraak achter hem aan, en vanwege het benzinetekort krijg ik misschien niet eens meer een lift. Hij is waarschijnlijk al weer op de terugweg. Hij gaat nooit verder dan hier. Dat vindt ie veel te eng.'

'Ga nou maar door en kijk of ie zich in Aluminumville schuilhoudt.'

'Dat slaat nergens op. Waarom zou die?'

'Weet dat ie dit keer echt stout is geweest. Is misschien wel slimmer dan we denken. Heb je mot met de politie gehad?'

'Ik. Nee hoor. Waarom? Zijn ze weer bij de caravan komen snuffelen?'

'Ach, je hoort wel 's wat.'

'Laat ze barsten. Ze kunnen me niks maken.'

'Blijf nou maar uit hun buurt en op het rechte pad. Oké. 'k Heb je Moesje pas nog gezien.'

'O, is het echt.' Opnieuw kon hij de aanwezigheid van nog iemand voelen die meeluisterde.

'Ze heeft een brief voor je van de computerhacker. Je vriendje in de gevangenis.' De Voorman gniffelde openlijk.

'O. Nou die krijg ik dan wel als ik terug ben. Nog iets,' hij liet zijn stem dalen zodat de barman hem niet kon horen, hij wilde niet dat hij en die jonge jongens, zeker dat knapperdje niet, zouden denken dat ie een soort pietjesfixatie had. Hij fluisterde: 'Zorg ervoor dat Moesje de vogelkooi niet naar de lommerd brengt. Als ik thuis ben en dat stuk vreten heb opgespoord neem ik er weer.'

'Dan zullen we moeten uitkijken dat we je nieuwe pietjes niet vermoorden met de champagnekurken als we die Oom van jou echt te pakken krijgen. Zorg dat je de weg op komt, man, en laat alsjeblieft wat vaker van je horen zodat ik ongeveer weet waar je uithangt. Breng die halvegare niet om zeep, hè, pak hem maar gewoon flink aan. Genoeg dat ie weet wie de baas is. Net als de vorige keer.'

'Kan je donder op zeggen. Dit keer haal ik er godver zijn andere oog uit. In 't vervolg hoeven we maar het getik van zijn witte stok te volgen, neem dat van mij aan.'

'Ha! Zo mag ik het horen, man, geef 'm maar flink op zijn donder. Luister je even heel goed naar me? Als we dit hebben gehad zitten we allebei gebeiteld.'

'Ik voel me puik in vorm.' In een onbezonnen vlaag van vertrouwen liet de Neef alle logica varen en overwoog om weer met de Voorman samen te werken. Hij flapte eruit: 'Ik heb nog een potje op het vuur.'

'O ja? Vertel 's wat meer.'

De gretigheid van de Voorman zorgde ervoor dat de Neef een tikkeltje meer op zijn hoede was. 'Een klus. Zacht eitje, wil het er niet aan de telefoon over hebben. Laat ik zo zeggen, hier in de buurt ligt nog een appeltje voor de dorst. Je weet dat ik een liefhebber ben van *boeken*.'

'Nou, voor de draad ermee.'

'Ik zeg er verder niks over.'

'Mmmm. Bel vanavond nog even, oké?'

'Oké. Pas goed op Moesje.'

De verbinding werd verbroken.

De Neef liet de cola en de chips op de jukebox staan en slenterde naar buiten met een laatste blik op de knappe jongen, om op de motorkap van de auto te gaan zitten waar hij de laatste trek nam van zijn saffie dat hij met twee vingers fijnkneep en wegknipte en naar de snelle stroming over de oude veerverbinding keek die nu onder de grote brug naar zee trok, met het olieachtige water en zijn kolkende gladde plekken en de glans van de warrelende oppervlakken.

Een tientonner van de Safeway-supermarkt reed langs, deinend als een groot bioscoopscherm, op de glimmende zijkanten weerspiegelden zich de bovenbouw en liggers, en verdween onder de brug door. Minuten later was boven hem het geluid te horen van de tientonner die tegen de helling van de brug op zwoegde, daar waar

James van de Glen had gehangen en hij kon de rand van het dak van de vrachtwagen over de brug zien verdwijnen. Hij keek over het water naar Onich en dacht aan het laatste oog van zijn eenogige Oom en hoe hij het er glibberig uit zou knijpen en daar kwam de Amerikaan vrolijk de trappen van het monument af gelopen.

'Hi. Precies wat je zei. Het is een *macaber* verhaal.'

'Kom op. Wil je nog een plek laten zien.'

De Amerikaan reed onder de brug door en kwam langs een bord waarop Glencoe stond aangegeven.

'Hé. Wacht even! Ik weet van het bloedbad van Glencoe. Daar heb ik over gelezen. De Macdonalds werd de hals afgesneden nadat ze die soldaten onderdak hadden verleend, echt een misser.'

'Piper Alpha, Ibrox, Lockerbie, Dunblane. Kijk, voor een klein landje zijn we in de afdeling bloedbaden goed vertegenwoordigd. We zijn trots op alles waarin we uitblinken! Oké, hier gaan we even aan de kant.'

'Waar zijn we nu?'

'Zet de auto maar daar op de oprit.'

De auto maakte van de weg af een draai naar de oprit van een fraaie Victoriaanse villa. In de tuin van de villa, sierlijk oprijzend uit het keurig geknipte gazon tot op dezelfde hoogte als de rij dennen, stond een goed onderhouden voorseinpaal van vakwerkliggers met een gele arm, een vissenstaart aan het einde en een zwarte onderbalk. De arm stond in de horizontale stand. Een korte draad liep langs het gazon naar een hefboom, waarmee de seinpaal nog altijd in de hoge of lage stand kon worden gezet, als teken voor de spooktreinen.

'Het is een seinpaal uit de tijd van het oude spoor. De bewoner van dit huis is treinengek. Er liep hier vroeger een trein naar de groeve. In de jaren zestig gesloten. Hij kan het sein nog steeds verzetten,' wees de Neef.

'Ach.' De locatiescout knikte.

De Neef zwaaide het portier open, bukte en kwam overeind.

De Neef keek met toegeknepen ogen naar de tegen de lucht afstekende seinpaal of het gekleurde glas in de lenzen nog heel was. Hij schermde zijn ogen met een hand af. De Man Die Loopt was al eens eerder in de kleine uurtjes gesnapt toen hij met een hamer en een emmer de ladder van de seinpaal op was geklauterd om het gekoesterde groene en gele glas te verzamelen om het in de kas van zijn verloren oog te stoppen.

Ze reden omhoog naar de lus van de dorpskern, langs een liftster met gespierde dijen die richting noorden stond te duimen. De Neef hoestte, er niet gerust op dat de locatiescout met een soort Jeffersoniaanse edelmoedigheid misschien niet toch zou remmen om te stoppen, maar hoerrra! eigenbelang beheerste de dag. Ze gingen aan bij de Spar waar ze De Man Die Loopt niet hadden gezien. Op de terugweg zagen ze onthutst dat de liftster de weg was overgestoken en nu in zuidelijke richting stond te duimen.

'Weet je, Bill, mijn Oom heeft een hoop ideeën voor films waar jij al dan niet in geïnteresseerd zou kunnen zijn.'

'Jouw Oom?' Gretig als altijd bleek Tegoedbon wel degelijk geïnteresseerd, hopeloos op zoek naar zijn heilige graal, dacht de Neef.

'Jazeker. Ik heb zelfs een paar van zijn aantekeningen bij me, mocht je koper zijn, ha, ha.' De Neef boog zich achterover naar zijn rugzak, trok het kinderkleurboek tussen het opgerolde schrijfmachinelint vandaan. Hij sloeg een paar bladzijden om en las:

Te verfilmen door Werner Herzog. 1691, Goodwin Wharton, zeventiende-eeuws hoofd van de Admiraliteit, geloofde dat hij boodschappen van engelen kreeg, vertrouweling van koning William. We volgen de expeditie van twee schepen naar Tobermorry Bay onder het bevelhebberschap van Wharton, om te duiken naar een gezonken Spaans Armadagaljoen, met gebruikmaking van gevaarlijk primitieve uitrusting, een 'magisch mondstuk' ontworpen door de engelen en een duikerklok gemaakt van koeienhuiden, verwarmd met brandende cognac waardoor menige duiker stikte. Helemaal op maat voor Herzog. Veel verdrinkingen en vurig gebed.

De locatiescout keek een beetje versuft. 'Historisch drama, Rodger, zoals dit, daarmee swingt je budget *helemaal* de pan uit en jee... als er boten aan te pas komen! Boten betekenen sores, grote sores, Rodge.'

'Geen boten. Je hebt gelijk. Ik haat ze. Wat vind je hiervan:

Verkoopbabbel naar Jake Eberts gefaxt die ervan houdt dat zijn projecten op feiten zijn gebaseerd. Waar verhaal: 'James' Barry, de eerste vrouwelijke dokter die afstudeerde aan de universiteit van Edinburgh in 1812 maar ALS MAN VERKLEED. Heeft zich haar hele loopbaan uitgegeven voor man! Toen mochten vrouwen geen medicijnen studeren, maar zij is de eerste dokter van wie is opgetekend dat ze een keizersnede heeft uitgevoerd. Heeft in een duel gevochten. Een affaire met een man gehad!! Levert veel dramatische mogelijkheden op! Heeft in het geheim een kind gebaard dat ze heeft verloren of laten adopteren. Seksuele satire. Hoog feministisch/emancipatoir *Guardian* gehalte.

'Denk dat dat in *Tootsie* allemaal al is uitgekauwd, Rodger.'

'Laat zitten.'

Een film met een Dashiell Hammett-achtige privé-detective maar gesitueerd in Edinburgh na de Darnley en Riccio-moorden in 1582, in en om de taveernes van de oude stad zwalkt levensmoe het stevig drinkende Bogart-personage, een speurder ingehuurd door haar vijanden om achter de feiten te komen. Heeft toegang tot femme fatale, Mary koningin van de Schotten in eigen persoon. Ze voelt zich tot hem aangetrokken...

'O, wat een hoop rimram. Hier, dit is beter:

Filmopzet: *Don Quichot* als een spaghettiwestern. Gesitueerd in de Schotse Hooglanden. Rosinante is een tractor. Sancho Panza gespeeld door Danny DeVito, Donald Sutherland als de Don. Film in zwart-wit. In het Gaelic. Loterijsponsoring.

'Mmm.' De Amerikaan knikte plechtig. 'In het Gaelic,' herkauwde hij bezorgd.

'Geen nood, er is nog meer, veel meer!'

In 1966, toen de groeve in Ballachulish werd gesloten, was ik eenentwintig en had ik een sollicitatiegesprek met de Engelse waterstaat. Rioolwaterzuivering. Ten zuiden van Londen. Ik was nog nooit uit Argyll weg geweest. Gebruikmakend van mijn spoorpasje ging ik op bezoek bij mijn Oom Robert in Edinburgh.

Ach, wat was ik in die dagen eigenlijk naïef! Die brave Oom Robert was niet echt een oom als wel een voormalige amant van mijn moeder; een schitterende zonsondergang had hen samengebracht op de esplanade tijdens een jaarmarkt in Glasgow, ergens bij de rioollozing en de dode zeemeeuwen. Oom Robert had een heuse woning in Edinburgh, bescheiden en gelegen boven een goed voorziene, exotisch ruikende viswinkel, maar niettemin een woning. Hij was ambtenaar. Hij had ook een goed pak over, wat glimmend op de ellebogen, maar geschikt voor een sollicitatiegesprek, daar geloofde hij heilig in. We haalden het krentenbrood dat moeder voor hem had gebakken uit het bruine papier en pakten het pak in. Daarna liet Oom Robert me de bezienswaardigheden van Edinburgh zien, want bezienswaardigheden zijn altijd gratis: het kasteel met het kanon om één uur, waardoor Oom Robert in de goot van Princes Street dook, vanwege zijn oorlogservaringen, legde hij me uit, al rook hij naar drank. Princes Street zelf, waar moeder met vlag en wimpel haar vrachtrijexamen had gehaald. De enorme klokkentoren van het North British Hotel, die altijd een paar minuten voorliep om reizigers op tijd naar hun trein te jagen! Waverley Station, helemaal overdekt met glas maar niet zo sierlijk als ons eigen station thuis, beweerde ik bij een gedeeld kleintje bier van 80 shilling in de oude Talisman Bar. Daarna gingen we over de kasseien uit het Hart van Midlothian, waarop Oom Robert me leerde te spuwen, terug naar zijn buurt voor vissoep en naar bed. Oom Robert wilde er per se bij mij in omdat er maar één bed was.

Strompelend om 's ochtends de trein naar Londen te halen, was mijn blik strak op de wijzerplaat van de North British-klok gericht, het pak keurig gevouwen onder mijn arm, zij het, dat moet ik toegeven, lichtelijk naar vis ruikend. Een grote Deltic-dieselloc reed met zijn volle 3300 pk het station uit. Godallemachtig!! We reden onder het observatorium langs (dat ze hebben moeten sluiten om de telescoop ergens anders naartoe te verslepen vanwege de opstijgende rook van de stoomtreinen die de hemel versluierde). Maar ach, dat waren de nadagen van de stoomtrein, Groot-Brittannië veranderde.

Hoe had ik voorbereid kunnen zijn op de pracht waarmee Londen op me lag te wachten buiten de grote, lichte boog van King's Cross Station? Het was een schitterende dag. Omdat ik voortreffelijk kaartlees bereikte ik al spoedig Soho, waar ik prompt werd beroofd door een jongeman met haar dat zo lang was dat ik hem aanvankelijk voor een aantrekkelijk meisje aanzag; nou ja, dat was ook de reden dat ik in die steeg mijn broek uittrok en hij ging ermee vandoor. Maar niets kon een domper zetten op mijn stemming. Steeds op alles voorbereid trok ik gewoon de naar vis zwemende broek van Oom Roberts pak aan waaraan nog wat kruimels plakten van het krentenbrood van mijn dierbare moeder; in een opwelling van nationale gevoelens plengde ik bijna een traan voor mijn vaderland. Maar wat kon een afgedragen broek nou schelen? Ik had mijn treinpas, ik was jong, gezond, springlevend in een bruisend Londen.

Ik slenterde naar Hyde Park en vroeg de jongelui naar de begrafenis van Churchill het jaar daarvoor, maar daarover wilden ze geen van allen praten. 'Hier, rook dit maar,' was hun refrein. Ik begon me puik te voelen.

Die nacht bracht ik met een stel jonge mensen door onder een interessant bouwsel van ligstoelen in een door sterren verlicht Hyde Park. Ze kletsten en dommelden de hele nacht door en vertelden me over de prachtigste dingen. De volgende dag vervolgde ik mijn reis naar het huis van Oom Laurence op een adres in Zuid-Londen, na wat geld te hebben geruild voor de rookwaar waarvan de jongelui me de smaak te pakken hadden gegeven. Hij was eigenlijk helemaal niet mijn Oom Laurence maar een amant van mijn moeder. Hij was een norse, kortaangebonden man, die voor het ministerie van Defensie werkte aan wat hij beweerde dat strikt geheim onderzoek was en hij was kennelijk niet onder de indruk van mijn aanstaande gesprek dat voor de volgende ochtend op het programma stond. Hij zei dat hij vroeg naar zijn werk moest en dat ik zelf maar moest zien dat ik de deur uit kwam. 'Je zult wel je pap missen,' bleef hij met zijn hand op mijn dij zeggen. Zijn onverschilligheid voor mijn sollicitatiegesprek weerhield hem er niet van om die avond bij me in bed te kruipen, zodat hij ervoor kon zorgen dat ik op tijd wakker werd, vertelde hij en hij maakte me wijs dat het in Engeland gebruikelijk was om een scala aan buitensporige handelingen te verrichten.

De volgende ochtend liet ik me de warme thee, het brood en de jam die Oom Laurence voor me klaar had gezet goed smaken.

Het was opnieuw een prachtige dag en erop gebrand om indruk te maken op mijn toekomstige werkgevers vertrok ik vroeg voor mijn sollicitatiegesprek en stapte ettelijke malen over op stations met onbekende namen. Het spoor verkeerde in een smetteloze staat van onderhoud. Toen ik de stad van mijn bestemming bereikte, liet ik de politieman bij een bloemenstalletje trots de brief met de uitnodiging zien en vroeg hem de snelste weg naar de Hoofdstraat waar het hoofdkantoor van de Waterstaatscommissie was gevestigd. De politieman keek bedenkelijk naar het adres.

'Hier staat Farnham,' zei de politieman.

'Ja,' glimlachte ik.

'Je bent in Fareham. Je bent voor je sollicitatie naar de verkeerde stad gekomen, knul.'

Snel pakte ik een andere trein. Na een aantal omslachtige overstapjes kwam ik uiteindelijk, inmiddels anderhalf uur overtijd, aan op het station van mijn bestemming. Ik holde naar de eerste de beste plaatselijke winkel en liet hun de brief zien, smekend om me de kortste weg te wijzen naar de Hoofdstraat en het hoofdkantoor van de Waterstaatscommissie.

'Hier staat Farnham,' verkondigde de winkelier.

'Ja!' schreeuwde ik over mijn toeren.

'Dit is Feltham.'

Terug in het station vergeleek ik de plaatsnaam in het briefhoofd met het blauw-witte stationsbord. Geen twijfel mogelijk.

Het was reeds laat in de avond tegen de tijd dat ik het hoofdkantoor van de Waterstaatscommissie in Farnham bereikte. De kantoren lagen in duisternis gehuld. Ondanks de belasting die het voor mijn pak zou opleveren besloot ik op de stoep te slapen en de volgende ochtend mijn vergissing aan het districtshoofd uit te leggen. Ik rolde nog een van die peperdure sigaretten die de jongelui in Hyde Park aan me hadden verkocht. Toen een vriendelijke politieagent op me af kwam, de straal van zijn lantaarn op me richtte en vroeg waarom ik hier languit op de stoep lag, vroeg ik hem om een vuurtje. Toen ik eenmaal had opgestoken rende hij door verscheidene straten achter me aan tot ik op een rangeerterrein ontkwam. Ik liep via achtertuinen en volkstuintjes terug terwijl ik mijn sigaret rookte en u gelooft het misschien niet maar weet u wat daar in het schijnsel van de maan en de gloed van de vuurkisten van de rangerende locomotieven stond te glanzen? Een perenboom, maar elke vrucht van de boom welig tierend in een glazen fles, tientallen zelfs ondersteund door een staketsel. Om een speciale likeur te maken, geloof ik! Londen was een hartstikke toffe stad, besloot ik.

Ik zag kans om heel laat die nacht bij de deur van Oom Laurence te komen en hij was niet onder de indruk van mijn nonchalance. Ik moest steeds lachen toen ik hem vertelde wat er was gebeurd. Woorden waren eigenlijk niet meer dan olijvenpitten in mijn mond terwijl Laurence me onderwierp aan een opgewonden vragenvuur. Eerlijk gezegd sloeg hij me. Daarna stond hij erop om het goed te maken. Diep in de nacht, tijdens zijn handelingen, mompelde hij iets heel vreemds tegen me dat ik me tot op de dag van vandaag nog herinner. 'De Amerikanen' (zei hij) 'zijn van plan om vliegdekmoederschepen uit gigantische ijsbergen te hakken.' Het ging door me heen dat Oom Laurence misschien aan de drugs was, net als ik. Ik beken dat ik de volgende dag lui in zijn bed heb doorgebracht en heb geprobeerd mijn situatie feitelijk op een rijtje te krijgen. Mijn vooronderstelling leidde tot de hypothese dat ik misschien was besodemieterd of dat alles nog rooskleurig zou uitpakken. Net als de oude Aschenbach was ik 'geneigd tot de eerste hypothese'.

Wat zou er van me geworden zijn als ik Tangerine niet had ontmoet? Ze trof me die dag onder een boom in Hyde Park aan waar ik een paperback met de titel *Steppenwolf* zat te lezen die de jongelui me hadden gegeven. Ze vroeg me of het boek me inspireerde. Ik raakte met haar in gesprek en legde uit dat het boek me hooglijk aansprak en citeerde zinnen die ik nog altijd graag mag aanhalen, zoals: 'de mens is een ui', of 'het haar op mijn penseel wordt grijs'. Ze was kennelijk onder de indruk van mijn scherpzinnige interpretaties en legde me uit dat het boek, volgens haar, een 'poort naar transformatie' was aangaande de persoonlijke tocht van een mens, van 'kleinburgerlijkheid' naar 'hipzijn', zoals zij het noemde. Toen vroeg ze of ik duimkruid had, waarmee ze geld bedoelde en verkocht me een pil en koos er precies zo een voor zichzelf uit. We slikten er ieder een en we gingen, al hand in hand, als kleine kinderen, naar de Rialto om *Morgan: A Suitable Case for Treatment* te zien, wat onder de omstandigheden een verrukkelijke film was. Ter plekke zwoer ik dat ik bij de film zou gaan werken, wat ik heb gedaan en met groot succes.

Toen nam ik Tangerine mee naar het huis van Oom Laurence, zowel om te voorkomen dat hij mij lastigviel als wel om, nog onzeker, met Tangerine te pronken. Ik had niet gedacht dat Tangerine onder de indruk zou zijn van het huis van Oom Laurence, maar in weerwil van haar antimaterialistische overtuigingen liet ze de nodige bewondering blijken voor de fraaie verhoudingen van het gebouw toen we het die dag hand in hand door de straat naderden. Toen we echter voor de deur stonden was het in het grote huis druk van vreemden en buren die onmiddellijk zwegen toen ze me zagen. 'Dit is de neef van Laurence die hier een paar dagen logeert,' deelde een buurman (die ik nog nooit in mijn leven had gezien) een vormelijk geklede man met kort haar mede. Ik werd meegenomen naar een lege kamer en kreeg te horen dat hij de droevige taak had me als het enige naaste familielid op de hoogte te brengen van het feit dat Laurence (hij noemde hem bij zijn voornaam) betrokken was geweest bij een vreselijk ongeluk in het Onderzoekcentrum voor Kernenergie waar hij werkte. De details van het onderzoek vielen onder de wet op het staatsgeheim en dus kon hij me er niet meer over vertellen.

'Dat begrijp ik, Churchill is een held van me,' zei ik met een knipoog. Laurence had de dood gevonden als stralingsslachtoffer van een rampzalig lek.

Ik was geschokt en Tangerine steunde me in die moeilijke uren door me regelmatig mee te nemen naar een rustige plek om me te bedienen van de uitgebreide verzameling rookapparatuur die ze op haar elegante figuurtje verstopte. Ze ging met me mee naar het ziekenhuis waar ik formulieren moest tekenen die het ministerie van Defensie in staat zouden stellen op hun kosten de begrafenis te organiseren. De LSD-pillen die we die dag ook hadden geslikt maakten deze ervaring er alleen maar ongerijmder op, vooral toen we eenmaal in het ziekenhuis tot de ontdekking kwamen dat het lichaam van die arme Laurence zo radioactief was dat het door de ziekenhuistafel was gebrand en op de grond geploft. Ze legden hem in een houten kist, maar daar brandde hij ook doorheen.

Laurence' teraardebestelling was een droevige aangelegenheid. Hij moest begraven worden in een gigantische loden kist die aan een dikke ketting in het graf werd neergelaten met een enorme kraan die een eind verder op de hoofdweg was geparkeerd. Ik zag dat niemand van de rouwdragers van het ministerie van Defensie dichter dan tien meter bij de kist stond. De paar aanwezige buren bleven ook op afstand, zodat alleen Tangerine en ik dicht genoeg bij het graf stonden om er wat stoffige kluiten aarde in te trappen, waarna de mannen in dikke zilveren pakken en helmen snel met lange schoppen de aarde boven op de kist schoven en Laurence toevertrouwden aan zijn zoemende hiernamaals. Het was maar goed dat Tangerine en ik terug in het huis gevoelloos waren geworden door het roken van stickies en het slikken van LSD-pillen.

Kennelijk was het huis van Laurence onbetwist in mijn handen overgegaan terwijl verre advocaten traag hun licht lieten schijnen over zijn verdere nalatenschap, zodat Tangerine en ik hier uiteindelijk als man en vrouw (en nog zo het een en ander) gingen samenwonen. Tangerine had heel veel jonge, intelligente, levenslustige vrienden die ze langzaam maar zeker bij ons in liet trekken – en die we de Kolonie begonnen te noemen. Bijna allemaal mannen, viel me op, afgezien van een frêle, tenger meisje dat ze de Warmwaterkruik noemden en dat van matras naar matras verhuisde en vaak bij Tangerine en mij kwam liggen om me samen in te voeren in de mysteries van de liefde. Neem van mij aan, die handelingen waren een groot mysterie.

We woonden allemaal voor niets, en aangezien een of twee leden van de Kolonie echt werkten, ze schreven artikelen voor allerlei bladen en kranten, droegen ze bij aan de elektriciteitsrekening en de onroerendgoedbelasting, zodat we in alle rust konden leven en platen draaien op de radiogrammofoon die altijd aanstond met 'Flowers' en 'Bluesbreakers' van John Mayall, in weerwil van de bezwaren van de buren. Het staat me niet vrij om namen te noemen van alle leden van de Kolonie, want in het begin van de jaren zeventig werden velen van hen, net als ik, lid van onwettige organisaties en extreme politieke facties. Sommigen sloten zich aan bij RAF en sympathiserende groeperingen in Duitsland en Frankrijk en de Rode Brigade in Italië en sommigen klommen zelfs op tot vrijheidsbewegingen in Wales en Schotland, jo-ho. Zo werd ik lid van de bond voor scenarioschrijvers.

Hoe kan ik de verrukking van die zomer en zelfs de volgende twee jaar beschrijven waarin we als een commune in het grote en mooie oude huis van Laurence woonden? Tangerine deelde haar kennis van zoveel dingen met me: platen, boeken, schouwburgbezoek om stukken van Joe Orton te gaan zien, rockconcerten, drugs en, twijfelachtiger, de gaarkeuken. Ik liet mijn haar groeien en begon de kleren te dragen die Tangerine voor me uitkoos in plaats van mijn gedekte pakken. Het oude jaar liep af en het nieuwe begon en ik was verliefd op Tangerine en zij was verliefd op mij, maar ze zei dat ik moest leren om niet bezitterig te zijn, zoals wanneer leden van tweederangs rockbandjes haar meenamen naar vreemde landen, soms wel voor twee weken, of wanneer ze de liefde bedreef met een ander lid van de Kolonie. Ik wist dat ik me gelukkig mocht prijzen, maar het was waar. Ik wilde niemand anders dan haar. En als dat geen liefde is, wat godver dan wel? Maar Tangerine was helemaal weg van mijn Schotsheid. Haar geliefde gedicht was, vrij bizar, en ik geloof dat je dat nog steeds wel kunt zeggen, dat absurde wonder, *The Bothie of Tober-na-Vuolich*, van de vriend van Emerson, Arthur Clough.

O, die avonden op de harde ruwe vloerplanken bedekt met kleurige kleden, de tanende zon die door ongewassen ramen naar binnen viel wanneer Tangerine en ik die schitterende versregels hardop aan elkaar voorlazen naarmate het kaarslicht de overhand kreeg:

Is het daar? Daar? Of zullen we daar onze dolende held vinden?
Hier in Badenoch, hier, in Lochaber weldra, in Lochiel, in Knoydart,

Moydart, Morar, Ardgower and Ardnamurcham,
Hier zie ik hem en hier: ik zie hem; alras verlies ik hem!
Evenals wolken die stil en ongezien van berg naar berg drijven.

We stelden ons dan voor dat we ons een paar jaar uit de klassenstrijd zouden terugtrekken om in de Hooglanden te gaan wonen. Een paar dartele lammeren, verse eieren van de scharrelende kippen. Voor Tangerine en mij riep dat de onsterfelijke regels van Clough op

Daar zal hij, geveld door de bekoring van een lieflijke
aardappelrooister,
Het vraagstuk van seks uitdiepen in de Hut van *Hoe-noemde-hij-het*.

Ik beschreef voor hen mijn nederige achtergrond, de jaren dat ik als raillegger langs het spoor naar het groevedorp Ballachulish heb gelopen. Ik was een lid van het proletariaat dat zij zo gedreven wilden redden met hun Bakoenin, Marcuse, MacLuhan en Fanon en hun *Pedagogie van de verdrukten* en Sartre en Jung en het ergste van al de tergende Tolkien, die we bij kaarslicht aan elkaar voorlazen.

Volgens mij was 1967 een goed jaar voor de langspeelplaat van de popmuziek, *Their Satanic Majesties Request, Days of Future Passed, Tim Hardin 1, Disraeli Gears, Piper at the Gates of Dawn, Are You Experienced?, Ptoof!, Kinks Live at the Kelvin Hall, The Grateful Dead, The Who Sell Out, Spirit, The Doors, Safe as Milk* en die malle plaat van de Beatles met Stockhausen en Crowley op de hoes.

Naarmate onze liefde voor muziek toenam, groeide onze wens om de maatschappij te veranderen. In de groep werd gestemd, zoals zo vaak, over represailles voor de onrechtvaardigheid van de omstandigheden waaronder Laurence was heengegaan. Geïnspireerd door Morgan, huurden we in een kostuumwinkel gorillapakken in de hoop dat de vermomming tevens enige bescherming tegen mogelijke gammastralen zou bieden; waarna we samengepropt op een bulldozer (zo ongeveer als Clint Eastwood, Telly Savalas en Donald Sutherland zich vastklampten aan de zijkanten van een Sherman-tank in de film waarvan ik later het scenario schreef en de regie zou voeren: *Kelly's Heroes*), in de vroege ochtenduren de begraafplaats schonden; met een snelle haal groef de mechanische grondverzetter van de bulldozer de kist van die arme Oom Laurence uit de grond, waarbij we eerlijk gezegd nog een andere kist opschepten die in de Hoofdstraat van de laadschop viel en openbarstte en nog een indrukwekkende schedel bedekt met glanzend rood haar vrijgaf.

Volledig ongehinderd door 'Gajes' deponeerden we Laurence in de buurt van de kazerne van Aldershot met naast elkaar ruwweg deze symbolen op de kist geschilderd:

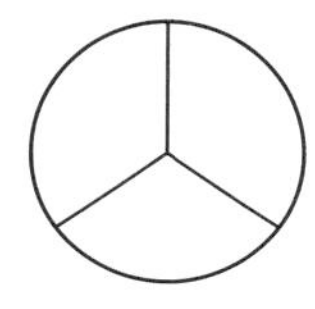

VREDE

STRALINGSGEVAAR

Het Lege Kwartier

Het was zo warm. Hun ellebogen uit de helemaal omlaaggedraaide raampjes. Aan een rivier lagen een gozer in een Black Sabbath-T-shirt en zijn vriendin, alleen in bh en slipje, te zonnebaden. Gebeeldhouwd tegen de horizon twee andere verre toppen in de helderheid van de schitterende verte, door een voorruit van insectspatten geschoond door een wisserboog over het sop uit de sproeier.

Maar een wijkende muur onthulde dat de twee verre bergen de harige bulten van een kameel waren! Hij zwaaide met zijn staart vliegen weg. Aan de andere kant van de pollige wei stonden er nog twee te grazen.

Een hoekig, gevernist bord opgericht in de punt van een akker:

Wederopstanding Apostolische Kerk
Wijngaard van Troost en
Internationaal Wonder Centrum!!!

'De kamelen van de drie koningen,' fluisterde de Neef bijna en knikte. 'Ze lopen er met Kerstmis mee door het dorp, met de wijzen erop, op zoek naar bekeerlingen.'

Tegoedbon zat te draaien. 'Moet je horen, Rodger, ik moet een onderwerp ter sprake brengen waar je misschien bezwaar tegen hebt.'

'Welk onderwerp, Bill?'

'Ik draai er niet omheen, Rodger. Het gaat om... pot.'

'Pot? Pol Pot?'

'Neeje. Pot, Rodger. Ik vroeg me af hoe jij staat tegenover

mensen die af en toe wat pot roken?'

'Tjee. Waarom? Is dit een inval?'

'Ik wil het graag weten.'

'Op dit punt ben ik een liberaal. Het zou gelegaliseerd moeten worden.'

'Echt waar?'

'Jazeker, tegelijk met intelligentie zou wiet in Groot-Brittannië gelegaliseerd moeten worden.'

'En wat is je houding tegenover gebruikers?'

'Mijn houding tegenover gebruikers? Doorgaans een poging om wat van ze los te krijgen.'

De Amerikaan grinnikte. 'Laten we stoppen, het is zulk prachtig weer en ik wil je iets laten zien wat ik in de kofferbak heb.'

'In de kofferbak?' zei de Neef.

'Yeah. Is hier ergens een goed plekje om te stoppen? Een aardige, beschutte plek om te stoppen?'

Vier minuten later knarste de Primera met zijn verschroeide motorkap naar het einde van een weggetje dat naar een houtvesterspad voerde met uitzicht over het loch. Bill 'Tegoedbon' Wright trok aan de handrem en zette met een lichte draai aan het contactsleuteltje de motor af. Hij stapte uit de auto met een blik op de Neef die onmiddellijk zijn portier opende en achter hem aan kwam.

Bij de kofferbak van de auto glimlachte Tegoedbon trots en tilde het deksel op.

Er stond een apparaat in, een klein apparaat met knipperende lichtjes dat leek op een soort medisch hulptoestel met buisjes en een masker.

'Wat is dat in godsnaam?' vroeg de Neef.

'We hebben het naar de set moeten laten komen voor de belangrijkste acteurs en actrices. We hebben het moeten laten overkomen uit Amsterdam.'

'Zo.'

'Het stelt de gebruiker in staat om alleen het belangrijkste ingrediënt van cannabis te inhaleren, het THC.'

'*Zoooooo*.'

'De hoofdrolspelers gebruiken niets anders want ze zijn als de dood voor de kankerverwekkende bestanddelen.'

'Tuurlijk. Kan ik volgen. Californië.'

'Exact. Dit is tegenwoordig vrijwel vaste prik in Californië voor deze rokende gezondheidsmaniakken. Je haalt er drie keer meer uit dan uit een gewoon stickie.'

'Drie keer zoveel,' fluisterde de Neef.

Een kwartier later lag de Neef gestrekt op de motorkap te ouwehoeren: 'O, ik heb ook gelukkige reizigers gekend, Bill. Het is niet alleen maar treurnis. Ik heb de zigeuners gekend die vanuit Boedapest naar Spanje trokken voor de jaarfeesten. Sommigen zelfs boombewoners! Tatoeages zijn tegenwoordig helemaal in, maar sommige van hun grootmoeders hebben nog die kleine Teutoonse dingetjes. Je verstand slaat op hol als je ze ziet, Bill, en ik heb die ouwe besjes gezien die in hun boomhutten thee voor me zetten. Ik heb hun kleinkinderen in stadjes gezien op de Fiëstas de Fallas, bij de Catafalques, waar ze de hele nacht dansten en met jasmijnkransen op hun hoofd door de feestvuren sprongen.' De Neef stokte bij de herinnering aan de confetti die in pointillistische golven omlaagdwarrelde van de smeedijzeren balkons die louter uit welvingen bestaan, als bukkende vrouwen in kanten jurken. 'Zelfs de stoere binken hebben roze en rode confetti in de achterzakken van hun spijkerbroek naast hun stiletto's gepropt. Als hun vriendinnen hurken strooien ze de confetti uit tot de wc's van de dorpscafés bezaaid zijn met hoefvormige hopen – de gleuf tussen hun bruine borsten zit er vol mee; alle bedden liggen er vol mee als ze de liefde bedrijven.

Een andere keer heb ik een makelaarsklerk gekend die aan het Karibameer woonde en twee pakken had, waarvan er een op elke oever was verstopt, dan zwom hij in zijn zwembroek tussen de nijlpaarden en de krokodillen, klopte aan de overkant het werkpak af, strikte zijn das en zwom in de zonsondergang weer het meer over en kwam naar huis in zijn weekendpak met zijn natte zwembroek over zijn schouder.

Mijn god, denk je dat De Man Die Loopt de enige reiziger is die onder deze paarse en dan donkere luchten loopt?'

'Sorry? Wie?'

'Doet er niet toe. Maar dan zijn er die anderen nog, Bill, al die anderen die het Lege Kwartier zijn overgestoken met dromen van Europa in hun hoofd, die de hele nacht in bomen sliepen omdat ze dachten dat ze langzaam door een leeuw werden gevolgd tot een zwakke broeder achterop zou raken en als ze sliepen kwam er wel degelijk iets onder de boom voorbij. De universiteiten mochten dan met de grond gelijk zijn gemaakt maar zij wisten zo het een en ander over het Lege Kwartier. Ze wisten dat ze stil moesten blijven liggen als de regen kwam, zelfs als het water tot aan je lippen kwam als je sliep, want als je opstond en begon te bibberen zou je vóór de dageraad van de kou omkomen. Tegen het ochtendgloren was al dat water verdwenen, maar zij wisten hoe ze kleine gaatjes in hun met water gevulde geitenvellen met dorens moesten dichtstoppen als het overdag heet werd. Ze wisten dat schapenvellen zweten als ze met water zijn gevuld en hoe ze draden uit hun versleten kleren en hoofdtooien als tondel moesten gebruiken, zodat ze havelozer maar warmer werden. Ze konden de bewegingen van sprinkhanen voorspellen en wisten dat ze plat op de grond moesten blijven liggen als er een zwerm overkwam. Tijdens de tocht over het Lege Kwartier hadden ze plat gelegen onder een zo dichte zwerm dat een tak van een boom afbrak onder het gewicht van zoveel sprinkhanen.

Ze hadden de zilte smaak van kamelenmelk geproefd. De meisjes met hun in koeienurine goud geverfde haar wisten hoe je in de vagina van een zwakke koe moest blazen zodat de melk in de uier zou neerdalen. Mij is verteld dat deze meisjes een keer een kudde geiten die ze hadden gevonden hebben afgeslacht en gewoon op de grond naast de lijken zijn gaan liggen en hun warme melk eruit hebben gezogen. O ja, onderweg naar Europa heeft ieder van deze mannen en vrouwen honderd keer gehurkt gepist met hun gezicht naar de juiste sterren.

De weg gaat altijd naar Bamako, hoofdstad van Mali, waar de Nigerianen zichzelf echt als "Engelsen" beschouwen en de Sierra Leoners, allemaal kleermakers, te herkennen zijn aan de zo lang geleden in Glasgow vervaardigde Singer-handnaaimachines die ze hoog op hun schouders balanceren – altijd klaar om eenvoudige kleermakersklusjes uit te voeren. Daarna moeten ze het Lege

Kwartier over. Welk? Wat kan het schelen, er zijn er zoveel. Er zijn zelfs vrachtwagens beschikbaar voor de meer bemiddelden, maar de armen moeten lopen met een reserve-T-shirt, een hoed, altijd toch met een mobiele telefoon en een met water gevuld benzineblik. Aan de randen van dit Lege Kwartier houden zich bandieten en verkrachters op, ze beroven de mannen en maken ze voor de lol af en verkrachten de jonge vrouwen die proberen over te steken.

Aan de rand van het Kwartier ligt een kleine hoop schroot, een kleine, barokke stapel verwrongen metaal; een kleine hoop Singernaaimachines die de wenende mannen uit Sierra Leone daar moesten laten vallen voor ze een woestijn konden oversteken. Je reist licht bepakt, anders sterf je.'

Ze lieten zich van de motorkap glijden gingen terug, de Neef kruipend, naar de kofferbak van de auto om de knipperlampjes van het inhaleertoestel te activeren. De locatiescout had zijn fototoestel op de achterbank gelegd en de achterportieren van de auto stonden wijd open, als een vogel die koelte zoekt door zijn vleugels te spreiden. De Neef pakte het fototoestel en duwde het in zijn rugzak vol zoutplekken.

'Ach, al dat reizen en al die ziektes,' ging hij door. 'Zee-, lucht-, wagenziekte. We zouden er *allemaal* ziek van moeten zijn. Je altijd maar weer van A naar B verplaatsen. Met als enig blijvend resultaat versleten laarzen. Het verlangen naar louter verstilling. Ogen blijven nergens lang genoeg op rusten om erover te mediteren. We gaan door de poorten van transformatie: vliegvelden; en we komen onveranderd terug. Wanneer is voor het laatst iemand door reizen veranderd? In welke eeuw? Vliegtuigen worden sneller en sneller en de reizen duren langer en langer. We zouden het reizen moeten verachten en wantrouwen. Het is weerzinwekkend en beledigend te denken dat een ander landschap ons vanbinnen zal veranderen. Wat kan een ander landschap nou in mij veranderen? Zijn we nou echt zulke kameleons? Maar reizen moet zo nodig iets fetisjistisch worden en gemystificeerd en verkocht en uiteindelijk gebagatelliseerd. Al die reizigers en niemand die nog voor hen bidt, Bill! Jezus, zelfs de heilige Christoffel is gedegradeerd. Al die amuletten die over de hele wereld tegen sleutelbeenderen hingen, hebben voor het reizen geen waarde meer! Niemand bidt voor de kleintjes onderweg zonder bestemming en met helhonden op hun hielen. Christenenzielen, ik zou ze nu met mijn ogen dicht voor je kunnen beschrijven. Over hun benen is al in geen dagen meer een scheermes gegaan – er is niet genoeg water. Ze zouden ze gemakkelijk kunnen scheren met hun gladde, olieachtige zweet maar dat willen ze niet. Misschien halen ze uiteindelijk de andere kant van het Lege Kwartier niet (een ander Leeg Kwartier, maar neem van mij aan identiek van aard en ze moeten voorwaar allemaal worden overgestoken!). Dus waarom niet wat dons laten groeien op de binnenkant van hun dijen, zodat het er zit als de Israëlische patholoog het vuile witte laken wegslaat. Hun knieën zitten vol blauwe plekken van de jeeps. Van het in en uit de vrachtwagens klauteren. Ze kwamen uit het hooggebergte, ze kwamen uit dorpen en ze hebben geen woorden voor deze nieuwe plaatsen aan de rand van het Kwartier. Net als in die films die je ziet. Bedoeïenen gidsen ze echt door de woestijnen, 's nachts te voet onder de helderste sterren die ze ooit hebben gezien. Een meisje van zeventien brengt haar goedkope ringen omhoog en probeert de sterren aan te raken, ze voelt het bloed uit haar hand wegtrekken en ze heeft het inmiddels koud en de ijzigheid boort zich in haar blote dijen zoals de twee mannen ze zes weken later in de salon hardhandig zullen spreiden. De groet van de loop van een tankwrak jaagt haar schrik aan als hij links van hen opdoemt, een uit de oorlog van '67, toen haar eigen moeder pas zes jaar was.

Negen meisjes, een al bijna een vrouw, via de gebruikelijk Aeroflot-route in een luidruchtige Toepolev naar Cairo gevlogen met een visum voor drie weken: gekleed als toeristen; *erger* dan toeristen; op het vliegveld klampen ze zich vast aan fotokopieën van brochures van piramides. De contactman neemt ze in om ze opnieuw te gebruiken.

De reizigers verblijven in een wegmotel honderd kilometer van Cairo af, met vier in een kamer, stel je de airconditioning voor! Haalt niets uit en rammelt. Een meisje, het knapste, moet een kamer delen met de contactman die haar met gevlei van de grond krijgt en steeds dichterbij in de langsrijdende koplampen waarvan haar hoofd gaat tollen zodat ze zich de hele nacht aan hem overgeeft. De volgende dag brengt een vrachtwagen hen naar de dorpen in de Sinaï. Daar krijgen ze twee dagen lang niets anders dan gedroogd vlees en een reep chocola en ze pissen met de bedoeïenenvrouwen die hen uitlachen en hen uit de buurt van hun dochters houden. De Russische meisjes bewaren de grote lege Coca-Colaflessen zoals hun is opgedragen.

De grens met Israël is niet veilig, te lang om te patrouilleren, te veel kapot prikkeldraad en daar nemen de bedoeïenen hen mee naartoe. Ze hebben nooit geschikt schoeisel en lopen altijd blootsvoets met iets wat op Italiaanse hoge hakken lijkt in hun hand. Er liggen oude mijnenvelden en er zitten schorpioenen in de oude granaathulzen. Een jaar geleden boorde zich bij een meisje wier been halverwege de scheen was verdwenen, recht alsof het was afgeknapt, een van de naaldhakken in haar lijf en ze miste twee vingers toen ze stierf terwijl ze in het Russisch om haar moeder riep. Ze begroeven haar ter plekke. Ze dwongen de meisjes om te graven.

De 4x4's, de jeeps en Range Rovers staan gewoon aan de andere kant van de grens te wachten. Ze worden bestuurd door de kerels die eigenaar zijn van de sauna's in Eilat. Kleerkasten, skizonnebrillen, grote horloges, kalend met een schedel glimmend van het zweet, zelfs 's nachts. Ze wisselen met de contactman ter plekke contant geld uit. Ze maken zelfs een vertoning van de meisjes in het licht van de koplampen, bevoelen hun tieten (niet een met siliconen), kijken zelfs naar hun tanden; alle klassieke zetten om hen dankbaarheid te laten voelen dat ze niet met de stille bedoeïenen door de woestijn worden teruggestuurd voor deportatie naar Rusland. Maar de sauna-eigenaren hebben het geld gepast. Deze meisjes zijn een koopje en niet één wordt er teruggestuurd. Deze meisjes zullen binnen een week al genoeg geneukt zijn om het geld eruit te hebben en ze gaan niet weg nadat ze het Lege Kwartier zijn overgestoken. In Eilat kun je een meisje bezitten voor $ 2400; de Tsaar, lijfeigenschap, regeert weer, Bill.'

De Neef begon om te rekenen hoeveel meisjes voor £ 27.000.

Met een bitterkoude kerst was de Neef een keer te gast in de papier-machétunnels. Om zich van een sociale kant te laten zien, ging De Man Die Loopt van achter het hotel wat kolen stelen om mee naar huis te nemen. Hij droeg de zak de drie kilometer vanaf het dorp op zijn rug, maar er zat een gat onderin en kolenbrokken bleven in een zwart spoor achter op de witte sneeuw op de weg waarover grote sneeuwvlokken joegen. Het leek of de vlokken in elke gloed van de neonstraatlantaarns waar zijn gebogen gestalte haastig doorheen liep sneller bewogen. Toen hielden de straatlantaarns op en begon de binnenweg. Veilig in het donker bleef De Man Die Loopt staan en draaide de zak om, maar daar ontstond ook een scheur en nu vielen de kolen er aan die kant uit. Toen probeerde De Man Die Loopt de zak kolen in zijn armen te dragen, zoals je een slapend kind draagt, als iemand hem ooit een slapend kind zou laten dragen. Een betere vergelijking: de Frankenstein uit de film die niet-begrijpend het slappe lijkje van een dood meisje naar het dorp draagt waar hij het gepeupel tegen zal komen dat hem zal lynchen. Hoe dan ook vielen er nog steeds kolen aan allebei de kanten uit de zak.

Toen De Man Die Loopt bij zijn huis kwam had hij een bergje sneeuw op zijn hoofd, twee grote kolenbrokken in zijn broekzakken, twee kolenbrokken in de zakken van zijn overjas, twee in allebei zijn bevroren handen, een klein stukje zat in zijn oogkas en hij klopte aan door herhaaldelijk met zijn voorhoofd tegen de deur te bonken, omdat hij ook een groot stuk in zijn mond hield.

In het Black Garrison

De stad lag als een op een kust aangespoeld blik langs het loch uitgestrekt tegenover de onverstoorbare nadrukkelijkheid van steile bossen aan de overkant. De kust was een strook van VS-stijlmotels voor een nacht en moderne vrijstaande huizen die allemaal Bed & Breakfast aanboden en namen droegen als 'Buenas Noches', 'Driftwood' en 'Acapulco'. Daarachter de stad ingesloten in een modern architectonische allegaartje en het loch boog abrupt naar het westen af – alsof het inzag wat de stad te bieden had.

Er lag een kort stuk vierbaansweg dat plaatselijk bekendstond als de Zuidelijke Ringweg en naar een parkeerterrein voerde dat Onder de Gouden Bogen lag van een nieuwe 'We Streven naar 5000 Vestigingen' McDonald's en daarachter lag een spoorwegstation dat nog in bedrijf was.

Verder naar het westen lagen de weggestopte woningwetwoningen met satellietschotels hoog tegen de bomen geschroefd, waar je nooit zeker weet of ze aan het tuinieren zijn of dat de voortuin wordt omgewoeld op zoek naar lijken, traditionele bordjes bij het hek 'Let niet op de hond, Kijk uit voor de kinderen' en het enorme pakhuis van de papierfabriek. Naar het noorden waren de gigantische buizen tegen de helling op aangebracht vanaf de aluminiumsmelterij waarvandaan de baren op door twee locs getrokken diepladers traag en nog tot in de kleine uurtjes naar het zuiden werden gespoord en boven alles uit doemde de hoogste en beslist ook de lelijkste berg in heel het Verenigd Koninkrijk op.

Verder terug aan het loch was de locatiescout aan zijn lot overgelaten met zijn hoofd uit een achterportier, zijn voeten uit het andere stekend, zijn geld en zijn fototoestel getild. Strompelend in de tanende dag door het gouden gebladerte en gespikkel van motten of muggen die glinsterden in dalend zonlicht, liep de Neef de garnizoensstad binnen. Hij liep langs Poppadom Preach, het Indiase restaurant, en ving een glimp op van het getouwtrek in de etalage van een reisbureau: moest het grote model van de Concorde worden weggehaald of blijven?

In de Throbs Theme Bar & Disco in het centrum van het Black Garrison kreeg het wonderlijke late middaglicht de nog vreemdere avondschakeringen. De Neef wist nooit zo goed wat het 'thema' was. Wie wel? Hier hingen glanzend gepoetste antieke helmen van duikerspakken en daar, schuin, de strijkstok van een beroemde violist. Hoogst verontrustend om te zien was dat er een handjevol jonge kerels verkleed als achttiende-eeuwse roodrokken aan de bar stond met tricornes zwierig en onorthodox schuin op hun hoofd, de pieken van grenadiers raakten bijna de stoffige visnetten die aan het plafond hingen en waarin jakobsschelpen wiegden.

Kennelijk was de Hollywood-productie van *Kidnapped* met opnames begonnen en had plaatselijke figuranten ingehuurd. De Neef voelde zich gepikeerd dat de locatiescout hem daarover niets had verteld. Daardoor werd alles op een veel officiëler niveau getild, vond de Neef. Afgaande op wat ze dronken – bier met kopstootjes whisky – betaalde Hollywood als gebruikelijk gul en hij moest bekennen dat hij best eens had willen proberen wat hij als figurant voorstelde. Dat krijg je als je je uitgeeft voor een lid van de aristocratie. Geen kloot die je een baan aanbiedt. Uiteindelijk is dat de reden voor het bestaan van liefdadigheid, omdat de middenklasse nog nooit daadwerkelijk met een armoedzaaier geconfronteerd is geven ze er de voorkeur aan hun creditcard te gebruiken en zo schuldgevoel en verlossing buiten de deur te houden. Net zoals ze altijd verkondigen dat bedelaars op straat vijfhonderd per dag verdienen. Jep, hoe komt het dan dat daklozen in banken in het centrum niet in de rij staan voor een hypotheek? Net zoals de meeste van die misdaadromanschrijvers een inbraakalarminstallatie in hun flat hebben en van hun leven nog nooit een echte misdadiger zijn tegengekomen. Wees gewaarschuwd, ik heb jullie adressen, dacht de Neef en nipte van zijn glas bier dat erin gleed of een engeltje op z'n tong piste en hij zou willen dat hij er zich nog een kon veroorloven. Van mij mag je je *haute cuisine* houden, hoor. Vreemd dat het lichaam zich toch steeds weer herstelt.

Een andere reden dat de Neef zich terecht gegriefd voelde was dat de prijs in de plaatselijke Bed & Breakfasts ongetwijfeld omhooggeschoten was als een traditioneel welkom voor de uitgebreide, bemiddelde filmploeg.

De plek waar de Neef zat, in een uithoek van de Throbs, bood een geducht uitzicht op de dansvloer en op de grote televisieschermen. Verrassend verstoken van sport had een kabeltelevisienet een lijst uitgezonden van de Top Honderd Favoriete Tv-Programma's. 'Beroemdheden Buiten hun Boekje' was uitgeroepen tot de Kei van de Kabel. De Neef knikte terwijl Oliver Reed met bacchantische suprematie zwaaiend met een karaf wodka en sinaasappelsap wild in het rond draaide. Er begon een nieuw programma getiteld *Stap er eens uit* en het intellectuele uitgangspunt was het volgende: een aantrekkelijke jonge man en vrouw gaan allerlei nachtclubs in allerlei steden op de Britse Eilanden binnen. Ze halen de leden van beiderlei kunne over hun ondergoed uit te trekken.

Schiet me te binnen, dacht de Neef. Moet nodig T. S. Eliots *Notes Towards a Definition of Culture* herlezen, retetering, terwijl hij nog een slok bier nam. Vóór hem lagen opgekrulde, troosteloze pleisters die van meisjeshielen kwamen over de hele dansvloer verspreid; door het trage geschuifel tijdens de slijpnummers die zweten moesten voorkomen, hadden de pleisters zich losgewerkt uit de achterkant van die harde, goedkope hoge hakken.

Er was nu maar één meisje op de vloer dat danste met een groep van zeven of acht mannen. De mannen maakten deel uit van een of andere bokkenfuif, herhaaldelijk uiteengedreven om zich te hergroeperen en opnieuw verspreid te raken onder het alcoholische spervuur van die dag. Ze droegen allemaal hetzelfde, witte broek, wit T-shirt, haar geknipt naar de laatste mode en hadden donkere zonnebrillen op. Het viel de Neef op dat het meisje zo dronken was dat ze steeds terugging naar haar glas, dan naar haar partner terugdanste en hem zoende. Maar de identieke heren duwden steeds een andere partner op de plek van de vorige, zodat het meisje zoenend bleef aanwrijven tegen iemand van wie ze dacht dat het dezelfde man was, zich er absoluut niet van bewust dat ze aan het hele gezelschap werd doorgegeven.

Aan de overkant van de vloer zag de Neef in een hoekje dat identiek was aan het zijne een man alleen zitten roken. De Neef kwam overeind en begon de schijnbaar veilige oversteek om van de kerel een saffie te roven, maar halverwege – vreemd dat een probleemloze stap zo'n noodlottige wending kan nemen, en zo snel! – zag de Neef dat de man die hij zo onschuldig benaderde in zichzelf zat te praten, wat heet, de gozer zat een eind in de ruimte te zwammen, waarbij hij zich van de ene naar de andere kant draaide alsof hij werd omgeven door bendes tafelgenoten in plaats van niet meer dan de schimmen van zijn woelige geest! Christenenzielen, hij heeft vanavond al zijn vriendjes om zich heen, dacht de Neef met een scheef gezicht, maar in dit stadium was het eigenlijk te verdacht om rechtsomkeert te maken en naar zijn plaats terug te lopen. Waarschijnlijk zat de helft van de stamgasten naar de Neef kijken en te grinniken omdat het personage waar hij onontkoombaar op afstevende zo'n bekende figuur was uit het inheemse rariteitenkabinet, retetering! Maar de Neef liep door, want het zou als pure lafheid overkomen om zich om te keren nu plaatselijke ogen op hem gericht waren en hij wilde toch al niet nog meer in de gaten lopen. Hij moest professioneel blijven, hij was hier met een duidelijke opdracht: De Man Die Loopt op het spoor te komen.

De Voorman en zijn moeder! Waarom zou hij *hen* financieren om drie weken lang in bed een ciderfeest te houden en kortstondig boven hun stand te leven door de sloffen Lambert and Butler te vervangen door Regal Kingsize? Godverklote.

'Sorry, kan ik een saffie van je roven, kerel?'

'Wat?'

'Mag ik een sigaret van je lenen?'

'Ik ben in de ether!'

'Je bent in elk geval ergens in.'

'We stoppen dalijk even voor reclame.' De zittende man legde een vinger tegen zijn lippen, wendde zich af en begon weer recht voor zich uit kijkend te praten: 'En voor *Avondgesprek* volgt hier eerst het nieuws. Vandaag zullen in Brussel besprekingen plaatsvinden tussen de woordvoerder van Landbouw Brain Cowan en vertegenwoordigers van de EEG over BSE-vergoedingen. De rooms-katholieke bevolking van Lochaber zal later deze maand de aartsbisschop van de Filippijnen, Chicago, zijne eminentie P. D. Phil, in onze streek verwelkomen. In het afgelopen kwartaal zijn de inkomsten van de politie in de streek van Lochaber gehalveerd, daarom is het aantal snelheidscontrolecamera's verdubbeld.' De man pauzeerde een ogenblik, schudde zijn hoofd op een honingzoete jingle die triest genoeg alleen in de uitstekende akoestiek van zijn eigen hersenpan doorklonk.

'Nieuws op Aluminumville FM. Zoals op ieder uur volgen hier de skiverwachtingen... welnu, er ligt geen sneeuw. De verwachting is dat die nog zeven maanden zal uitblijven. Maar het skiliftrestaurant op de top is open voor hapjes en koffie met een schitterend uitzicht. Hierna komen we bij u terug: Waarom risico's nemen met injectiespuiten als straalzetpillen volstaan? Voor alle veekwalen, inclusief leverbotziekte! Gebruik Lowry's straalzetpillen: www.lamstraal.co.uk.'

Nu kreeg de Neef onder de opgeslagen capuchon van de traditionele parka de grote gele koptelefoon in de gaten die duidelijk nergens op was aangesloten en ineens herinnerde hij zich deze man en de omstandigheden van zijn tegenspoed. Deze man was de voormalige belangrijkste investeerder en presentator van Aluminumville FM! Toen dat radiostation in de ether kwam maakten ze er in het Black Garrison heel wat ophef over: een meisje dat ze van buiten hadden laten komen paradeerde in een minirokje door de hoofdstraat (ze kreeg longontsteking) en deelde met helium gevulde ballonnen uit, die de joggingpakdragers in hun mond lieten leeglopen, en ze mepte al te gretige handen van zich af. In de loop van de eerste weken probeerde Aluminumville FM een relatie op te bouwen met zijn luisteraars en de gastvrije gemeenschap, maar wist maar twee advertenties in de wacht te slepen die allebei gingen over vermiste katten. Drie weken na de eerste uitzending kreeg de hoofdpresentator van het luisterende achterland waarachtig niet de respons waarvan hij had gedroomd. Toen kwam hij erachter dat een of andere technicus de stekker niet had ingestoken en dat gedurende drie weken zijn uitzending in feite niemand had bereikt! De Neef had het allemaal gehoord: het daaropvolgende failliet, de zenuwinstorting, overdadige inname van whisky en diepvriesvoedsel: het eindresultaat zat hier voor hem, een vernederde, gebroken en gestoorde man.

'En de gast voor ons gesprek is zojuist in de studio aangekomen. Maar nu eerst Roky Erickson en de Aliens met "It's a Cold Night for Alligators".' Zijn stem veranderde van het professioneel schmierende register in een gehijgd verzoek: 'Je kunt een sigaret van me krijgen als je in mijn praatshow komt.'

De Neef keek om zich heen. Zo afgezonderd als ze zaten aan de andere kant van de dansvloer leek niemand speciaal aandacht aan hen te besteden, of in elk geval niet meer dan normaal.

'Voor wat hoort wat.' De Neef plofte op een stoel.

'We hebben wat tijd voor de plaat afgelopen is.' De radiopresentator rommelde met zijn Marlboro's, bracht er een tot bij de mond van de Neef en hield er een vlammetje bij met een hand eromheen alsof er kans was op de nodige schroefwind afkomstig van de langskomende dansers. Toen hij nog eens goed keek zag de Neef dat het niet eens een echte koptelefoon was: industriële oorbeschermers! Eén oordop professioneel naar achter geschoven.

'Hoe wil je dat het interview verloopt, wil je dat ik je introduceer of wil je eerst wat over jezelf zeggen?'

De Neef inhaleerde en blies toen uit. 'O, introduceer me maar.'

De radiopresentator knikte, stak zijn vingers op en bekte stilzwijgend Drie, Twee, Een. 'In *Avondgesprek* brengen we u altijd de grote namen, en vanavond is onze gast de legendarische, gevreesde en bewonderde – Macushla! Goedenavond Macushla!'

'Hallo, muziekliefhebbers,' mompelde de Neef, keek gegeneerd om zich heen en nam een trekje van zijn sigaret.

'Geweldig dat je in de stad bent. Wanneer was je hier voor het laatst?'

'Hier? Ik was hier ongeveer tien maanden geleden.'

'O, je bent al in het Garrison geweest sinds je in de streek terug bent.'

'Ja. Zat daarginds...'

'Dit is live, mensen. Live uit Grovers Mill. Grapje! Live uit de

Throbs Theme Bar & Disco, sponsors van het programma van vanavond. En, heb je het naar je zin gehad, Macushla?' hijgde de radiopresentator.

'Was wel de bedoeling. Had de pubquiz gewonnen. Tegen vijf teams. In m'n bloedeigen eentje! Prijs was twee vierliterkannen bier. Kwam een lul naar me toe die om een glas vroeg. "Sodemieter een eind op," zeg ik en heb de twee kannen helemaal alleen soldaat gemaakt. Als een maleier. Twee klootzakjes probeerden me op de weg te overvallen, nog geeneens veertien jaar wed ik, maar ik heb *hun* even een poepie laten ruiken!'

'Zekers, het hele jaar door is er voor ieder wat wils in de Throbs.' Hij boog zich voorover naar de Neef en zei met zachte stem: 'We zitten misschien niet bij de BBC, maar in godsnaam, let een beetje op je woorden.'

De Neef knikte nors en beet op zijn lip.

Het pakje sigaretten over de tafel schuivend zei de radiopresentator: 'En, Macushla, wat vind je van de benzineschaarste en de implicaties voor het platteland?'

'Het is onze eigen Schotse olie.' De Neef lachte zelfgenoegzaam, pakte nog een sigaret en gebruikte de aansteker van de radiopresentator.

'Je... betrokkenheid met extreme... groeperingen.'

'Wat weet jij daar nou helemaal van af?'

'Is dat een zaak die je nog steeds ter harte gaat?'

'Nee.'

'Groeperingen die in verband worden gebracht met... mmm... bompakketten. Vakantiehuizen in de fik.'

'Praatjes, anders niets, in geen enkele rechtszaak is er bewijs voor geleverd.'

'Je zou jezelf nu dus omschrijven als iemand van de middenweg.'

'Je wilt me toch geen woorden in de mond leggen, wel?'

'Ben je nu een man van het midden?'

'Ik heb me uit de strijd teruggetrokken, uit alle strijd, trouwens. Ik zou mezelf een individualist willen noemen: de oude schroothoop waarop alle radicalen eindigen. Het is een stuk leuker.' De Neef zuchtte. 'We zitten met onze geschiedenis, die ouwe snol, we weten niet wanneer we haar uit bed moeten gooien of wanneer ons op haar moeten rollen om haar voor een laatste keer te naaien en we zitten met haar pooier, onze eigen parlementje, een groot luchthotel voor onze afgevaardigden, bekleed met graniet helemaal afkomstig uit China, hoor ik. Het duurste wat ze konden vinden, om het fraaiste van alle Parijse bordelen naar de kroon te steken. Hou de liberalen in hun kiltjes gelukkig. Jullie weten toch dat je de liberalen gelukkig moet houden, luisteraars.'

'Neem aan dat je een degelijke ouderwetse Tory bent, Macushla, dus jij zou in het nieuwe Schotland voor de doodstraf zijn?'

'Ben liever een opgefokte conservatief dan een hypocriete liberaal. Beslist, ik geloof in lijf- en doodstraffen. Wat denk je dat ze gedaan zouden hebben met die Alan Breck waar ze nu die maffe film over maken, als ze hem te pakken hadden gekregen? Zouden zijn hoofd eraf hebben gehakt. Tussen haakjes, ken je dat verhaal van onze eigen dokter Livingstone? In Afrika stuitte hij op een charmante traditie. Ken je die cartesiaanse natuurkundige die onder de guillotine is gelegd, die tegen zijn vrienden zei dat ze op zijn ogen moesten letten als zijn hoofd in de mand viel en hij zou proberen om te knipogen?'

'Eh, we zitten in een familieprogramma, Macushla, voor het hele gezin.'

'Wat zeg je me van dat soort ruimhartigheid in de wetenschappelijke geest?! Maar eeuwen voor de guillotine waren de vrienden van Livingstone zeer bedreven in de kunst van de onthoofding; ze wisten dat het bewustzijn nadat de bijl is gevallen nog een paar seconden blijft bestaan, daarom deden ze iets heel moois: ze bogen een veerkrachtig jong boompje en bonden touwen onder de oren van de veroordeelde man zodat, als het hoofd eraf kwam, zijn laatste ogenblikken van bewustzijn zouden zijn dat hij wonderbaarlijk door de lucht vloog.'

De radiopresentator gniffelde een beetje ongemakkelijk. 'Dus je bent niet voor onafhankelijkheid?'

'Beslist wel! Stel je voor, een bron van grote vreugde. Late Kamerzittingen om te besluiten over het uniform van de stewardessen voor Schotse nationale vliegtuigmaatschappijen.' Hij zuchtte. 'Wat een overwinning, na eeuwen strijd. Weloverwogen, met de belastingbetaler in het achterhoofd, zouden we op zijn minst de slipjes van de stewardessen achterwege kunnen laten. Als je er eenmaal een vinger achter hebt gekregen, vergeef me de woordspeling, dan stelt vrijheid vandaag de dag niet zoveel meer voor. Die hebben ze lang geleden al ingepakt.'

'Wat is volgens jou vrijheid dan?'

'Pecunia. Zevenentwintig ruggen.'

'Je hebt je ook ingezet voor de rechten van reizigers.'

'*Traditionele* reizigers, jazeker. Niet die rijke hippiekoters. Van ons slag zijn er trouwens geen meer over. Allemaal... gemengd gehuwd met de Gezeten Burgerij. Gerekruteerd met overheidspremies. Om de echte wereld van de reizigers te ervaren moet je in Ierland zijn, de spookverhalen die zij vertellen! Zit zelf achter een huis aan. Een speciaal huis. Al een tijdje.'

'Jij hebt in het Britse leger gediend.'

'Is dat een vraag? Dat is altijd een gerucht geweest.'

'Heb jij iets te maken met die krantenberichten over een gewelddadige wegenschender die zou rondwaren?'

'Wegenschender.'

'Een sluiper. Gewelddadige roofovervallen. Geen dodelijk slachtoffers. Maar toch. Een struikrover die het platteland onveilig maakt net als in vroeger dagen.'

'De enige sluiper hier in de buurt zou mijn Oom kunnen zijn, De Man Die Loopt op zijn middernachtelijke strooptochten.'

'Ja. Die was twee dagen geleden nog te gast in het programma.'

'WAT!' De Neef draaide zich razendsnel om en toonde grote belangstelling in de duistere spelonken van de parkacapuchon. 'Je meent 't? Eerlijk gezegd is me er heel wat aan gelegen om met hem in contact te komen. Hij is zijn medicijnen vergeten en hij zou eigenlijk niet zonder zijn medicijn op stap moeten gaan. Waar is ie?'

'Tja, dat weet ik niet zeker, maar hij zag er wel naar uit dat ie zijn medicijnen kon gebruiken! Laten we in zo'n medisch noodgeval over het hele gebied dat deze uitzending bereikt een bericht doen uitgaan.' Hij sprong op en begon te schreeuwen: 'Weet iemand waar De Man Die Loopt zich ophoudt; was twee avonden geleden te gast in *Avondgesprek*? Mocht u enige informatie hebben, bel dan naar...'

De Neef was overeind geveerd en trok de radiopresentator met geweld terug in zijn stoel. Wat barpersoneel keek hun kant uit. 'Hoor 's, lijpdeun, waar IS ie?'

'Hij was hier in het programma om te praten over de tijd dat hij kerstbomenman was; hij haalde na vijf januari voor een pond alle ouwe kerstbomen op.'

'Dat weet ik.'

'Haalde van deur tot deur in de wijde omtrek de dooie kerstbomen op.'

'Weet ik, weet ik, weet ik; "seizoensarbeid" noemde de spast dat.'

'In die dagen had ie een auto.'

De Neef schudde droevig zijn hoofd en gaf zich over aan de herinnering. 'We hebben allemaal geleerd te rijden in die eerste roestbak zonder portieren of ramen, door in een weiland rondjes te rijden tot de modder in koeken op je dijen plakte. Dat had verboden moeten worden. De tweede rammelkast, een vijfdeurs Lada, kon je over de weg zien zwenken met twintig dooie kerstbomen erin gepropt, met de toppen uit de ramen en de vijfde deur amper goed vastgebonden met dat blauwe touw, hetzelfde blauwe touw dat je onder de motor kon zien bungelen, om hem op zijn plek te houden; met de koppelings- en rempedalen ergens onderin helemaal bedolven onder twintig centimeter dooie dennennaalden!'

'Man Die Loopt in een auto. Toch ironisch.'

'De Bouten hebben hem al snel ingepikt. Dat was terug naar af, waar hij thuishoorde, te voet, met de benenwagen. Ik weet nog dat toen hij die auto had, hij ergens een parkeervergunning voor invaliden had geritseld, vanwege zijn oog, en dus schilderde hij gewoon een rolstoelsymbool met de tekst van de vergunning op de motorkap en parkeerde overal als hij de stad afstruinde op zoek naar kerstbomen. Een keer heeft ie er zelfs ergens een het raam uit gedragen nog voor Kerstmis voorbij was, sleurde hem gewoon mee met versiering en al en de engel deinend bovenin, fladderend uit het portierraampje.'

'Ik heb begrepen dat hij zich toen in zijn huis heeft verschanst achter een woud van kerstbomen.'

De Neef scharrelde tussen schrijfmachinelint in zijn rugzak. 'Klopt, hij had ze om het huis heen geplempt tot bijna aan de slaapkamerramen, je kon het huis haast niet meer zien. Je zou niet hebben gedacht dat er zoveel christelijke gezinnen in het achterland woonden! Milieudienst heeft ze allemaal weg moeten halen en verbranden op de heuvel achter zijn huis. Dat gaf een feestfik waar kinders van heinde en ver op af kwamen.'

'Wat is dit?'

'Soort stom dagboek of waardeloze autobiografie van De Man Die Loopt dat ik heb geprobeerd te, eh, ontcijferen. Als jij me vertelt wat de plannen waren van De Man Die Loopt, waar hij naartoe ging, dan willen jouw... luisteraars deze onzin misschien wel horen.'

'O, schitterend. Natuurlijk willen mijn luisteraars dolgraag exclusieve fragmenten horen uit de dagboeken van De Man Die Loopt! Een unieke gebeurtenis op Aluminumville FM.'

'Hij heeft hier ergens een stukje geschreven over toen hij die kloteauto had. Hebbes. Daar komt ie.' De Neef boog voorover om hardop te lezen:

In die dagen was ik meestal aan de LSD. Sinds mijn...

De Neef hoestte en las verder:

Sinds mijn oog was... verwijderd... en door het ziekenhuis vreemde ontsmettingsmiddelen in mijn oogkas waren gesmeerd, had de snot die ik uit mijn neusgaten haalde de gekste, angstaanjagende kleuren. Ik haalde dode kerstbomen op met de kleine auto waarvan ik de sleutels was kwijtgeraakt. Zonde, want alle deuren konden zonder de sleutels niet van het slot. Contact kon je maken door je vingers te verbranden als je draden onder de stuurkolom met elkaar verbond. Ik kon me toegang verschaffen tot de auto en hem weer verlaten via de achterklep, wat geen al te beste indruk maakte als ik door de plaatselijke sterke arm werd aangehouden. Ik werd regelmatig door de plaatselijke sterke arm aangehouden. Maar mijn papieren waren altijd in orde.

'Mmm, er komt nog meer, maar hij dwaalt af van zijn onderwerp. Wil je het horen?' vroeg de Neef.

'Ga vooral door, fascinerend.'

'Hij schrijft:

dat citaat van Pindarus lag me het meest na aan het hart, zoiets als "O mijn ziel, streef niet naar onsterfelijkheid, maar exploreer de uiterste grenzen van het mogelijke", dat was in elk geval wat ik door de telefoon van de schoolmeisjes raspte nadat ik het register van Onze Lieve Vrouwe van Eeuwigdurende Bijstand had gejat, waar alle nummers van hun mobieltjes in stonden. Als ik voor de rechter zou worden gesleept kon ik toch niet in de gevangenis worden gezet voor het verbreden van hun kennis van de klassieken. Doet me denken aan hoe ik iedere ochtend ontwaakte uit dezelfde droom: een oceaan onder, een optimistische enorme zon die weer opstuiterde in een onvoorstelbaar wolkeloze lucht terwijl ik de jonge non door en door smerige bekentenissen in het oor fluisterde; zonder schoenen, haar habijt tot ver boven de knieen opgetrokken. Met betrouwbare voorzienigheid werd op Goede Vrijdag, Paasmaandag, zondagen en doordeweekse feestdagen de non in de droom altijd naar behoren vervangen door een schoolmeisje.

Het citaat van Pindarus is gebruikt als een opschrift bij de bespiegelingen over zelfmoord van mijn vriend Camus. Ik heb een fraaie (maar prijzige) uitgave van dat vreemde boekje in mijn bezit gehad, maar ik heb het uitgeleend aan de knappe jonge non met wie ik vriendschap had gesloten op de quatertemperdagen als ik in het klooster bij de Toren om een aalmoes kwam. Ze vertrok naar de koloniën om de heidenen de waarheden van het katholieke geloof bij te brengen, maar voor Madagaskar stortte haar vliegtuig neer. Geen overlevenden. Wist dat het boek aan haar niet besteed was.

Puh.' De Neef schoof het kinderkleurboek waaruit hij citeerde ongeduldig weg. 'Het soort onzin dat je van die spast moet slikken.'

'Anders wel onthullend materiaal, Macushla. Sorry dat ik het je even recht voor zijn raap geef, live in de ether, vanavond zit de Macushla bij ons, Neef van De Man Die Loopt, onze vorige gast in *Avondgesprek*, maar, Macushla, het gerucht, nou ja, de *legende*, ik moet het maar botweg vragen. Op hoeveel waarheid berust de mythe dat jij eigenhandig bij De Man Die Loopt zijn oog eruit hebt gehaald?'

'Wat! Paranoïde waan in de man zijn eigen hoofd. Vindt dat ie het verdient vanwege al het maffe gezeik dat ie me als kind heeft laten doormaken. Hoe heb ik het eruit gewipt? Met de punt van een jachtmes soms, het er met mijn vingers uitgerukt? We zitten niet in *King Lear* en tot zoiets ben ik niet in staat. En de Bouten, hoe had ik die kunnen ontlopen?'

'Je hebt een reputatie.'

'We hebben allemaal een reputatie.'

'Beweert dat ie is gemarteld. Dagen aan een stuk. Jij en een handlanger die hebben geprobeerd hem de eigendomsakte van het huis van zijn moeder dat hij had geërfd afhandig te maken.'

'Bespottelijk. Hij heeft zijn oog verwond toen ie ladderzat in de bossen naar zijn verstand liep te zoeken, want daar heeft ie een handje van, en ze zeiden dat het nooit meer goed zou komen. Ik heb de afspraakkaartjes van de oogkliniek nog. Hij wist door de drank bij god niet meer wat ie deed en likte als gewoonlijk zeldzame zwammen van bomen. En nu zijn plannen.'

'Hij had wel degelijk plannen.'

'Wat zoal?' Hij zuchtte. 'Hoor 's, moet toegeven dat ik de uitzending heb gemist. Ik luister er altijd naar maar deze heb ik gemist. Die avond. Waar voerden zijn plannen hem naartoe?'

'Naar het noorden.'

'Het noorden!'

'Om met Nessie te praten.'

'Nessie!' krijste de Neef, maar het werd gedeeltelijk gesmoord toen de oorverdovende geluidsinstallatie tot leven kwam en de Tina Turner-imitatie van die avond onder een overdonderend gegil van waardering zich gespierd over de vloer bewoog waarbij haar pruik langs de jakobsschelpen streek.

'SIMPLY THE...'

'Jezuschristus, voel je voor een uitzending in de openlucht?' krijste de Neef.

Twintig minuten later psalmodieerde de radiopresentator: 'We staan hier nu live bij de pier. Voor degenen die van buiten de stad komen, dat is nabij Shore Street...'

'Hoi,' tjilpte de Neef. 'Verander effe van golflengte, wil je?' en hij gaf de fles cider aan de radiopresentator door, die mee naar de drankhandel was gelokt. Toen volgde er een korte reportage over de onlangs geïnstalleerde patat-bak-en-verkoopautomaat, die kort geleden in vlammen was opgegaan. Dat werd opgenomen voor latere uitzending. Toen wilde de radiopresentator gaan eten Onder de Gouden Bogen. Hij probeerde een paar passagiers bij de McDrive te ondervragen, waarbij hij op de raampjes tikte en de onzichtbare microfoon voorhield; afwerend met hun hoofd schuddend weigerden ze een raampje omlaag te draaien.

Onder de Gouden Bogen een publiek van opgeschoten jongeren, die iedere avond in hun kleine auto's met aluminium velgen op het parkeerterrein bij elkaar komen, op achterover gezette voorstoelen hangen, naar elkaar schreeuwen door de tunnel van open raampjes van vier naast elkaar geparkeerde voertuigen; dit publiek hield de activiteiten van de radiopresentator nauwlettend in de gaten, maar de Neef zag dat hij voorzichtig genoeg was om *hen* niet voor enig commentaar te benaderen.

In Onder de Gouden Bogen was het de Neef gewoon te veel: felgekleurde, schele dinosaurussen zwaaiden aan het plafond, afvalbakken dreigden om te kieperen omdat door suiker en conserveringsmiddelen opgefokte kinderen tussen leeggedronken milkshakebekers en in elkaar geklikt montagespeelgoed, dat je kennelijk bij het eten cadeau kreeg, graaiden en ze daarna op de grond smeten. De Neef bleef buiten wachten en de presentator pochte dat hij voor negenennegentig pence een cheeseburger had weten te bemachtigen.

'Kan ik dit ergens verkopen?' De Neef haalde onder zijn jack een duur uitziend fototoestel vandaan dat hij als een pup van twee dagen wiegde.

'Ben zelf op zoek naar zoiets, om plaatjes te schieten bij mijn interviews.'

'Hoeveel heb je?'

'Thuis op mijn kamer? Eens zien. Zo'n vijfentwintig pond.'

'Woon je op kamers?'

'Bij de Zuidelijke Ringweg. Fantastische ligging voor uitzendingen vanwege de heuvel erachter waar mijn antenne staat.'

'Mmm, niks op tegen om met je mee te komen. Als ik bij jou kan pitten kun je het fototoestel voor twintig krijgen.'

'Prima, oké. Kom maar mee. Ik moet het kunstprogramma nog presenteren, daar kun je naar luisteren, altijd heel interessant.'

'Mmm.'

Ze begonnen langs de vierbaansweg te lopen. De regen kletterde omlaag, wat vaak gebeurt als wolken van over de Atlantische Oceaan lek werden gestoken door de houw van de hoogste berg van de natie, alsof de ingewanden uit de met een zeis opengehaalde buik van een zwangere koe gutsen.

De radiopresentator liep voor de Neef uit en bracht met zijn handen bollend voor zijn mond om in de sfeer te blijven het geluid van een zoekende afstemschaal voort. Tot verbijstering van de Neef was de presentator kennelijk niet alleen in staat zijn eigen uitzendingen te verzorgen, maar tevens met een heel aannemelijk accent ook nog een hele reeks andere programma's, tussen stevige slokken van de sterke cider door die hij dan snel aan de Neef doorgaf.

De Neef liet gelaten zijn hoofd achteroverzakken en gromde naar de onzichtbaar dreigende berg boven hem; hij bracht knoestige vingers omhoog om het doorweekte haar uit zijn gezicht te vegen.

Als er bliksem was geweest zou die toen hebben geflitst; als er donder was geweest zou die toen hebben gerommeld – als stenen die uit een kar worden gekiept – als er een knap meisje was geweest zou er een gouden oorbel zijn geweest; en als er een gouden oorbel was geweest zou die in de bliksem hebben geschitterd. Maar niets van dat al: bliksem, donder, meisje (knap), oorbel, ad infinitum; er was alleen regen, regen, donkere nacht, armoede en een waanzinnige radiopresentator die zijn stem verhief en dempte en de Neef die zijn vingers over zijn voorhoofd haalde en de nagels over de van druilregen prikkelende schedel liet schrapen om nat haar weg te vegen, maar toen zijn ogen opzij keken, trokken zijn kraaienpootrimpels weg en gedurende een woest ogenblik bewoog zijn keel als een slapende aal, jukbeenderen zakten weg en doken weer op. Op dat moment vertoonde hij een verbijsterende gelijkenis met De Man Die Loopt. Maar even snel was de gelijkenis verdwenen, want de Neef zag een busje van de Bouten traag achter hen oprijden. Er was verdacht weinig verkeer op de wegen, was hem opgevallen... misschien iets te maken met het benzinetekort, retetering, dacht hij.

Inmiddels waren ze van de rand van het loch naar de andere kant overgestoken en dwaalden langs het ene na het andere huis, dus de Neef liep gewoon even de perfect onderhouden tuin van een Jan Hen in en ging tegen de druipende hortensia's staan terwijl de traag rijdende politieauto water opzuigend onder de achterwielen voorbijruiste, en niet eens inhield toen ze langs de opvallende gedaante van de radiopresentator reden die met geheven armen de fantastische eigenschappen van de ionosfeer prees.

Op het moment dat de auto langsreed gaf de presentator een perfecte imitatie van een tijdelijke politiestoring op de radio ten beste en ging toen verder: 'Dat was "Dark Magnus" door Niles Davies! Afkomstig uit Wales, geloof ik,' krijste hij in de met achterlicht-op-natte-weg doorgelopen duisternis. 'Vanavond in *Kunstzinnige Mensen* zullen we het hebben over het laatste, hoogst originele uitgeversproject van de Schotse uitgeverij Carronaid: nog meer smaakvol uitgevoerde, prettig geprijsde pocketedities en uiteraard stuk voor stuk met een voorwoord van een bekende schrijver of beroemdheid. Dit keer de met liefde uitgegeven pocketuitgaven van de Verkeerswet die opwindend commentaar losmaken in de meest vooraanstaande uitgeverskringen...'

'Héa. Is 't nog ver?'

'Deze klassieke Britse tekst, sinds jaar en dag een bestseller, die bijna deel uitmaakt van het dagelijks bestaan in het hedendaagse Verenigd Koninkrijk krijgt, dankzij Carronaids visie, eindelijk de literaire status die hij altijd al heeft verdiend en de subversieve trekjes die erin verscholen liggen worden aan het licht gebracht. Lees *Rijden op de snelweg*, met een inleiding van de *verpletterende* auteur J. G. Ballard. Lees *Maximum snelheden en waarom*, met een inleiding van hare koninklijke hoogheid prinses...'

De halvegare kwebbelde maar door, toen wees hij en zei: 'O, dat is mijn hond. Dat is *mijn* hond. Ik heb die witte band om hem heen geschilderd om hem te onderscheiden van alle andere straatjoekels in de wijk.' Verdomd, een zwarte joekel kwam aanlopen en snuffelde liefderijk om hun knieën, zijn zwarte haar stond in pieken overeind maar lag plat op de plek waar een flinke dot witte wegenverf met een vlotte kwast als een band over zijn rug en onder zijn buik door was gekladderd.

'Hoe staat het met je radioprogramma?' grauwde de Neef en knoopte het overhemd van Ouwe Barrels helemaal dicht tegen de regen.

'Iedereen heeft het uitgezet.'

De hond volgde hen toen ze van de hoofdweg afsloegen naar tegen de terrashellingen aangelegde opritten naar nog meer vrijstaande Bed & Breakfast-huizen.

De Hoogte van Nazareth stond er op het naambordje van het huis.

'Thuis.' De radiopresentator probeerde de voordeur, en terwijl in de bijna lege ciderfles die hij onder zijn oksel had gestoken het laatste bodempje klotste en bruiste, morrelde hij aan het slot. Ze liepen achterom en daar zat de deur niet op slot. De radiopresentator tastte langs beide kanten van de muren naar een lichtschakelaar en vond hem toen. De hond liep gewoon door.

'Je woont hier niet, hè.' Meer een constatering dan een vraag.

'Tuurlijk wel. Maar, sssjjjt.'

'Wat is er?'

'Zachtjes praten.'

'Waar is de plee? Moet pissen.'

'Tweede deur links.'

De Neef liep tastend door de gang, maakte een deur open en voelde met zijn vingers het bolletje van een trekschakelaar. Het was wel degelijk de plee. Tegen het plafond begon een ontluchtingsventilator te draaien. Hij zette de bril omhoog en piste, gebruikte daarna de handdoek om zijn gezicht en vervolgens zijn haar af te droegen en toen hij eenmaal bij zijn nek kwam was de handdoek doornat. Hij keek naar het gordijn en overwoog een warme douche en de geneugten ervan, maar eerst moest hij de boel verkennen om er zeker van te zijn dat de eikel wel echt hier thuishoorde.

Er brandde licht aan het einde van de gang en dus trok hij de wc-deur achter zich dicht en liep die deur in. Langs alle muren van de kleine slaapkamer stond elektronische apparatuur hoog opgetast, vol knopjes en wijzerplaten en met veel rollen kabel. Tegen de muur hing een poster van een jonge Orson Welles die in een radiomicrofoon sprak met twee vliegende schotels die om zijn vette kuif cirkelden.

'Soms vang ik de *gekste* dingen op; geluid zoals oude scheepsboodschappen van lang geleden! Weet je dat radiogolven de oneindigheid ingaan en voor altijd door de ruimte reizen? Ze kaatsen alleen terug als ze tegen iets van metaal opbotsen. Daarboven hangt iets van metaal, man!' Het mompelende gezicht van de radioman hing vlak boven hem. Hij lag plat in de lage ruimte net onder het plafond. Hij sliep boven, tegen het plafond gedrukt op de stapels elektrische apparatuur. Hij schommelde met een voet. 'Op een keer heb ik mijn grote teen aan die peer daar verbrand.'

De Neef keek in het rond, maar kennelijk was er nergens een plek om te zitten, laat staan een plekje om een uiltje te knappen. Weer een nacht, en het waren er al zoveel, dat algehele verdoving het enige antwoord was. Als zichtbaar bewijs van economische draagkracht legde de Neef het fototoestel van de locatiescout op een opvallende plek boven op een soort mixagetafel die was overdekt met een druiplaag van soepkorsten. 'Denk je dat er wat te drinken is?' gromde de Neef.

'Dan moet je wachten tot zij terug zijn. Die zuipen alles op.'

'Zij?' De Neef verkrampte.

'Klootjesvolk met wie ik de huur deel.'

'Wie zijn dat? Wat doen ze voor de kost? Toch geen politiemannen?'

'God nee. Niet lang genoeg.'

'Toch geen minderjarige kinderen, wel!'

'Nee, niks daarvan, monteurs. Monteurs die hier steunzenders voor mobiele telefoon plaatsen die overal in het land moeten komen.'

'Moet kunnen.'
'Stelletje klootzakken.'
'Hoezo?'
'Laatst op een avond in de Throbs, tussen programma's door, praat ik met twee knappe verpleegsterdames, in de opleiding in Belford en wanhopig op zoek naar kamers om weg te komen uit de mistroostige verpleegstersaccommodatie. "Wat hebben jullie zoal gezien?" vraag ik ze. "O, aardig wat schrikbarende ellende," vertellen ze. "Allemaal even verschrikkelijk, een van de ergste kamers in een huis was tegen afbraakprijs te huur, om ons te paaien, maar hij stond vol met elektrische apparatuur en draden en troep, leek wel een ouwe tweedehandstelevisiezaak, overal lege whiskyflessen, en je gelooft het niet maar de knakker die hem huurde sliep boven op een stapel van dat soort apparatuur bijna tegen het plafond en ze vertelden ons dat ie een keer zijn grote teen aan de lichtpeer had verbrand!" Nou, je begrijpt wel, ik verslikte me in mijn biertje en zodra ik kon heb ik me verontschuldigd en ben ik de krant gaan napluizen. En verdomd, achter mijn rug hadden de klootzakken mijn kamer te huur aangeboden!'
De Neef knikte ernstig. Zijn hart ging naar hen uit, een halvegare als hij in huis is als een teek die met zijn weerhaakjes diep in je vlees zit. Die raak je nooit kwijt. 'Mmm.' De Neef knikte.
Precies op dat moment klonk er buiten door het raam een vreemd geluid. Gelach van een vrouw (voor deze twee mannen op zich al een heel vreemd geluid), maar ook laag, hol, gerommel op de betonnen stoeptegels. Tegelijk klonk het magische gerinkel van flessen maar met een lichtvoetige muzikaliteit. De sleutel in het slot, het 'Hup, twee, drie' van een mannenstem.
'Dat zijn ze,' fluisterde de radiopresentator en trok een deken over zijn hoofd.
Buiten in de gang klonk een bonk en nog meer gerammel van flessen.
'Deze kant uit, dame,' zei een lage mannenstem. Opnieuw vrouwelijk gelach en haar vulgaire stem. 'Wel gepast graag,' waarop nog een mannelijk type lachte en stevig de deur dichtgooide.
'Bij hem is het licht aan,' verzuchtte een stem treurig.
'Treed binnen, Tracey, treed binnen.'

Het gerommel en magische getinkel begon weer, gevolgd door het sluiten van een deur en stilte.

'Die hebben drank,' kondigde de Neef met ontzag in zijn stem aan.

'En vrouwen.' De stem van de presentator kwam onder de deken vandaan.

'We nodigen onszelf gewoon uit.'

'Ga jij maar. Ik blijf hier.'

'Dat kan niet. Ik woon hier niet. Jij moet me voorstellen.'

'Zeg maar dat je van roomservice bent.'

'Jij denkt aan een hotel, minkukel.'

'Verdomd.'

'Ik heb in een hotel gewerkt, weet je. Wat was dat lawaai, denk je?'

'Weet ik niet.'

'Vraag me af wie dat mens is.'

'Weet ik niet.'

'Ik maak wel even een toertje,' kondigde de Neef aan en hoestte. Hij deed de deur open en liep de gang op die naar een van de kamers leidde waar de monteurs kennelijk naar binnen waren gegaan.

'Welk hoertje?' hoorde hij de radiopresentator achter zich in de kamer mompelen.

De Neef liep voorzichtig langs een aantal dichte deuren tot hij in een kamer gemompel en gelach hoorde; hij draaide zich om en liep op zijn tenen terug naar de kamer van de radiopresentator toen de gang ineens in volslagen duisternis werd gehuld, er iets langs zijn wang streek, tegen zijn overhemd tikte waarvan de kraag klam openstond en een verschroeiende pijn over zijn borst sneed alsof er een venijnig stekende kwal in was gekropen. Hij maakte een sprong. 'Godschristus, wat nou weer?' toen het steekgeval zijn buik bereikte, een soort bijtende spin en de Neef achterwaarts met een dreun tegen een deur knalde die ineens openzwaaide zodat er licht in de gang viel. Met een paar korte danspasjes rukte de Neef het overhemd uit zijn broek zodat er een lamp van honderd watt uit viel en op de vloerbedekking plofte.

In de helverlichte kamer staarde drie bestraffende gezichten hem aan.

'Jezus. Die klotepeer is uit de fitting gelazerd en in mijn overhemd gevallen!' De Neef keek smekend op, met tranen van pijn in zijn ogen, en wees naar de zielige gloeilamp op de grond voor zich. 'Dat moet mij weer overkomen.'

Het meisje dat op haar lippen had staan bijten keek van de ene naar de andere man en barstte in lachen uit.

'Brokkenpiloot, zeker?' Een van de monteurs snoof spottend.

'Zeg dat wel, brokkenpiloot. Ben godver hier beland, of niet soms,' mompelde de Neef.

'Wie *ben* jij dan wel?'

'Is dat 'm niet? Dat is helemaal een giller,' kraaide het meisje lachend.

De Neef trok zijn overhemd op en bekeek de rode striemen op zijn buik.

'Lekker gespierd, niks mis mee.'

'Ah, jullie andere huisgenoot heeft me uitgenodigd.' Hij keek hen een voor een recht in de ogen, liep naar binnen, deed de deur achter zich dicht en sprak veel zachter. 'Maar die is goed gek. Dat zie je zo. Neem van mij aan, jongens. Ik heb met jullie te doen, verdomd als 't niet waar is.'

'Dat kan je wel zeggen, makker, die moet je in de gaten houden. Kom d'rin, kom erin, doe de deur dicht, wat wil je drinken!'

'Je wilt niet toevallig zijn kamer huren?'

De Neef deed een stap naar voren en verbrijzelde de lichtpeer.

Het meisje gierde nog harder. Ze droeg een soort uniform, Schots geruit vestje met een bijpassende lange rok. Toen zag de Neef bij de muur een drankwagentje staan, berstensvol blikjes, miniflesjes drank, sandwiches, plastic bekertjes, suikerzakjes.

'Geen nood. Dit is Tracey de Trolley. Voel je n'm.' De knakker wees naar de trolley.

'Heb mijn baan bij de spoorwegen opgegeven. Voor de zoveelste keer.' Tracey snoof.

Een van de monteurs gnuifde met een bierblikje bij zijn mond. 'Loopt voorgoed van d'r werk weg, neemt de dranktrolley uit de trein met zich mee, sjeeeest ermee door de hoofdstraat. Wij hebben d'r opgepikt bij de rotonde waar ze alles aan automobilisten stond weg te geven!'

'Ze deed beter zaken dan de McDrive Onder de Gouden Bogen!'

'Het regende en jullie *zeiden* dat je te roken had. Wat wil je drinken, verbrande man?'

'Heb je ijs?'

Zwierig klapte ze het deksel van een kleine bak open.

'Dan graag een dubbele gin-tonic.'

'Wat voor boterhammen heb je in de aanbieding, schat?' lachten de monteurs.

'Citroen?'

'Ja, graag.'

De twee monteurs lagen in een deuk.

'Is al es eerder gebeurd, hoor; had onenigheid over mijn werktijden, dus ben ik uit de trein gestapt en het station uit gelopen, met de trolley de straat op. Om je te bescheuren. Meneer Murchison, die weet dat ik heetgebakerd ben, maar diep in zijn hart heeft ie een zwak voor me, dus mocht ik terugkomen. Moest wel terugbetalen wat ik van de voorraad had uitgedeeld. Ze hebben me zes maanden loon ingehouden. Die eerste keer heb ik de trolley meegenomen naar een feestje bij iemand en op de dansvloer drankjes geserveerd. Om je te bescheuren. Dit keer kotsen ze me voorgoed uit, jongens, dus we kunnen het er maar beter van nemen. Bijna een volle trolley, moet je zien, tegen deze prijzen koopt toch geen hond wat. Daar ga je, makker.' Ze goot de twee miniflesjes gin uit zodat haar ringen en armbanden rinkelden en gaf de Neef het plastic bekertje gin met ijs en citroen en het kleine blikje tonic; zelf sloeg ze een Bacardi uit een miniflesje in één slok achterover.

De monteurs moesten zo lachen dat de huid aan de zijkant van hun ogen er helemaal van rimpelde.

'En hoe staat het met het rokertje, jongens?' Ze glimlachte.

'Je bent een ontdekking, Tracey, een godvergeten lotje uit de loterij. Op jou... je bent toch niet van de criminele politie, hè?'

'Hé, ken ik jou niet ergens van, jij bent toch die Man Die Loopt, of niet? O, om je te bescheuren. Ik heb je vanuit de trein wel bij de rails gezien.'

'Jezus, nee hoor!'

'Ach, da's waar ook, jij hebt allebei je ogen nog.'

De monteurs keken elkaar aan en lachten nog harder, sloegen hun armen om hun knieën en tilden hun laarzen van de grond. Ze hadden de spreekwoordelijke Rizla's voor de dag gehaald, Golden Virginia-blikjes en kleine in cellofaan verpakte balletjes dope, kernbrandstof voor de gezelligheidsmotor.

'Dat is mijn Oom, 't stuk vreten, ik ben zijn Neef maar.'

'O, mooi; sorry, schat, sorry.'

'Ik ben Macushla.'

'Wat is dat voor een naam?'

'Dacht dat jullie een beetje opleiding hadden gehad. Macushla is Gaelic, betekent zoiets als... baby'tje, schatje, toch? Het lieverdje van het gezin, ben jij het lieverdje van het gezin, Macushla? O, wat een giller.'

De Neef begon van gêne hopeloos te blozen. 'Zoiets ongeveer, Trace. Jezus, wat doet dat pijn, jullie hebben zeker geen brandzalf of zo in huis?'

'Neem een flinke trek, gabber, gaat de pijn van over. Ga zitten, ik ben Jaxter, en dit nummer hier is Liam O'Looney en zo heet ie echt hoor, zonder gein,' hij liet er een bassend gelach op volgen. 'Kennelijk ken je Tracey al,' zei hij niet zonder een scheutje jaloezie.

'Wil je een sneetje?'

'Nee, bedankt, ik heb zwaar geluncht.'

'Nee? We hebben gezond, gekruide kip, of tonijn en komkommer. De garnalen raad ik je af.'

'Echt niet, dankjewel. Die kerel van de radio is echt volslagen geschift.'

'Zij hebben me over hem *verteld*, hoe maaaaaf die is. Om je te bescheuren.'

'Absoluut. Hij denkt dat hij voortdurend een radioprogramma presenteert.' De Neef wachtte tot Jaxter en Liam met het verhaal over de mislukking van 's mans radiozender kwamen, maar ze concentreerden zich volledig op de dope.

Het meisje lachte, draaide de dop van het volgende miniflesje af. 'Iemand een kop thee of koffie? Er zit zelfs een waterkoker in.'

Niemand gaf antwoord.

'Heb je Oom soms gezien? De Man Die Loopt. In de buurt. Recentelijk?'

'The Man from Uncle,' mompelde Jaxter, die het klompje dat hij in zijn vingers hield liet slinken, maar zonder zich te branden, op die onverklaarbare manier.

'Wie is die Oom?'

'Net zo een als die daarginds. Nog zo een die door de hand van God is aangeraakt en over 's heren wegen zwerft met zulk piekhaar, zo'n glimlach, zo'n scheel oog, en zo'n loopje.'

'Jezuschristus!'

'Pak aan, de vredespijp. Je zult het wel nodig hebben.'

Lusteloos deed de Neef zijn plicht, knielde eerbiedig, nam met gebogen hoofd en zonder een woord te zeggen de steel in zijn mond, de kwalijke keutel deinde op het geblakerde gaas van de pijp; pakte de aansteker en met het beetje handigheid dat hem restte zette hij de brand in het illegale spul, wat het ook was, dat het illegaal was kon in elk geval worden vastgesteld, en het enige wat hij moest doen was de niet gekoelde rook niet te diep inhaleren. Het trolleymeisje knielde naast hem, haar dijen stevig tegen elkaar in de lange blauwe baaierd van Schots geruite stof.

'Blaas terug, als je wilt?'

De Neef bracht zijn lippen bij haar naar hem toe gedraaide gezicht, zag sproeten op haar wangen, bruine sproeten, als verfspatten, een kaart van het bestaande universum, maar de huid eronder, zo bleek! Lippen die verschrikkelijk dun aanvoelden, haar mond als een benig gat na de sensualiteit van Paulettes mond. En ook die van de Boeddhistische Snowboarder, bij nader inzien! Weer zo'n slanke, in de lome uurtjes beschikbare verleidster, als ze niet met haar snufferd in een blaadje, haar gat op een pleepot en haar vinger in weinig avontuurlijkers dan haar kleine neusgaatje zat, dacht de Neef, toen hij klinisch de rook uit zijn longen door haar mond bij haar naar binnen liet gaan, waarna hij zich afwendde om een stevige slok opkikkerende, tinkelende, bruisende gin-en-tonic te nemen.

'Echt verruk*kelijke* aftershave, Macushla,' zegt ze terwijl ze uitblies en met haar bovenlijf schudde zodat al die ringen begonnen te rammelen.

‘Aha, krijg jij zo de kat in het bakkie.’

‘Heb gehoord dat jullie antennes voor de mobiele telefoon plaatsen, jongens.’

‘Ja, de banen ernaartoe kappen en zo,’ mompelde de monteur.

‘En moet je dat zien, jongens, manchetknopen! Zie je dat, jongens? Wat je noemt cachet, het vleugje klasse dat je in deze contreien bij mannen zelden meer tegenkomt. En zeker niet bij mijn eerste man.’

‘Waar is de tweede?’ vroeg Liam O’Looney, na lang rook te hebben uitgeblazen, eindigend in een laag gepiep. Tracey hapte met haar tanden hongerig naar de wolken die hij uitblies.

‘Veilig uitgevloerd *en casa*. Weet je wat *en casa* betekent... Macushla?’

‘In huis?’

‘Alle antwoorden goed, schat. Wil je dolgraag op dinsdagavond in ons team hebben voor de kroegquiz.’

‘Toen ik de laatste keer in de Throbs was won ik in de kroeg...’

‘Hoia, wel bij de les blijven, meneer.’

Door alleen zijn hoofd te draaien nam Macushla de steel van de pijp weer tussen zijn lippen, bij de duim van Liam O’Looney.

‘We zijn een verward en gekoeioneerd volk,’ verkondigde Jaxter.

Liam O’Looney draaide zich naar hem toe en probeerde hem scherp in beeld te krijgen. ‘Waarom zeg je dat?’

‘Hé, dat geldt niet alleen voor de Ieren, schaamteloze roomse rakker. Ik keek naar de aantrekkelijke, dat moet je niet verkeerd opvatten, Tracey, naar de *aantrekkelijke* dijen, het fraaie, gezonde voorkomen van de onderdanen van Tracey de Trolley zoals ze hier schuilgaan onder Schotse ruit, niet de ruit van het Black Watch Regiment, maar, en dat is mijn punt juist.’

‘O, wat is je punt?’

‘Ja.’

‘Het blijft toch hetzelfde als het Black Watch, waar of niet? Het is nep. Ziehier Tracey, schone Tracey, een fraai struis voorbeeld van de eenentwintigste-eeuwse Hooglandse vrouwelijke kunne, dat werkt voor de alles beheersende dollar, in uniform? De verlopen Schotse ruit om de toeristen in wonderland te houden.’

'Ik hou van mijn uniform!' protesteerde ze terwijl ze ernaar keek.

'Het is altijd onder in de bodem van de bierglazen dat deze gesprekken... nee... deze overpeinzingen verschijnen,' zei de Neef rustig.

'Meneer Gin-en-Tonic laat het achterste van zijn tong zien.'

'Tongzoen?' Tracey wreef opgewonden haar dijen in de rok die, verdomd, steeds knetterender blauw leek... uitgesproken niet authentiek.

De Neef grinnikte laatdunkend. 'Je probeert te insinueren dat ik een noordelijke Brit ben omdat ik om gin-en-tonic heb gevraagd van een gejat treinkarretje. Dat riekt naar hetzelfde soort puriteinse schijnheiligheid als je al die linkse jongens hoort van "O, daar kijk je toch van op, hoeveel Schotten het rijk wel niet overeind hebben gehouden". We beweren altijd dat we engeltjes zijn en zijn niet in staat het waar te maken. Het is een ander woord voor calvinisme. Hou nou eens op met te doen alsof we een nobel volk zijn. Dan kunnen we een stuk beter met elkaar uit de voeten.'

'Gelijk heeft ie.' Tracey zat op iets te broeden. 'Jongens, kom op, geen politiek gehakketak. Macushla heeft volkomen gelijk. Vooruit, ik trek m'n rok uit. Beloofd is beloofd.' Tracey stond op, onvast, de achterrits maakte het zachte geluid van een stervende vlieg en de rok zakte als een kartonnen koker af. De Neef bleef naar Jaxter kijken die zijn ogen niet van haar in panty's gehulde benen en torso af kon houden, tot ze de rok over zijn hoofd drapeerde.

Iedereen lachte.

'En het vestje gaat ook nog uit aangezien Willie Wallace hier het zo lelijk vindt.'

'Ik vind het *allemaal* lelijk, Trace!' krijste O'Looney en stak de brand in de volgende volle pijp.

'Moest toch uit, jongens, want ik moet effe weg voor 'n piedelplasje, dus niet luisteren. En niet aan me denken.'

Op haar tenen liep ze naar de deur.

'Blijf niet treuzelen. Er waart een lijperik rond,' riep Jaxter, die onwillekeurig een beetje zenuwachtig netjes de Schotse rok op zijn schoot zat op te vouwen.

'Een lijperik,' fluisterde de Neef.

'O, ik red me wel. Als ik niet terugkom, komt Macushla me wel zoeken, toch, schatje van me?'

Macushla keek naar haar. Haar witte blouse hing over haar billen in een slipje. Hij probeerde zich voor te stellen wat voor eindeloos gedoe ze zou moeten ondergaan om 'm bij hem maar een beetje omhoog te kunnen krijgen.

Ze deed de deur dicht.

'Volgens mij is het raak. Zet 's wat muziek op, Liam. Lijkt hier wel een lijkenhuis.'

'Jezus. Jij zit op rozen, man.'

'Ontrief je niet, jongens.' De Neef haalde zijn schouders op.

'Ben je niet wijs, heb je wel goed gekeken, meer been dan een hele emmer drumsticks. Van wat voor muziek hou je?'

'Lizzy of Roses of zoiets.'

Womack en Womack gingen maar door.

'Ach, hou op, O'Looney. Jullie Ieren zijn allemaal van die friemelende priesters. Als je in een ton vol tieten viel, zou je er nog duimzuigend uitkomen. Laat haar nou maar over aan de Ouwe Zuigerstang van het Garrison.'

'Neem van mij aan, jongens, er zit voor iedereen wel een wip in, ik bedoel maar, we zijn beleefd, zij is zo inschikkelijk als de hel en ik zie er geen been in om mijn lepel in de pap van een ander te steken.'

'Dan ga jij maar als laatste, Ierse viespeuk dat je d'r bent.'

'Hé, Macushla, kunnen we jouw manchetknopen lenen!' De monteurs lachten allebei.

'Dat is nou Jaxter hhmmm,' mompelde Liam.

'Wat?'

'Weet niet meer. Vergeten. Dit is wel verdomd sterke shit, zeg.'

Op de gang klonk een schreeuw. Jaxter sprong op als een protestant in de verkeerde kerk. 'Die godvergeten radio-gaga heeft 'r te pakken.'

In de gang volgde een wonderlijk gedraaf, waarop de hond met de band verf om zijn buik zijn snuit de kamer in duwde en zijn bek pal bij het gezicht van Liam bracht die net een lucifer wilde afstrijken. Liam gilde en sprong achteruit over de bank, waardoor de hond alleen maar opgewondener raakte en als een gek in het rond holde en met zijn staart naar de miniflesjes op de trolley zwiepte.

Tracey stak haar hoofd om de deur; ze had haar haar losgemaakt. 'Hij zat als een gek te krabbelen om uit de wc te komen. Hoe is ie d'rin gekomen?'

'Godversodeju, ik ben hartstikke stoned. Ik was hem vergeten. Moet hem per vergissing in de wc hebben opgesloten,' hoorde de Neef zichzelf verbijsterd mompelen.

'Is ie van jou?'

'Jullie... medebewoner zegt dat het zijn hond is.'

'Naar die mafferik moet je niet luisteren. Ik heb het beest nog nooit van m'n leven gezien. Hij is niet in staat om voor een hond te zorgen. Hé, jongen. Haja, jongen. Waarom zit ie onder de verf?'

Liam O'Looney keek over de rugleuning van de bank. ''t Is net als die film.'

'Welke film?'

'Hum, hum.' O'Looney ging staan, hurkte, draaide zich om en zei: 'Hond.'

'Hè? Hoe bedoel je, hum hum hond? Wat moet dat betekenen, pieper dat je d'r bent?'

'Je weet wel, jezus, hum hum hond!' Hij giechelde hulpeloos.

De Neef keek van de een naar de ander, hij kon niet geloven dat ie al zover heen was.

'Rara wie ben ik. Gewoon een woordspelletje. Vooruit meneer Kroegquiz Manchetknopen Gin-en-Tonic. "Hum hum hond". Enig... idee?'

'Hum hum hond. En het is een film?'

'Ja.'

'*Lassie*.'

'Nee, neeje.'

'*Turner and Hooch*.'

Tracey kwam heel voorzichtig weer de kamer in. 'Hallooo, hondje, hondje, hondje, ooooo oei auw, kijk uit!'

'Pindakaas, Trace!'

'Vooruit, Trace, rara wie ben ik. Eh, een film. "Hum hum hond".'

'Drie woorden? Kom op, jongens, het wordt niks met jullie, geef nog 's wat van die hasj.'
'Nee, meer woorden.'
'Meer dan drie woorden?'
'Godverklote, dat kutmormel zwaait zo de dope weg, zet 'm buiten.'
'Geef 'm d'r een stukkie van.'
'Ach, ze gaan alleen maar van hun houtje en schijten de boel onder. Dan moet je ze naar buiten dragen.'
'Hé, O'Looney, maak je 's nuttig en stop hem in het schuurtje.'
'In het schuurtje?'
'In het "schu-ur-*tje*".'
'Denk dat ik dat niet voor mekaar krijg, man.'
'Zorg dat ie godver buiten komt. De deur is open, ze doen hem nooit op slot voor het geval ze erin moeten slapen. Vooruit naar buiten d'rmee en stop die hond d'rin.'
'Wat als ie alles onder schijt?'
'Best. Laat hem maar gaan dan. Kan me geen barst verrekken; zorg dat ie buiten komt.'
'Waarom zit er verf op? Is dat verf?'
'Nog iemand iets drinken? Macushla, liefie, alles kits, je bent wel erg stil.'
'Ik wil nog wel een blikje Tennentsbier...'
'Ik ook.'
'Daarna slaan we een bres in de miniflesjes.'
'Ik denk nog.'
'*Fluke.*'
'Neeeeeeje.' Liam krijste. 'Hum hum, hond,' hij gebaarde, draaide zich om om naar zijn kont te kijken.
'Weer wormen, Liam?'
'Ja, ja,' hij priemde triomfantelijk een vinger naar Jaxter maar liet toen zijn schouders verslagen hangen. 'Nee.'
De Neef likte over zijn lippen en zei: 'Wat vinden jullie nou van die film die ze hier aan het draaien zijn, dat *Kidnapped*-geval?'
'O, daar spelen we in mee, als er benzine is.'
'De benzine raakt op, man.'
'Ik heb geen auto. Kom op, laten we zorgen dat we nog wat

verder heen raken.' Tracey greep naar de pijp.

'Dit is de nieuwe dope,' verkondigde de Neef hardop. 'Ik heb het gister ook gerookt. En de avond daarvoor ook, geloof ik.'

Liam gniffelde.

'Dit is *slipped disco*, dit is de *brain police*.'

'Ik wil figurant in die film zijn en een musket hebben. De Man Die Loopt verstopt zich daar misschien, in een uniform. Ziet ie d'ruit als alle anderen. Moet kennelijk iets uit de achttiende eeuw worden. Zal hem moeten gaan zien. Ik ga nooit naar de bioscoop.'

'Wie zit erin?'

'Een hond.'

'Wat? Nee, in die film die ze hier aan het opnemen zijn.'

'O, mag god weten.'

'Ik weet 't.'

'O, toch niet jij.'

'Die acteur, maar die is nog al mysterieus. Hoe heet ie nou?'

'Ach, doe ons een lol, heet ie zo? Hum hum hond, de rapper?'

'O, om je te bescheuren.'

'Wat?'

'En hoe bedoel je mysterieus?'

'Nou, ik geloof dat hij helemaal geen vrienden heeft.'

'Ach, flauwekul.' Jaxter schudde zijn hoofd. 'Hij is er nog steeds niet overheen dat die kwarteltjes met het Mir-ruimtestation naar beneden zijn gekomen, die ouwe Lada die rond de aarde cirkelde, maar de godganselijke dag graaft hij met zijn bulldozer een hele hoop diersoorten naar god. Hij heeft een keer een heel konijnenpark opgegraven.'

'Dat was een ongelukje.'

'Dus strikt genomen zijn jullie geen monteurs?'

'Om de dooie dood wel, grote bek.'

'Tuurlijk wel.'

'Wat doe jij zelf dan wel helemaal?'

'Ik zeul wat met zakken en hou me de hele dag schuil om ratten af te maken in een opslag van landbouwartikelen.'

'Dan laten we de zaak rusten.'

'Die acteur, hè, waar ik het over had, ik heb eens een interview met 'm gezien in zijn villa in Hollywood, maar het, het was... bespottelijk.'

De Jaxter sputterde: 'Het was wat?!'

'Bespottelijk. Achter hem kon je zien dat er in dat stomme huis van hem geen meubilair stond en hij maar net doen of alles kits was: "Zal ik koffie voor jullie zetten, mannen, hhmmm, in deze kast geen koffie, waar is de fluitketel?" '

'Maakt niet uit, ik heb een waterkoker op mijn trolley.'

'Sssjt, nee, hij is een verhaal aan 't vertellen.'

'Dacht dat jullie in slaap waren gevallen.'

Haar wang lag op de dij van de Neef.

'Ik zweer 't, er stond geen meubilair in dat pand van 'm in Beverly Hills. Treurig als je erbij stilstaat. Dat hadden ze teruggevorderd. Problemen in zijn bovenkamer. Ik had echt met 'm te doen. Die zit in die film. Ik leef echt met 'm mee.'

'Waarin. Waar heeft ie het over? Zet die hond eruit.'

'Heet ie David of Alan?'

'WIE?'

'Tracey, wat dacht je ervan om ze voor de jongens eruit te halen?'

'Best.'

'Zie je nou? Twintig jaar vrouwenemancipatie door de plee.'

'Eerst nog wat dope, dan doe ik 't.'

'Voor wat hoort wat. Hier dan.'

'Ik ga naar buiten. Ik zet die hond buiten. Hond. Naar buiten!' Hij wees.

'Hoe denk je dat ie aan die verf komt?'

'Met mijn eerste man hebben we een keer een kat gehad, maar die sprong naar het gegons, raakte helemaal verstrikt in de vliegenvanger en schoot de deur uit. Heeft zichzelf gewurgd.' Ze legde een ongebrand stukje op de pijp en zoog het gulzig op, boog voorover zodat haar kont uitstak vlak naast de uitgespreide hand van de Neef, gevoelloos op de smerige vloerbedekking, en ze bracht haar mond bij die van Jaxter om de rook door te geven.

Liam keek toe en mompelde: 'Wat was dat met die kwartels in het Mir-ruimtestation?'

De Jaxter blies uit en mompelde: 'Laat 'm z'n waffel houden.'

'Oké, ik ga d'ruit. Kom op, jongen, kom op.'

'Prima, d'ruit.' De Jaxter strekte zijn been om de deur dicht te gooien, maar zijn been haalde het niet en zwiepte maar wat in de lucht. Hij was kennelijk ook ver heen.

'Om je te bescheuren.'

'Als jullie monteurs zijn en voor de mobiele telefoonmaatschappij werken... kun je dan voor mij gratis een mobieltje versieren? Ik geef je er een fototoestel voor terug.'

'We hebben d'r een doos vol van staan. Sommige werken niet. Graai d'r maar een handjevol uit. Een fototoestel? Wat voor lens?'

'Schiet eens een plaatje van me dan.'

'Doet ie, als jij ze d'ruit haalt, in plaats van al dat gebluf. Volgens mij zit je vol loze praatjes, Tracey de Trolley.'

'Oké. Daar komen ze.' Ze begon de knoopjes van haar blouse los te maken.

'Verrek.'

'Ja hoor, ik heb hem hiernaast. Zou best 's even naar die telefoons willen kijken.' De Neef probeerde op te staan.

'Hoow.' Tracey hield een van zijn benen vast toen hij probeerde op te staan.

'Hé, rustig aan, Macushla, er is nog zat te drinken, man. Ga zitten, makker; zitten, je krijgt ze heus wel van me,' zegt Jaxter, maar omdat ie een makkelijk slachtoffer zag, waardoor hijzelf met het meisje meer kans maakte, begon hij weer een sterke pijp voor de Neef te stoppen.

'Bergwandelen is het enige goeie aan mobieltjes.'

'Hoe bedoel je?'

'Nou. Bergwandelen. Eist meer dooien dan welke andere sport, stierenvechten, boksen, steeple-chase, waarbij aardig wat lijken vallen.'

'Trouwens niks aan verloren, zijn allemaal snobbers.'

'Niks tegen snobbers.'

'Wist 't wel! Gin-en-Tonic spreekt.'

'Heb mensen in de bergen gezien, op zeshonderd meter godbetert, man, op hoge hakken, en een keer een vrouw met een handtas aan de arm!'

'Ik ook; ze verbieden boksen, maar ze zullen bergwandelen niet verbieden omdat yuppen het leuk vinden.'

'Ik heb niks tegen yuppen. Als yuppen ervoor zorgen dat ik in mijn dorpswinkel kiwi's kan krijgen, des te beter.'

'Ik bedoel maar, al die godvergeten tijdverspilling en het geld – zoals morgen weer – ik ben allang blij maar ik zou het toch verbieden.'

'Mijn Oom overleeft *alles*. Trekt in de winter door de bergen, zo gezond als een vis. Het gestel van een os, dat die dood neervalt zit er niet in. Kan nog jaren mee. Die wipt van Glen Lochy naar Loch Lomond dwars over de flank van Ben Lui voor tien biertjes in Arrochar. Maar hij heeft één ding dat je niet zult willen geloven.'

'Wat, zijn pik?' gniffelde ze.

'Nee, als ie zat of stoned is, wat ie meestal is, dan heeft ie een zeldzaam evenwichtsprobleem in zijn binnenoor en dan kan ie geen heuvel op of af, zelfs maar de minste glooiing, niet alleen trappen, de flauwste helling. Hij had altijd een waterpas in zijn rugzak om dronken, op zijn knieën ergens op een binnenweg het niveau te peilen! Als ie probeert een helling op of af te lopen dan slaat ie tegen de grond. Wat een giller. Dat zou het tenminste zijn als ie niet steeds na elke val overeindkwam. Hij moet enorme omwegen maken, buitensporige omwegen zou je wel kunnen zeggen; hij zwerft kilometers en kilometers door het land. Als die Oom van mij 'm om heeft kan ie alleen in de richting die zich plat voor hem uitstrekt, als ie dan bij een helling komt moet ie terug, dus als ie ladder is loopt ie soms dagenlang op één plek stuk en moet ie een nachtje ontnuchteren om weg te kunnen komen.'

Tracey en Jaxter staarden hem aan, kennelijk in vervoering over de beschrijving van deze kwaal en voelden intens mee met de voor de hand liggende nadelen.

'Arme man.'

'Nee, arm is ie niet. Hij is rijk, hij heeft overal onder rotsen geld weggestopt en hij heeft een groot huis buiten Tulloch Ferry dat naar de kinderen had kunnen gaan en hij is gek en een viezerik.'

Met een zware stem vroeg Tracey: 'Ooit champagne gedronken uit de lende van een meisje?'

‘*Heb* je champagne?!’ De Neef keek op.

‘Nee. Wat dacht je van wodka met Irn Bru? Of een lekkere wijnpunch opgewarmd in het lendekuiltje?’

‘Een laatste rokertje.’

‘Zo mag ik het horen, hoe-heet-je-ook-weer.’

Jaxter probeerde de pijp te pakken maar liet hem vallen. ‘Barst,’ boog zich toen voorover, strekte zijn vingers en hij had de trouwe groene pijp weer in de klauwen.

Er klonk een schuchter klopje op de deur.

‘Rot op.’

‘Oké. Zie je morgen.’

‘O, het is O’Looney. Kom erin, sukkel. Ik dacht dat het de radio-gaga was.’

Liam O’Looney kwam bescheiden de kamer in.

‘Waar heb jij uitgehangen?’

‘Ben ik lang weg geweest? Ik heb geen benul meer.’

‘Wie?’

‘De hond?’

‘Welke hond?’

‘Laat maar zitten. Ik weet nog wat er is gebeurd.’

‘Je bent net op tijd.’

‘Waarvoor?’

‘Voor meer.’

‘Meer wat?’

‘En.’

‘Ja?’

‘Haar...’

‘Maar.’

‘Wat?’

‘Dacht dat ik voor morgen maar onder zeil moest.’

‘Neem nog een *trek*, man, doe me godver een lol. Tracey gaat helemaal uit ’r dak, waar of niet, Tracey?’

‘Nou en of. Dan...’ Ze ging zitten. ‘Dan ga ik op m’n knieën en mixen jullie een punch in mijn lende. Ik heb daar echt een kuiltje, met gouden haartjes erin. Eerst drinken jullie met een rietje en dan gebruik je op ’t laatst... je mond.’

De Neef nam de eerste trek, hield de rook vast. Tracey bracht haar gezicht dichtbij om de rook over te nemen, maar de Neef hield een vermanende vinger geheven, schudde zijn hoofd en draaide het weg om uit te blazen.

'Wat zonde.'

De Neef verklaarde: 'Waar ik uiteindelijk zo moe van word is niet de decadentie overal om me heen, het is desinteresse, nee... niet desillusie. Desin*tegratie*... dat is het woord. Weten jullie?' ging de Neef door, 'dat sommige soldaten niet in staat waren om, eh, het slagveld thuis te brengen.' Zijn oog viel op iets in de hoek wat hij nog niet eerder had gezien. 'Verrek, het is een drumstel!'

'Kun je drummen?' vroeg Tracey.

Jaxter knikte met een oog dicht en zijn adem ingehouden om de rook in zijn longen vast te houden.

'Moet effe een roffel op de drums weggeven.' De Neef stond op, deed een stap vooruit en kletterde onder een geweldig gegalm van de met klinknagels doorboorde cimbalen en gedreun van onderdelen die naar alle kanten uit elkaar vielen op het drumstel.

'Bingo! Haal 'm eraf, hij moet ERAF. Dat drumstel heeft duizend pond gekost.'

O'Looney rolde de Neef van het drumstel af, die op zijn rug op de grond viel en begon te snurken.

'Haal 'm hier weg. Hé, Ier, breng 'm maar naar het "schuurtje".'

'Ik krijg hem nooit in mijn eentje weg, hij is zwaar, hoor.'

Tracey stak een vinger op. 'We laden hem op de trolley.'

'Een moordidee.'

'Maar wel de rode wijn eraf halen, zodat jullie een punch in het kuiltje van mijn lende kunnen maken. Wel jammer van Macushla, maar met jullie komen we d'r ook wel uit!' Ze begon weer een pijp te vullen.

'Gelijk heb je, schat. Ik zal je niet teleurstellen.'

'*Dances with Wolves*!' krijste Liam.

'Wat?'

'Dat was de film die ik me probeerde te herinneren.'

' "Hum hum hond" staat voor *Dances with Wolves*! Hou op met shit roken, man!'

'Je weet wel, hum hum, de hond krijgt de volle laag.'

Ze haalden alle drank, KitKats, suikerzakjes, sandwiches, tonic, limonade, Coca-Cola, wortel-madeirataart van de trolley af. Liam en Jaxter tilden de Neef boven op het restauratiewagentje.

'Hier, pak zijn rugzak ook maar. Kijk even of dat fototoestel waar ie het over had erin zit.'

'God mag weten wat er allemaal in zit.'

'Hang hem hier maar op en zijn jack ook en gooi alles maar naast hem in het schuurtje.'

Door hem op zijn plek te houden konden ze de Neef door de voordeur naar buiten rollen, waar het afstapje maar laag was en om het huis heen door de zwaarbewolkte nacht. De achterkant van de Hoogte van Nazareth kwam regelrecht uit op open land en ze rolden hem een eindje door. De trolley maakte een ander, zwaarder geluid en rinkelde niet meer.

Het hoofd van de Neef hing ver achterover en hij mompelde: 'Hier. Hier is prima, Paulette.'

'Je kunt de boom in met je Paulette.'

De twee mannen kwamen bij het 'schuurtje', schoven de deur open en tilden hem op en naar binnen. 'Leg zijn jack over hem heen, het is buiten koud.'

In de diepe duisternis van halfwakende dromen kwamen dezelfde oude nachtmerries; wanneer hij bij bewustzijn, de grootste droom van allemaal, kwam, zag de Neef de piepkleine rode lichtjes knipperen en wist hij zeker dat hij de stemmen van heel veel mannen in de duisternis om zich heen kon horen. Af en toe kwam een wolvengedaante in zijn buurt en likte zijn gezicht.

Er waren zelfs jaren dat De Man Die Loopt daadwerkelijk de steun ging ophalen, een of andere invaliditeitsuitkering, en hij was de eerste in deze contreien die een steunzolenvergoeding aanvroeg – en kreeg. Dat was eind jaren zeventig, misschien zelfs in het begin van de jaren tachtig, voor hij de maatschappij definitief de rug toekeerde, zijn gekoesterde loonstrookjes, ziekenfondsnummer, premieobligaties, rijbewijs verbrandde en in ritselende vlagen zijn papier-machétunnels in elkaar begon te flansen. Zijn paspoort bewaarde hij echter wel, opgerold in een leeg en schoon blikje Noord-Atlantische haring in tomatensaus.

Iedere keer als er weer veertien dagen om waren was hij de zuipers van het woonwagenkamp een behoorlijk deel van zijn uitkering schuldig, maar hij was geslepen; als hij het geld uitbetaald kreeg nam De Man Die Loopt altijd een taxi naar de dorpen zo'n vijftig kilometer naar het zuiden, dronk zich dan langs de hotelbars en afgelegen herbergen een weg terug naar huis, sliep bij bergbeekjes onder kleine spoorbruggen, in dakloze railleggershuisjes of in ballasthoppers die schudden als de middernachtelijke goederentrein onder langs de berg denderde. Eenmaal thuis kon hij ervan op aan dat er geen cent meer over was die ze hem nog konden aftroggelen.

Toen hem in het testament van zijn moeder haar huis en wat contant geld werd nagelaten, wist hij dat hij snel moest handelen in reactie op zijn natuurlijke gulheid. De Man Die Loopt arriveerde bij het station in de Haven in een oogverblindend schoon pak en kondigde de zuiplappen in hun hoekje, als Caesar die zich tot zijn volk richt, aan dat hij naar Glasgow ging waar hij in een fauteuil de balcon niemand minder dan de Moody Blues ging zien! De drinkers zwaaiden hem omstandig uit (nadat hij een enkele fles keukencognac had uitgedeeld). Hij blies snel de aftocht in een taxi met de bedoeling er bij het eerstvolgende station uit te stappen en zijn reis per trein voort te zetten. Maar hij kreeg de smaak te pakken van een boemeltocht in auto met chauffeur, daarom werden er glaasjes ingenomen en gul rondjes weggegeven in de Gluepot, de Falls, de oude Coaching Inn en het brouwerijtje van de Engelsman bij het spoorwegstation, waarna de taxichauffeur hem steeds in de auto terugzette op de haastig over de achterbank uitgespreide lap plastic, maar daarna gingen ze door de pas naar de Turbines en de Tight Line en het hotel ertegenover, vervolgens naar de twee stations (het hoge en het lage) op zoek naar een trein naar het zuiden en ten slotte het Junction Hotel waar de vermoeide taxichauffeur, wiens geduld ondanks de buitensporig hoge ritprijs was uitgeput, eieren voor zijn geld koos. Verticaal, zo stijf als een plank, met gesloten ogen liet De Man Die Loopt zich door de bierleverancier op zijn steekkarretje tegen de helling op rollen en in de trein kieperen, maar die reed naar het noorden, terug naar de Haven! De Man Die Loopt stond al weer voor het station, waar hij onder de drinkers een nieuwe fles cognac liet rondgaan, nog voor de voorzichtige taxi terug was! Van de erfenis was geen cent meer over, zijn gestoomde pak was veredeld met modder en kots.

Once Upon a Time in the West

De Neef kwam in wakende toestand vanwege de opengeschoven deur en het binnenstromende grijze, vissenhuidlicht.

'Van wie is die hond? En *wie* is dat?'

'Ach, hij is wel kits,' verzekerde Jaxters stem.

De Neef opende knipperend zijn ogen. Twee astronauten boven hem. Moet kunnen.

'D'ruit.'

'Dat mensenkind komt alleen mee voor de sprong.'

'Maar die hond gaat er wel uit.'

Nog meer lichamen klauterden de schuur in. Liam O'Looneys zware Ierse accent kwam fluisterend dichtbij. 'Macushla, je hebt gisteravond wat gemist, jongen.'

De schuur begon als een gek te trillen. Trein in aantocht, restauratiewagentje, retetering, en de maag van de Neef draaide om. Wat een godvergeten lawaai. De Neef ging rechtop zitten en wreef in zijn ogen.

'Zware nacht gehad, makker?' zei een wielrenner met helm op naast hem.

De Neef boerde, alleen lucht, zag kans om te knikken, voelde zijn maag verschuiven, probeerde op te staan. Een wielrenner?

Iemand duwde hem nu terug, maar de deur was zo dichtbij, een paar passen verwijderd van frisse lucht. Voor hem bewoog een mond, maar zonder geluid. Geen geluid want er was alleen maar geluid. Een ongelooflijk, allemachtig godvergeten kabaal. De knakker moest de radiopresentator zijn want hij droeg een koptelefoon en hij zette een wielrennershelm op het hoofd van de Neef.

'Je moet blijven zitten,' zei een mysterieuze stem, afkomstig van een niet thuis te brengen bron in zijn oor.

'Moet frisse lucht hebben.'

'Oké, doe het tuig maar over zijn rugzak heen.'

De Neef kreeg een tuig aan en werd naar de deur van de schuur gevoerd. Het Black Garrison lag twee- tot driehonderd meter onder hem alsof hij was gestorven en herrezen; de sluizen van Neptune's Staircase kropen onder zijn vastgehouden elleboog door en een kokette nevelsluier galonneerde de plooien en zomen van het landschap als de optrekkende rook van zwaar musket- of kanonvuur.

'Reteteringlijers, ik zit godver in een helikopter!' schreeuwde de Neef in zijn koptelefoon terwijl hij achterwaarts naar de andere muur sprong, vertraagd door het aan staaldraad vastgeklikte tuig, dat hem het gevoel gaf dat hij onzichtbaar van achteren werd vastgehouden. Hij wist donders goed wat er aan de hand was! Ze namen hem mee om hem in Loch Ness te gooien, met het zwarte water, en de steile zijkanten die als een afzichtelijke gleuf tussen borsten samenkomen tot hij niet dieper kon zinken en stevig werd vastgehouden, gestrikt, en de laatste belletjes uit zijn opgeblazen wangen opstegen!

Ruisend gegiechel van veelvuldig verkneukelen drong in de koptelefoon tot hem door. De helikopter helde schuin over, stak in noordoostelijke richting zijn neus in de ochtend en volgde de route van de hoofdweg. Links van hem kon hij het rek met draagbare radio-ontvangers zien, waarvan de oplaadlichtjes knipperden en waardoor de hele nacht verre stemmen waren uitgezonden.

'Bergreddingstraining, makker,' zei Jaxter. 'Je gaat mee voor de grote sprong.'

'Je kan doodvallen. Laat me uit dit ding.'

'Er is hier iemand die eruit wil,' gniffelde hij. Je zag zijn lippen de woorden vormen maar het geluid kwam zachter en lager je oren in.

'Zal 'm leren om in Luchtmachtmaterieel te slapen. Toe maar, gooi hem er maar met de rest uit, op het dak van Lachy's caravan,' kwam de bekakte stem door de helmkoptelefoon. 'Goed, jongens, bommen los!'

Inmiddels zwaaide de helikopter in een eindeloze spiraal rond zodat de Neef zich vastklampte aan de stang boven hem; hij keek verwilderd om zich heen. Zeven of acht man, die er allemaal uitzagen als berggeiten: met hun baarden, rugzakken, de getrimde roodschrale kokkerds, al die fleecelagen en klimschoenen, voor het deurgat gebogen. Een lierman zat voor hem met bungelende benen naar buiten te glimlachen, terwijl damp vlak langs de open zijdeur bewoog, godverklote, en door de deur viel een intens fel licht. Ze begonnen ongeopende bierblikjes en andere troep naar buiten te gooien. De Neef strekte voorzichtig zijn nek en keek achterom. Ze hadden het steeds gemunt op een eenzame caravan aan de rand van een weiland. Sommige bierblikjes lagen op het mossige dak. Een nietig, half gekleed persoon kwam met wilde hemelwaartse gebaren naar buiten. De Neef had moeite om een plotselinge vlaag van blijdschap te onderdrukken, van superioriteit over de mensen beneden.

'Waar wil je er dan uit?'

'We nemen hem niet mee terug naar de stad. We moeten je in de heuvels afzetten. Kan niet landen vanwege de mist,' gonsde de stem van de piloot.

'Het voetbalveld van Spean Bridge recht vooruit.'

'Takel hem maar omlaag om te zien of hij een doelpunt kan maken als we hem met honderd kilometer per uur in het veld brengen. Ho, ho, ho.'

'Retetering,' de Neef slikte. De Bergredders staarden hem aan, hun tanden tussen hun baardhaar bloot lachend.

In de subcultuur van lifters is iedereen bekend met de beste plek als je naar het noorden naar of door Inversnecky wilt: net voorbij de Little Chef in Spean Bridge waar je toegang hebt tot twee caravanroutes: de Laggan-route naar het noorden waarvan Clough melding maakt –

> Hoe voor de kettingpont van Laggan op een ochtend in de vroegte,
> Bij verstek van de veerman een schone deerne uit haar bed kwam;
> En, terwijl Philip en zij samen aan de zwengel draaiden,

En de ketting opwonden waarlangs de boot over het water
gaat,
Verstrengelden handen zich met handen...
Zagen ze lippen zich met lippen verstrengelen.

– of de weg via het Commando Monument en naar de gastvrije, beschuttende, zij het onaangename, megakoeienstallen van de Great Glen Cattle Ranch en verder door over de oude spoordijk naar Fort Augustus en verder langs Loch Ness op de oostelijke (als men eropuit is heimelijk de stad Inversnecky te benaderen) of westelijke oever.

De Neef maakte geen bezwaar toen de helikopter ronkte om vaart te minderen en naar de vage lijnen op het voetbalveld van Spean Bridge daalde.

Dichter bij de deur van de helikopter kon hij zien hoe weids het uitzicht vanuit de wentelwiek was. Wat had het voor zin om die maffe stadsklootthommels van berghellingen te redden, terwijl ze eigenlijk de nevelen zouden moeten afstropen op zoek naar die geslepen Oom van hem? En mijn zevenentwintig ruggen, dacht de Neef.

Hij boog zich over naar de lierman en schudde hem aan zijn schouder. De lierman stak een hand op en gebaarde dat hij moest blijven zitten waar hij zat. De wentelwiek was ongeveer drie meter boven de grond, zodat de stuwing van de rotorbladen het voetbalveld tot een romige witte massa van rillende grassprietjes plette.

'Hij kan van hier een bus pakken, de bussen rijden nog. Zorg dat ie vooral die helm niet meeneemt, graag,' klonk het in zijn oren. De helm met ingebouwde koptelefoon werd langs zijn oren van zijn hoofd getild.

Hij schreeuwde naar de lierman: 'In het hele gebied zoeken ze naar die man, mijn Oom, dat... individu, dat geval. Kijk op de wegen naar hem uit, op de lagere hellingen, of ie daar loopt, sluipend als de verschrikkelijke yeti, een verdachte loper, versta je me? Kijk uit naar een verdachte loper!'

De lierman glimlachte, schokschouderde en wees naar de zijkant van zijn helm, stak daarna een vinger naar de aarde. De Neef sprong op de grond en toen hij die raakte sloeg de neerwaartse druk met een klap op zijn schouders en hoofd. Onhandig hurkend holde hij weg van de rotorbladen, draaide zich om, maakte met beide handen het gebruikelijke duimen-omhooggebaar en zag een aantal non-verbale tekens die voor hem bestemd waren: 'grote rukker', van de lierman; 'pijper', van O'Looney; de traditionele v's van de Jaxter; 'me rug op', van de glimlachende piloot die hoog in zijn cockpit zat. De Neef richtte zijn vingers naar de piloot terug als een pistool met de duim als haan die met trage, maar doelgerichte onherroepelijkheid omlaagkwam. De piloot keek niet meer. Het lawaai van de motor leek af te nemen toen de heli opsteeg en ineens naar het oosten wegschoot zodat het geluid verrassend snel vervaagde.

Wat een binnenkomer en geen levende ziel om het te zien. Typisch, retetering, dacht de Neef. Ineens sloeg hij op zijn offshorejack, 'Hé, mijn fototoestel, stelletje hufters!', maar hij vond in de zakken alleen twee mobiele telefoons. Hij dacht dat ze wel van topkwaliteit moesten zijn, zo licht waren ze, maar niks hoor, er zaten gewoon geen batterijen in. Hij keek naar de helikopter, glinsterend in de zon boven de nevellagen, toen kwam zijn openbaring. Hij zei de woorden hardop, in het felle licht tussen gelige nevelwolken die ochtend in Spean Bridge terwijl hij de wentelwiek zag verdwijnen; en dit waren de gefluisterde, wonderlijke woorden van openbaring: 'Paspoort opgerold in een leeg, schoon blik Noord-Atlantische haring in tomatensaus.'

En vogels zingen niet, zelfs de kraaien vliegen er niet door, en hij voelde de kou toen hij er vanuit de zon inliep. Hij stond een tijdje in de spookachtig verstilde ingeslotenheid van de mist. Er bleef vocht op zijn gezicht en de plasticlaag van zijn jack achter, maar hij kon het zonlicht boven in de dikkere en dunnere dampen zien schitteren, de duisternis van de lichtblauwe hoop daarboven en verderop voelen. Er was geen enkel voertuig in noordelijke richting voorbijgekomen. Slechts één voertuig was slingerend heuvelaf naar het zuiden gekropen, met een kapotte koplamp, de andere eenzaam en schijnbaar onzeker in de mist. Hoewel het niet regende stortte er een beek omlaag uit een donkergroene den links van hem in een onophoudelijk geklets van druppels.

Het geluid van een voertuig dat naar het noorden reed naderde door de mist, met maar één koplamp, alweer! Ruitenwissers in lage stand: hij stak een duim op. Hij dacht dat de vierdeurs langzamer reed uit voorzorg en woede om hem, liftend met zo weinig zicht, met zijn rug naar een helling en nat gras onder zijn voeten, maar de auto begon zo traag te rijden dat hij alleen nog maar kon stoppen. Hij stopte bijna vlak naast hem en het passagiersportier zwaaide open. Maar was dit niet dezelfde auto die zojuist naar het zuiden reed? Absoluut dezelfde. Waren deze reizigers de weg kwijt?

Nee.

Dit was een auto die de wegen bevoer onder de overduidelijke piratenvlag van Jolly Roger. Een bestuurder, twee man achterin in de klassieke formatie, de bijrijderplaats schrikbarend leeg en maar wat verleidelijk. Deze drie mannen hadden de verzamelnaam bullebakken niet beter kunnen verbeelden: de oude littekens van dierbare knokpartijen onder de stoppels van hun geschoren hoofden, als de hoofdwegen van de Azteken in Chili, zichtbaar vanuit de ruimte.

De Neef boog zich voorover en keek naar binnen, liet zijn blik over het drietal gaan. De bestuurder en de anderen keken hem aan, degene in de verste uithoek achterin zat uit het raampje naar buiten te kijken hoewel daar slechts mist dreef in dampen van zo'n grote dichtheid dat je losse vlokken kon zien hangen en bewegen alsof ze elektrisch geladen waren.

'O. Hallo!'

'Vandaag kun je nog lang op een lift wachten, makker. Weet je niet dat er geen druppel benzine meer in het land te krijgen is. Rij maar mee. Geef je zak maar door. Geef je rugzak maar *door*.'

De Neef stapte in en de auto begon weer zwoegend in z'n één door de bocht op te trekken en daarna in z'n twee en drie voor iemand een woord zei.

'Wat een mist, hè! Vreemd. Spookachtig zelfs.'

'De vogels vliegen niet.'

'Ze hebben in de Little Chef een eind terug een lekker Olympisch Ontbijt,' zei degene die door het raampje naar buiten had zitten kijken.

De Neef voelde zijn lege maag als een vislijn trekken. Hij had eigenlijk toch een sandwich van Traceys trolley moeten nemen!

'Maar hun keuken, hun koksbeleid, is nou niet bepaald flexibel te noemen. À la carte, weet je wel, iets wat niet op het vaste menu staat. Ik heb zelf lang in de horeca gezeten,' hij ging op de achterbank verzitten, 'en het geheim van elke goede keuken is flexibiliteit.' Hij hoestte.

'Ik ken degene van wie je het hebt geleerd: Fanny Craddock, hè!'

'De Flitsende Fijnproever.'

'Ik hoor hier niet bij. Let maar niet op deze... ignormussen.'

'Ignor*a*mussen.'

'Ik had in die tent echt zin in een boterham met stroop. Als ontbijtje. Zo vroeg uit mijn nest gehaald, hè?' Hij boog zich voorover en sloeg de bestuurder op de schouder. Toen keek hij naar de Neef. 'Heb jij wel eens zin in een boterham met stroop?'

'Doodenkele keer,' mompelde de Neef.

'Zo, doodenkele keer?'

'Dat zegt ie toch, doodenkele keer?' De man achter hem grinnikte.

'Hou je soms meer van een boterham met virus?'

'Nee.'

'Het zegt nee.'

'Je hoort toch wat ie zegt.'

'Nee. Zo nadrukkelijk als de hel!'

'Neeje,' giechelde hij.

'En wat vind je van vijgenstroop, ha ha ha ha ha ha?'

'Ooooo, ha ha ha ha ha ha ha ha.'

'Dan zou je nu op je stoel omhoogkomen, kerel.'

'Je zou er de schijterij van krijgen, kereltje.'

'Ja. O, moet je hem horen, hoor hem!!!!'

De groep Traffic begon te spelen, opname op het stereocassette-kutsysteem van de auto. 'Traffic': was dit weer zo'n ironisch commentaar op automuziek, zeker *à la* 'opgevangen door de vissers'.

Het nummer 'Feelin' Alright' begon en de bestuurder zette het op wonderbaarlijke wijze harder door alleen iets aan te raken op de tekentjes naast het stuur. *Weer* een Dave Mason-nummer, geloof ik. Retetering. Komt er dan geen eind aan? Weer een lievelingsnummer van De Man Die Loopt dat het familieweb was binnengeslopen, maar met al zijn vertrouwdheid weinig vreugde had gebracht.

De mannen in de auto begonnen te zingen, de bestuurder als eerste, daarna de man achter de Neef, ieder nam een couplet voor zijn rekening dan samen het refrein. Ze zongen alledrie goed, gingen op in die klaaglijke, droeve regels. Vele uren vrije tijd, of lange autotochten, moesten erin zijn gaan zitten om een perfecte imitatie te bereiken van Dave Masons zang. Niet verstoken van enige ijdelheid. In de refreinen, waarin de mannen een soort uitgelaten vreugde ervoeren deinden ze heen en weer terwijl het landschap zwierig langs schoot.

You feelin' alright?
Not feeling too good myself.

De man achter de Neef klapte. 'Verbazingwekkend, niet? Verbazingwekkend dat Dave Mason als zanger overeind kan blijven naast pikkie Stevie Winwood.'

'Ja, maar het is waar, hij is goed.'

'Hé, hé, zet je mistlampen uit daar beneden bij je knie. Zonder mistbanken kunnen ze een bestuurder achter je verblinden. En we zitten niet op een ongeluk te wachten.'

'Geen flauwekul.'

'Hoe dan ook. Hoe dan ook, roep om te bestellen en recht voor z'n raap zeg ik tegen haar, de serveerster, daarginds in de Little Chef: "Ik had graag een boterham met stroop, schat."

"Ik ben bang dat dat niet op de kaart staat," zegt ze.'

'Niet op de kaart,' herhaalde de ander achter de Neef, en legde zijn handen voor zijn ogen zodat het leek of hij even rustte of zelfs in slaap viel!

' "Ja, het staat niet op de kaart, u kunt alleen bestellen wat op de kaart staat."

"Wat staat er op de kaart? O, nou moet je eens horen, een boterham met stroop is een boterham met stroop, schatje. Ik bedoel, jullie hebben toch wel sneetjes brood, of niet, *of niet* soms? Er staat een afbeelding van in deze overbelichte opgeplakte foto van de kleurrijke glorie van jullie fantastische Olympisch Ontbijt hier voor me. Zie je. Dus als je dat verrukkelijke, zij het keiharde, geroosterde brood kunt maken, dat hier zo duidelijk staat afgebeeld, dan hebben jullie sneden witbrood van een versheid die geen regelrechte verbranding behoeft om het zogenaamd voor toast door te laten gaan." '

'Een afbeelding, hè? Hoor hem, huh, huh, huh.' Dus. Niet in slaap. Helemaal niet. In ruststand.

' "Eh," zegt ze, "eh!" en giechelt! Het onderwijs vandaag de dag.

"Je moet niet 'eh' zeggen als je in de horeca werkt, schatje." Dat advies mocht ik haar niet onthouden. "Dat staat in elk geval onomstotelijk vast en jullie hebben stroop, of op zijn minst ahornstroop, want ik zie hier dat jullie pannenkoeken serveren *à la* de Verenigde Staten." Overigens voor een echte boterham met stroop komt Yankee-ahornstroop niet in aanmerking... bah, het moet altijd Lyle's stroop zijn met die arme dooie leeuw overdekt met bijen, of zijn het vliegen, op het blik, het blik met dat drukdeksel dat je iedere keer met de punt van een mes moest openen. Herinneren jullie je het zuigend gevoel, jongens, als je het deksel van Lyle's Golden Syrup loswrikte en die dooie leeuw op het blik die ons als kinderen allemaal zo fascineerde, hè? Waren we er niet allemaal door gefascineerd, heren? Allen voor een en een voor allen. Uit de kracht kwam zoetigheid voort.' Hij liet zijn pompeuze stem dalen en zegt wat zachter: 'Hebben ze die eraf gehaald?' Zijn blik ging vragend de auto rond. 'Heeft het Wereldnatuurfonds of wat dan ook de dooie leeuw eraf laten halen net zoals ze die maffe Moriaan van de jampotten hebben gehaald? Lagen kleintjes er soms wakker van of kregen ze er nachtmerries van zodat ze er door een zielenknijper voor moesten worden behandeld?' Hij wendde zich tot de man naast zich om wat recente culturele bijspijkering.

'In dat straatje waag ik me niet.'

'Nee, zou ik vooral niet doen. Je zou onze octorone gast wel eens voor het hoofd kunnen stoten. Hé.'

'Ja?' De Neef slikte.

Stroopwaffel boog zich voorover, net zoals de Blauwspoeling dat had gedaan, een paar dagen terug, al leek dat inmiddels erg lang geleden. 'Ik zal je mijn tatoeage laten zien. Straks.' Hij grijnsde. 'Het moet gezegd...'

'Nou komt het,' kwam de stem achter de Neef, maar inmiddels had hij zich voorovergebogen en fluisterde door de hoofdsteun bij het oor van de Neef.

'...een boterham met stroop gemaakt zoals het hoort naar aloud Schots recept is een lust voor het oog. Sneetjes klef wittebrood moeten zo vers zijn dat ze babyzacht aanvoelen, wat uiteraard betekent dat de boter lang genoeg uit de ijskast of van de vensterbank binnen moet zijn gehaald zodat het brood op geen enkele manier *ooit* beschadigd wordt. Die zachte maar verse boter wordt erop gesmeerd. Margarine? Margarine! Schiet de man overhoop. Het moet boter zijn, dan wordt de stroop van Lyle erop gedaan, met een theelepeltje zodat hij er in het midden op druipt, waarbij je de kleine stroopsliert moet laten kronkelen en zich op dat gouden uitdijende hoopje in het midden verzamelen. Uitgesmeerd met het mes wordt de handeling op de andere snee herhaald. Opmerkelijk hoe je de boter met de meshalen erin door de doorzichtige strooplaag kunt bestuderen. De sneden worden op elkaar gelegd. Een moment van puur geluk. En als je een boterham met stroop laat rusten! Zeg je hebt er een hele hoop gemaakt en er blijft er een liggen, de manier waarop de stroop dan in de lucht begint te karameliseren!'

'Luister naar de man!'

'Maar nog wilden ze me er niet een geven, dus moest ik een Olympisch Ontbijt nemen. Slecht, irritant begin van een nieuwe dag. Ik moet teruggaan en die serveerster in haar kont neuken en haar daarna vermoorden.'

De mannen lachten, op de Neef na.

Het was zo vroeg dat er nog een enkele ster uit en aan twinkelde terwijl hij ter hoogte van de schouder van de Neef langs de bovenkant van heuvelkammen bewoog. Te zijn als de bergen, dacht de Neef. De blik te beantwoorden die God ons geschonken heeft.

Stroopwaffel, de man die rechts achterin zat, bracht zijn gewicht naar voren om een stickie aan te steken, inhaleerde even en liet het rondgaan. 'Geen peuken in de asbak, voor het geval de Bouten ons aanhouden. Ik ontferm me wel over de dope.'

'Die gaan vandaag de baan niet op, moet je de wegen zien, geen auto te bekennen.'

'Je hebt ook gelijk, alleen die kapotte koplamp. Zijn de mistlampen uit?'

'Ja.'

'Zo begint altijd alle rotzooi, een stom kleinigheidje waarvoor je wordt aangehouden.' Stroopwaffel boog zich weer voorover. 'Ben je goed voor de wereld, Macushla, dat is de vraag die je jezelf moet leren stellen.'

'Vaker,' kwetterde de bestuurder.

'Inderdaad,' grinnikte hij achterin.

'Heb je ooit *Once Upon a Time in the West* gezien, Macushla?'

'Weer een filmfanaat, het platteland is ervan vergeven,' kreunde de Neef.

'Niet brutaal worden, jochie. Voor je eigen bestwil.'

'*Once Upon a Time in the West.* Spaghettiwestern, Charles Bronson. Henry Fonda, man.'

'Ik ga nooit naar de film.'

'Hij gaat nooit naar de film.'

'Hij gaat nooit naar de film.'

'Hij *gaat* nooit naar de film!' De man achterin sloeg zich op zijn dij.

'Jij bent meer een lezer, hoor ik, Macushla, jongen.'

'Een lezer.'

'Nou, moet je goed luisteren, aan boeken heb je geen *bal*, deze film is je ware. Henry Fonda zegt: "Je moet leren te leven alsof je niet bestaat." Denk daar maar eens over na, Macushla.'

'Denk daarover na,' voegde de Voorman eraan toe terwijl hij recht vooruit bleef kijken met de wijzers van de snelheidsmeter en toerenteller voor hem als distels recht omhoog.

' "Leef alsof je niet bestaat." Dat betekent dat je je kop moet houden, Macushla. Wat het gras fluistert ga jij de kletsende bomen vertellen, man. En de bomen mochten het helemaal niet weten.'

'Iemand ooit *I Know Where I'm Going* gezien?' vroeg de Neef zachtjes.

Minutenlang werd hij genegeerd.

'Wij weten waar *jij* naartoe gaat. En jij weet van niks,' fluisterde Stroopwaffel.

De Voorman nam de joint aan die werd doorgegeven en nam recht vooruit kijkend een trek. De Neef kon het groen al aan de peuk zien.

'Hier.'

'Nee dank je.'

'Pak aan.'

'Nee dank je.'

'PAK AAN,' schreeuwde Stroopwaffel achterin en iedereen in de auto schrok. 'Ontbijt. Zelfs de Voorman neemt zijn haal.'

'Noem je het zo?' zegt de Neef, die de joint voorzichtig tussen de vingers van de Voorman overneemt, kritisch naar de bescheiden omvang kijkt en de olieachtigheid opzuigt. Hij deed of hij inhaleerde.

'Echt inhaleren.'

Verbum sapienti sat est, dacht de Neef.

De Neef zag een oude tractor in een veld, met kalkachtige sporen van vogelpoep op de rugleuning met open gaten, waarvan kraaien en buizerds de hoogte hadden gebruikt als waarnemingspost over het veld en het jachtterrein.

'Zeven Hoofden. Hoe komt die winkel aan zo'n naam?'

'Weet ik niet.'

'Kwam dat niet van die dichter?'

'O, daar gaan we; professor Macushla weet het vast wel.'

'Gaat nooit naar de film.'

'Ik geloof dat hij altijd al liever boeken las.'

'Ik geloof dat het een Keltische dichter was, die naar Edinburgh of zo vertrok met een ton met zeven afgehouwen hoofden op zijn rug. Doet je dat denken aan iemand die we kennen?' De Neef schokschouderde.

Niemand lachte.

'Nog geen spoor van hem?'
'Ga jij *ons* vertellen waar je Oom uithangt, Macushla?'
Ze hebben door wat ie van plan is, retetering; ze zijn erachter waar De Man Die Loopt naartoe gaat; daar rijden we nu heen. Daar krijgen ze hem te pakken en dan is het geld verdwenen, dacht de Neef.
Zoals hij al verwachtte sloegen ze in Fort Augustus rechts af naar de oostelijke oever van Loch Ness, langs het oude klooster.

De Neef wilde echt nog wat meer van het gekweel van De Man Die Loopt ontcijferen. Hij moest toegeven dat hij eraan gehecht begon te raken en zou dolgraag willen dat er een in het net uitgeschreven versie van bestond. In plaats daarvan doodde hij de tijd met een spelletje dat hij in zijn jeugd speelde toen de caravans van het ene naar het andere kamp trokken. Hij zocht tegen het zijraampje een vlek uit en dan deed hij alsof 'hij' die vlek was, die naast het voertuig liep waar hij in zat, en wanneer er zich langs de weg obstakels aandienden, gebouwen, bruggen, hekken, bushokjes, liet hij de vlek op het raam die 'hij' voorstelde er onversaagd overheen springen door zittend zijn hoofd een klein beetje te laten zakken. Hij herinnerde zich dat hij op een lange reis in het woonbusje eens aan de tafel een klein vliegtuigje in elkaar had gelijmd en het hem ook was gelukt het te beschilderen. Hij hield het uit het raampje van de woonbus om het in de wind te laten drogen. Toen hij het weer naar binnen haalde zat het helemaal onder stervende bladluis.
'Zit godverdomme eens stil, Macushla,' kwam de stem van achter.

'We hebben onze hengels meegebracht,' zei Stroopwaffel ineens. 'We wilden ergens aanleggen om aan de Awe stiekem wat te vissen, maar d'r was geen tijd voor, Macushla, geen tijd. We proberen je al dagenlang op te sporen. Volgens mijn spionnetjes hier heeft de Oom een keer veertjes van een van je vogeltjes gebruikt om te vliegvissen?'
De andere twee mannen grinnikten.

Stroopwaffel stopte weer een aangestoken joint tussen de vingers van de Neef.

De anderen lachten door, want ze kenden het verhaal, maar de Neef lachte niet mee. Gepikeerd zei de Neef: 'En of. Hij vroeg of hij de veren kon gebruiken om mee te vliegvissen. Ik zeg best, de staartveren die onder in de kooi zijn gevallen, maar hij pakte gewoon mijn hele pietje en sloeg het aan de haak, heeft het als aas gebruikt en er nog een hondshaai mee gevangen ook!'

'Daar heeft je moeder me over verteld. Dat was het witte vogeltje, hè?' De Voorman glimlachte.

'Het was wel wit maar door al Moesjes gerook verdomme helemaal vergeeld.'

De anderen lachten weer allemaal.

'Je bent dol op vogeltjes, hè, Macushla?'

'Ze kunnen vliegen! Hun hele metabolisme is veel hoger opgevoerd dan het onze. Weet je wat voor kracht erbij komt kijken om te kunnen vliegen?'

'De heilige Franciscus predikte voor de dieren, voor de vogels, hè, Macushla. Dat is toch zo? God zegene het vliegende volkje.'

'Zeker. Vogels zijn belangrijk.'

Ze lachten allemaal.

'Als je tegenwoordig naar Assisië gaat om zijn tombe te bezoeken laten ze honden niet toe. Toch niet te geloven?'

'Nu boeken om teleurstelling te voorkomen. Jij zou ze moeten zegenen, hè, Macushla. Dat is waar jij tegenwoordig nog nuttig voor bent, hè? Vogeltjes zegenen! Ben je een man met principes geworden?'

'Het is een wrede wereld.'

'A-godver-men.'

'Vertel ze 's van toen je klein was, van het kuikentje dat je in Kirk Yetholm kreeg. Toen ben je vogeltjesgek geworden.'

'Ja, vertel ons dat 's,' zei degene achter hem met blaffende lach.

'Niks bijzonders. Ging op bezoek bij de Zigeunerkoningin in Kirk Yetholm, in haar piepkleine huisje waar ze soms naartoe gaat en ze verkochten er kuikentjes, maar die hadden ze allemaal in allerlei felle kleuren beschilderd, zodat wij als kinderen er allemaal om schreeuwden; er zaten geen gele bij, ze waren fel groen, rood en blauw geschilderd, alle kinderen in het kamp hadden er een; daarna groeiden ze allemaal ineens uit tot stomme kippen en toen hebben we ze de nek omgedraaid en opgegeten.'

'Echt een Verhaaltje voor het Slapengaan, daar is ie een ster in. Sesamstraat.'

'Kan d'r wel om janken.'

'Maar een beetje simpel ben je wel, hè Macushla?'

'En De Man Die Loopt heeft je vogeltjes weer gemold. Daar kun je toch niet zo gelukkig mee zijn.'

'Ben ik ook niet.'

'Wat was je van plan eraan te doen?'

'Zijn andere pokkenoog d'eruit halen.'

'Drastisch.'

'Kijk 's aan, Macushla. Moet je n'm wel eerst zien te vinden.'

'Ik... we vinden 'm heus wel. Hij is beslist onderweg naar Loch Ness. Dat heb ik uit betrouwbare bron in het Garrison.'

'Een bron, kijk 's aan.'

'Een bron godverdomme, moet je hem horen!'

'Hebben we tegenwoordig bronnen, knul? Nou, dan kun je ons je plannetje wel vertellen.'

'Wat?'

'Geen geouwehoer.'

'Waar je gister aan de telefoon over lulde. Je dorstappeltje.'

'Ach, dat was niks. Ik was met een Amerikaan en ik dacht dat ie een waardevol boek in de auto bij zich had. Maar ik had het mis.'

'Meneer had het "mis". Hij heeft geen benul, hè?'

'Macushla, de kluif is te groot voor je. Een zuiplap als jij kotst het binnenkort toch op, dus spuug het maar meteen uit. Waar was je gistermiddag ineens naartoe verdwenen?'

'Ik liep gewoon door de heuvels.'

'Macushla. Mag ik je iets op de man af vragen?'

'Wat?'

'Hoe zit het? Geloof je niet meer in de zaak, jongen?'

'De zaak?'

'De zaak. Jij kent de zaak beter dan wie ook.'

'Welke zaak? Er zijn er zoveel.'

'De zaak en de procedure.'

'Er. Zijn. Er. Zoveel. Ze zijn in mijn hoofd allemaal zo door elkaar gaan lopen dat er niet een nog iets te betekenen heeft.'

De Voorman gaf weer een joint door, hoestte snel en zei veel harder: 'De erfenis van de Engelse heerschappij in Schotland is de erfenis van de armoede. Dat hoorde Macushla op een dag en zegt: "Jazeker, verdomd, de erfenis van de Engelse heerschappij is armoede." "Die erfenis moet bestreden worden," zeiden ze. "Jazeker," zegt Macushla. En weten jullie wat Macushla deed?'

'Wat?' vroeg Stroopwaffel.

'Hij liep naar buiten en gooide een handgranaat naar een zwerver.'

De andere mannen lachten allemaal en de auto zwenkte een beetje.

'Hoe komt het dat jullie benzine hebben?' vroeg de Neef op vriendelijke toon.

'Wij hebben alles, jongen. We hebben een grote jerrycan vol benzine in de achterbak, waar of niet, jongens?'

'Jazeker. Ha!'

'Doet me denken aan McKitterick, die krenterige klootzak.'

'Compagnon van ons. Woonde op een van de eilanden. Hij stond zakelijk een beetje onder druk vanwege de bouw van een huis. Vijf kilometer naar het dichtstbijzijnde pompstation. Hij ging lopen want in die tijd hadden we zijn auto gevorderd. Hij was zo godvergeten krenterig dat hij, toen ie de prijs van de benzine bij die pomp zag, nog acht kilometer naar het volgende pompstation is doorgelopen.'

Stroopwaffel zegt: 'Liep het terrein op, pakte de vulslang uit de goedkoopste pomp, vijf pence minder dan acht kilometer terug, spoot een paar liter over zijn hoofd en stak zichzelf in brand voor de bediende naar buiten kon komen.'

'Zachtgekookte domme oen.'

'Een grote jerrycan benzine achterin. Wil je 'm zien, Macushla?'

'Nee.' De Neef dacht terug aan zijn jeugd toen ze die jerrycans goedkope benzine in de rattennesten tussen de weggehakte rododendrons goten en dat gespuis eruit kwam hobbelen, ratten die in bogen wegschoten en ontploften. Ze vlogen, zij het kort, o zo kort.

'O, wees maar niet bang, hoor. We drukken de joint eerst uit. Absoluut geen brandgevaar.' Ze lachten allemaal, op de Neef na.

Voor Foyers scheen de zon en was het inmiddels een hele aangename dag. Op een open stuk van de eenbaansweg, met een bergkam die naar het oosten omhoogliep, reden ze een passeerplaats op en stopten.

'Wil kijken wat er in z'n rugzak zit. Kunnen jullie je benen strekken,' beval Stroopwaffel en deed zijn portier open. De andere twee stapten uit en deden kennelijk niets onguurders dan hun benen strekken, om de motorkap heen lopen en de neus van een laars uitsteken om de kapotte koplamp aan te raken.

'Stap jij niet uit?' vroeg de kerel die achter hem zat en die hij nog niet goed had gezien. De Neef deed aan zijn kant het portier open, dat toch niet op slot bleek te zitten en stapte op de grazige berm vol schapenkeutels. Hij taxeerde de hufter die zich achter hem bevond: echt een gratenpakhuis op spillebenen, een flinke trap en hij lag buiten westen op de grond.

De bendeleider had de rugzak op de motorkap gelegd. 'Gemeen en heel asociaal, Macushla.' Hij diepte het mes in de rubberen schede op en legde het rustig op de motorkap aan de andere kant van waar de Neef stond. 'Jezus.' Tussen twee vingers hield hij een van de boxers van de Neef vast. Die liet hij op het asfalt vallen. 'Nog meer. Je hebt vast wel vaak in je broek gescheten, Macushla.' Vreemd genoeg liet hij deze in de rugzak terugvallen en haalde er toen de ritselende vuilniszak uit.

'Wat is dit?'

'Typemachinelint.'

Stroopwaffel maakte voorzichtig de vuilniszak open en begon aan het nog niet overgeschreven schrijfmachinelint te trekken, haalde de kluwen er met gestrekte arm steeds hoger uit en liet ze op de motorkap krinkelen en op het grind van de passeerplaats glijden.

'Ik heb het in zijn huis gevonden.'

'Wiens huis?'

'Dat van De Man Die Loopt. Wie dacht je anders verdomme? Het zijn... schrijfsels. Eigenlijk een hoop onzin.'

Stroopwaffel gooide het typemachinelint op de grond, stukken van het lint draaiden om zijn voet en hij trapte agressief van zich af om zich te bevrijden. De lege vuilniszak werd door een bries opgenomen, maakte een lage zweefvlucht, begon toen langzaam om en om te rollen over de eenbaansweg en in de greppel om uiteindelijk een spookzak te worden. De Neef keek ernaar en zou willen dat hij er ook mee weg kon drijven. Een stuk schrijfmachinelint werd met de zak meegesleept en maakte een tikkend geluid op het asfalt. Stroopwaffel hield met een zucht het felgekleurde kinderkleurboek omhoog. Hij sloeg de bladzijden op en begon ernaar te kijken. De kerel die voor de motorkap naast de Voorman stond te roken kwam dichterbij en keek naar de kaft van het boek.

'Wat is al dit geschrijf?'

'De dingen die op de typemachinelinten staan en die ik heb overgeschreven. Heb trouwens nog niet alles van wat je nu weggooit overgenomen.'

Stroopwaffel en de man van achterin stonden naast elkaar toen de bladzijden van het boek werden omgeslagen.

'Een hoop onzin. Denkt hier ergens dat zijn vader Rudolf Hess was, ha!'

Niemand reageerde. De mannen keken elkaar aan. 'Wie?'

De Voorman gaf de laatste joint door aan de Neef die hem stilzwijgend aannam en inhaleerde.

Stroopwaffel stak het kleurboek onder zijn arm en trok het roodgeblokte overhemd uit de rugzak, gooide het in de greppel en tilde het laatste voorwerp uit de rugzak.

De mannen keken elkaar aan en gnuifden. Het was een flesje Brut-aftershave. Stroopwaffel draaide het dopje eraf. 'Jees. Goeie smaak, Macushla. Altijd de vrouwtjes in het achterhoofd.' Hij stopte het flesje in zijn zak, liet het jachtmes in zijn eigen jack glijden en slingerde de rugzak op de achterbank. Toen boog hij zich voorover om meer greep te krijgen en het kleurboek in de rug kapot te scheuren. Hij boog zich opnieuw voorover en probeerde de helften door te scheuren, zijn beide handen trokken een diagonale scheur, waarna hij het kapotte boek in de randen van de ruige heide weggooide. De stukken kwamen vrij ver uit elkaar terecht.

'Doorzoek zijn jekker.'

'Jongens, ik heb het geld niet. Heb de klootzak niet eens gevonden,' verzuchtte hij.

De andere kerel zette een stap naar hem toe. 'Trek uit,' zei hij.

De Neef trok snel het jack uit en gaf het af.

'Toe maar, ook nog manchetknopen. Wat een godvergeten aansteller, moet je dat zien.'

De kerel liet zijn handen in de zakken glijden en haalde er een, daarna twee mobiele telefoons uit.

De Neef draaide zich naar de Voorman. 'Die zijn voor jou.'

De Voorman keek de kerel aan. 'Laat 's kijken.'

De kerel gaf de mobieltjes aan hem.

'Troep. Met deze rotzooi kun je hier niets ontvangen, ze interesseren zich alleen voor dichtbevolkte gebieden, waar het geld zit. Net als iedereen. Weet je dan helemaal nergens iets van af, jongen?' Maar hij liet de telefoons toch ergens in zijn werkbroek glijden.

'Verder niets.' De kerel vouwde het jack op en het zag er niet naar uit dat hij het terug zou geven.

'Ik zal jullie vertellen wat ik weet. Hij is op weg naar het noorden. Het beste wat we kunnen doen is ons opsplitsen. Jullie nemen Inversnecky zelf voor je rekening. De Railway Club is het soort tent waar dit geval zich wel thuis voelt. Dat zou een van jullie kunnen uitzoeken en de anderen struinen de stad af. Ik ga door naar het slagveld van Culloden. Jaren geleden, voor 't bergaf met 'm ging, hebben ze hem daar vaak bij het bezoekerscentrum gezien waar ie last veroorzaakte door over het slagveld te stormen en toeristen de stuipen op het lijf te jagen, want van hem heb ik het verhaal dat als je daar met een hond loopt je die alleen aan de Engelse en niet aan de Schotse kant van het slagveld mag laten schijten.'

Daar moesten ze allemaal om lachen, zodat de Neef glimlachte en zich over de hele toestand wat beter begon te voelen.

'Op het slagveld van Culloden, en jij denkt dat je hem daar zult vinden?'

'Dikke kans,' zegt de Neef, die piekerde hoe hij deze gevaarlijke klootzakken af moest schudden om zo snel mogelijk binnendoor bij het vliegveld onder Culloden te komen. Waarom vochten de jongens van Prince Charlie toch daarginds op die verlaten heide –

weer net als Prometheus, voor de goden op zijn rots uitgestrekt, blootgesteld aan de meedogenloze hemel, retetering, en aan stukken gepikt door bonte kraaien, net als dat met de gewonde jongens zou zijn gebeurd. En als de kraaien je niet te grazen nemen doen de adelaars dat wel, net als Aeschylus op Sicilië: een adelaar pakte de schildpad op, dacht dat het kale hoofd van Aeschylus een glanzende rots was, liet de schildpad erop vallen, wat zijn dood werd.

Op het vliegveld van Inversnecky gaven ze misschien namen vrij van uitreizende passagiers en De Man Die Loopt heeft vast weer een hoop ophef veroorzaakt zodat ze zich hem nog wel herinneren, net als die keer op het vliegveld van Abbotsinch toen ze probeerden hem naar een ziekenhuis in Londen te krijgen en de bewaking, door de stank achterdochtig geworden, in zijn handbagage al die aangereden dieren vond, dode konijnen en kraaien en een geplette egel! Zei dat ie het voedsel in Engeland niet vertrouwde!

Het enige wat de Neef hoefde te doen was deze kerels kwijt te raken. Ze zouden er nooit opkomen wat de sluwe ouwe klootzak in zijn schild voerde. Hij zou er voor altijd vandoor gaan.

De auto reed door Foyers straal langs Wade's Hut waar Johnson en Boswell hadden aangelegd.

'Daar ligt Crowleys huis.'

'Wat?'

'Aleister Crowleys huis ligt daar. In de jaren zestig, voor het privé-eigendom werd, heeft De Man Die Loopt er met andere hippies rondgehangen. Gebouwd op de plek van wat Boswell de miezerigste parochiekerk die hij ooit had gezien noemde.'

'Wil iemand de muziek harder zetten,' gromde de bendeleider.

'Hier is een geschikt rustig plekje. Daar links, bij de oever.'

'Ja.'

'Hier moet 't maar goed zijn. Zet de muziek af. Luister of er auto's aankomen.'

De Voorman zette de auto weer op een passeerplaats aan de kant.

'Jongens.'

'Uitstappen.'

De drie mannen stapten uit en voorzichtig volgde de Neef hun voorbeeld. De Voorman stond aan de voorkant van de auto, de twee anderen bij de kofferbak. Naast de Neef lag alleen de met berken begroeide oever van het Loch Ness.

'Jongens, luister nou 's.' Hij richtte zich tot de Voorman. 'Ik weet 't. Ik had sneller kunnen opereren, maar ik ben op allerlei obstakels stukgelopen: een wespennest in een kano, ik ben bijna verdronken en daar ben ik de mobiel verloren, toen zijn mijn benen opgezwollen, door een halvegare ben ik bijna in een auto-ongeluk omgekomen en ik heb me uit de voeten moeten maken voor de Bouten erbij kwamen. Ik heb die knul alleen maar een dreun verkocht.'

'Ligt nog steeds in het ziekenhuis.' De bendeleider glimlachte. 'Nog geen schrammetje in een auto-ongeluk en dan laat jij 'm even alle kleuren van de regenboog zien! Als je uithaalt is 't wel raak, jochie.'

De anderen lachten.

'Ben vanochtend nog gekaapt door de Bergreddingsbrigade, waar ik ook kom krijg ik dope opgedrongen. Ik heb gelezen wat er in de krant stond.'

'O ja?'

'Ja, maar dat kunnen ze niet met mij in verband brengen.'

'Zodra je in de stad terug bent rekenen ze je in, man.'

'Ik ga niet terug. Ik krijg weer de kriebels, jongens. Ik ga er maar weer eens een tijdje vandoor. Spijt me dat ik jullie geld niet terug heb kunnen brengen.'

'Macushla. Het gaat niet om *ons* geld. Een oud echtpaar vastbinden nadat je ze hebt uitgekleed? Niet onze stijl. Verder heb je Seamus Sheedy zijn neus gebroken. Nog geen honderd meter de stad uit en je zit al tot over je oren in de rotzooi. Heb jij wel 's ooit iets kunnen afwerken zonder de boel te verstieren? Goddank niet.'

'Het is niet gegaan zoals jullie denken. Hij geprobeerde me zover te krijgen dat ik 'm zou pijpen, godver.'

De drie andere mannen gierden het uit.

'Seamus *Sheedy*! Een onvervalste naaimachine, man. Vrouwen, alleen *vrouwen*, Macushla.'

'Dan is ie kennelijk zijn horizon aan 't verbreden. Jongens, jullie moeten echt even goed naar me luisteren.' Hij richtte zich tot de Voorman. 'Hebben jullie gekeken of z'n paspoort er nog is? Hij bewaart het in een blikje in die kist waarvan ie denkt dat ie op slot zit. Maar jullie hebben anders toch de sleutel, niet?'

De Voorman glimlachte en keek naar de anderen.

'Wat heeft zijn paspoort er nou weer mee te maken?'

'Ik denk dat ie naar het noorden loopt. Ik denk niet dat ie het geld ergens gaat begraven. Ik denk dat ie het allemaal op zijn lijf draagt. Ik denk dat ie op weg is naar het vliegveld van Inversnecky. Als ie dat haalt kan ie overal naartoe vliegen; zelfs al heeft ie geen paspoort kan ie in Glasgow wel connecties vinden. En dan weten jullie wel wat dat betekent. Zelfs zonder paspoort kan ie overal een vliegtuigje van Loganair pakken naar Papa Westray, Islay, Tiree! Dan kunnen we ondertussen blijven zoeken en weten jullie dat ie de boel verbrast!'

De mannen keken elkaar aan. 'Dus het is niet *Culloden*, nu is het ineens het *vliegveld*.'

'Dat zeg ik toch jongens, regelrecht naar het vliegveld, daar moeten we nu heen. Dan kunnen we op zijn minst uitzoeken waar hij naartoe is gegaan.'

'We hebben vanochtend een schaap aangereden. Kom 's een handje helpen.'

De Neef liep om naar de kofferbak toen de Voorman het sleuteltje erin stak en hem openzwaaide. In de bak lag de warrige geelgevlekte vacht van een zwartkopschaap, een jerrycan en De Man Die Loopt opgerold in foetushouding, in zijn gerafelde overjas, met enkels en polsen vastgebonden, een bruin stuk plakband over zijn mond, de Pittsburgh Steelers-baseballpet niet op zijn hoofd maar op een kinderlijke manier in zijn grote handen geklemd. De Man Die Loopt richtte zijn ene oog op de Neef.

'Godverklote, jullie hebben 'm! Aai, wat een stank!'

'Komt niet van het schaap.'

'We hadden 'm eerst in de auto, maar de stank.'

'En de dingen die ie uitkraamt.'

De Neef grinnikte. 'Nou, ik mag doodvallen. Waar hebben jullie hem uiteindelijk te pakken gekregen?'

Stroopwaffel boog zich voorover en ratste het plakband half van zijn lippen af.

'IK BEN MAXIMILIAAN DE DERDE,' krijste de stem. Hij viel brabbelend stil toen de kerel zijn hand weer over de dikke lippen liet glijden.

'Hebben jullie het geld?'

'Reken maar. Bijna achtentwintig.'

'Die klotekerel.'

'Jezes.' De andere mannen keken naar de Neef en Stroopwaffel schudde zijn hoofd.

'Kom op, pak 's aan,' gromde de Voorman. Met zijn drieën bogen ze zich voorover en grepen het schaap beet terwijl de Neef een eind achteruit ging staan.

'Een, twee, hup. Wat een gewicht verdomme.' Ze tilden het schaap uit de kofferbak maar er klonk een gekletter aan hun voeten. Hun drie hengels waren er ook uitgekomen en op de grond gevallen.

'Laat los, laat los.' Ze ploften het schaap op het asfalt van de passeerplaats.

'Hè, het zit *godver* helemaal in de war.' De haken waren in de harde wolharen vast gaan zitten. Stroopwaffel knielde en trok aan de lijn die naar de haken liep. Je kon de tatoeage boven in zijn nek zien bewegen.

De Neef liep naar voren en keek nog eens naar De Man Die Loopt; bron van zoveel chagrijn. Zijn Oom sliep kennelijk weer, had zich volmaakt overgegeven aan de beperkte ruimte maar wel zijn benen gestrekt op de plek waar het dode schaap had gelegen. De Neef draaide zich om en keek naar de Voorman, keek naar de twee vreemdelingen bij hem.

De drie mannen hadden ieder een hengel in de hand waarvan de lijnen naar de hoop van het dode schaap op de grond liepen. Ineens kwam er een auto de bocht om.

'Barst.'

'Doe de kofferbak dicht, Macushla, klep dicht, godverdomme.'

Blij dat hem enige verantwoordelijkheid werd toevertrouwd legde de Neef allebei zijn handen op de rand van het deksel en klapte het dicht waardoor De Man Die Loopt in een verschuivende schaduwvlek verdween.

De Volvo hield in toen hij de drie mannen met het dode schaap en de hengels naderde. Het portierraampje werd omlaaggedraaid.

'Geen benzine meer, mannen?' De Engelse bestuurder glimlachte. Kinderfietsen waren op het imperiaal vastgebonden.

'Nee hoor, alles in orde, dank u,' glimlachte Stroopwaffel.

'O.'

Vrouw met zonnebril op: de twee kinderen op de achterbank rekten zich uit om de mannen met het schaap aan de vishengels te zien terwijl de Volvo heel langzaam voorbijreed.

'Aas. Voor het monster.' Stroopwaffel glimlachte knikkend naar het loch.

Een van de koters had haar neus tegen de ruit gedrukt en begon te huilen. De auto reed door en meerderde vaart.

'Christus.' Hij pakte het mes van de Neef en sneed een lijn door.

'Hé, je hebt anders wel een schitterende vlieg aan de lijn.'

'Je kunt er nog een hele hoop kopen.' Hij sneed de andere lijnen door. 'Vooruit, dit *kutgevaarte* moet van de weg af.'

Voorovergebogen tilden de mannen het schaap op en schuifelden naar de berm. 'Goed, bij drie. Een, twee en drie.' Ze slingerden het schaap tussen de jonge berken, het boog en zwiepte jonge boompjes om en dreunde tegen de grond waar het nog een keer omrolde voor het bleef liggen.

'Wegwezen.'

De Voorman deed de kofferbak open, er kwam een gonzend geluid uit. Hij gooide de hengels er hardhandig in en smeet het deksel dicht. Ze stapten weer allemaal in de auto en reden door.

'Niet te hard, ik wil die Volvo niet inhalen.'

'Aas voor het monster.'

'Ha!' blafte Stroopwaffel.

'Klassiek.'

Het mes van de Neef kwam zonder schede met het heft naar voren en tikte hem op zijn schouder. 'Je zult je Oom toch moeten aanpakken, Macushla.'

De Neef draaide zich om, keek naar zijn schouder waar de greep van het mes lag alsof er een van zijn dooie pietjes op zat.

'We zullen ergens een stil plekje moeten vinden. Een mooi plekje, hè, Macushla?'

'Die kant uit.'

'Pak aan, Macushla.'

Langzaam tilde hij zijn hand op en pakte het blote mes.

Ze reden. De Neef zou willen dat ze voor altijd door konden rijden, alleen stoppen om uit de jerrycan-met-tuitcombo benzine bij te vullen, door Inversnecky en verder over de walvisrugbruggen naar het echte noorden en de avondlanden. Hij wist hoe het daar zou zijn als ze aan de rand van een gehucht kwamen: het pubescente roze van net ontstoken natriumlampen en een halve maan in de lucht. Lumineuze schemer die achter de horizon gonsde. Een zinderend warm gevoel bij de eindeloze mogelijkheden die dit leven te bieden had. Toen voelde hij de melancholie weer; de eenzame zomers uit zijn jeugd, geen meisje aan zijn zijde, het hele land kwelend van leven en niemand om het allemaal mee te delen.

Het verlies van overpeinzingen en hoop, dat met elk naderend einde van een reis gepaard gaat, diende zich aan.

'Hier?'

'Wat zou je zeggen van hier?'

'Nee, we moeten een eindje van de weg af kunnen. Daar, daar en over het hek. Snel.'

Knarsend reden ze over een pad tussen twee velden, schakelden terug en stopten op een plek waar het pad bij een hek breder werd.

'Ben je er klaar voor, Macushla?'

Stroopwaffel deed zijn portier open en stapte uit.

De Neef keek naar de Voorman. 'Ben je gek geworden? Ik zei maar wat. Wie is die kerel eigenlijk?'

'Je hebt het al eens eerder gedaan.'

'Dat is een fabel, een leugen, ik heb eraan meegedaan omdat ik daardoor hard overkom. Ik heb zijn oog er helemaal niet uitgehaald. Hij heeft het verloren aan een dooie dennentak. Jezus, Voorman, hij is familie. In elk geval kutfamilie van *mij*.'

'Familie, ammehoela.' De kerel achter hem zat er nog.

'Hoor 's, ik ben degene die een mes heeft, makker!' De Neef draaide zich om en keek de kerel vuil aan.

De kerel liet zich achterovervallen en bracht de zool van zijn vuile trainingsschoen omhoog, waarmee hij tegen de hoofdsteun van de passagiersstoel ramde die naar voren klapte in de richting van het gezicht van de Neef. De Neef zwaaide het portier zo hard open dat het terugsloeg tegen zijn dij, waarna hij opstond, met een voet op de glooiing van het pad, maar de kerel was naar het andere achterportier geschoven en stond al buiten over het dak van de auto te glimlachen.

'Rustig aan, meiden. Voorman, haal dat *geval* eens uit de kofferbak. Ik wil niet dat het bloed dat we te zien krijgen over de hele auto sprietst. Komt er bloed van, Macushla? Jij bent de expert. Bloed of alleen wat drab als je een oog uitsteekt? Dat interesseert me nou echt.'

De Voorman maakte met de sleutels de kofferbak open, boog zich voorover en begon de voeten van De Man Die Loopt los te maken.

'Laat het plakband zitten, in godsnaam, dat zou ik niet aankunnen.' Stroopwaffel sloeg zijn ogen naar de hemel op terwijl hij naar de Neef keek.

'Sta op, sta op!' schreeuwde de Voorman en trok toen De Man Die Loopt uit de kofferbak met zijn arm onder die van hem gestoken. 'Kom op.' Hij smeet een hengel opzij en trok De Man die Loopt mee naar het hek.

'Hé, Macushla. Je hebt m'n tatoeage nog niet gezien.'

'Mmm.'

'Wil je n'm zien? Knul?'

'Ja, best.'

Stroopwaffel trok zijn jack uit, gooide het op het dak van de auto, keerde toen zijn rug toe. Hij droeg een soort country-en-westernhemd met puntkraag. 'Die komt van Nudies Rodeo Tailers, jongen.'

'O ja?'

'Ooit in de States geweest?' Hij stond met zijn rug naar de Neef toe en sprak over zijn rechterschouder tegen hem.

'Ja. New York.'

Hij trok zijn overhemd op, korte vingers die in de stof graaiden, gebogen ruggengraat terwijl hij het hemd tot over zijn schouders omhoogschoof. Op zijn rug was een brede tatoeage aangebracht vanaf net boven zijn lende over zijn schouders naar boven tot gedeeltelijk in zijn nek: twee honden die een das aanvielen en omgooiden, de honden klauwden allebei naar hun prooi en hun tanden drongen in de opgekrulde buik van de das. 'Wat vind je ervan? 't Is nog niet af. Volgende week wordt al het bloed nog aangebracht!'

'Kijk maar uit dat ie je niet in je rug steekt,' mompelde de kerel die achter de Neef had gezeten. 'Hij heeft een mes. Of nog waarschijnlijker, dat ie je in je kont neukt.'

De tatoeage schudde van het lachen. 'Wat vind je ervan, Macushla?'

'Wat een tatoeage, zeg.' Macushla herinnerde zich dat het met Paulette in het bos zo donker was dat hij niet meer wist hoe de tatoeage onder aan haar ruggengraat eruitzag. Verwarde hij haar soms met een andere vrouw? Het waren er per slot zoveel. Waar of niet?

De man voor hem trok het overhemd helemaal over zijn hoofd, gooide het op de grond en draaide zich naar Macushla. Zijn gezicht was rood aangelopen. 'Ooit honden tegen een das zien vechten, meneer New York?'

'Nee. Heb gehoord dat ze de poten van de das vastbinden omdat ze het anders altijd winnen,' en hij keek toe hoe De Man Die Loopt ver weg over het veld werd meegenomen. Hij likte over zijn lippen.

'Dat geeft de honden wel een voorsprong, moet ik toegeven. Maar in het leven heeft altijd iemand een voorsprong. Kom op, *kom op*. Draag jij de benzine of ik? JEZUS, moet je z'n gezicht zien! Moet je dat smoel zien! Godverklote, Macushla, we nemen je maar in de maling, man!'

De andere kerel liep naar het hek.

'Vooruit, Macushla. Godver, man. 't Was maar een grapje. We kunnen dat geval gewoon niet in de auto laten, straks begint 't nog te trappen als er een of andere boerenlul langskomt. We zoeken daarginds een plekje om het geld veilig te begraven waar we het allemaal weten te vinden. Alleen laten we die mafkloot niks zien!' Hij lachte. 'Grapje. We verbranden 'm heus niet. En je hoeft ook zijn oog niet uit te steken, schijtebroek, we zorgen alleen dat ie niks ziet. Dan laten we de boel acht maanden, een jaar tot rust komen en komen dan terug om het op te graven.'

'Jullie pikken het dus gewoon in, hè?'

'Nou, maak 't 'n beetje, zeg! Je gaat toch niet beweren dat dat nooit bij je is opgekomen? Al die dikke klothommels thuis kunnen zevenentwintig ruggen bij elkaar sprokkelen voor een voetbalwedstrijd! Heb je nou echt zo te doen met die uitgebluste bierhijsers die je in de stortregen nog niet eens een lift zouden geven, maar wel met hun tong uit hun bek jonge jongens die half zo oud zijn als zij een beetje over een veld willen zien hollen. Dat uitschot kan het best missen, hoor.'

'Hebben ze de Bouten er nog niet bij gehaald?'

'Om de dooie dood niet. Ze zitten allemaal in de bouw en de visserij, barsten van het zwarte geld dat ze niet opgeven, die kijken wel uit om de aandacht op contant geld te vestigen.'

'Waar werd het in de Mantrap bewaard?'

'Dat moet je aan je Oom vragen. Vooruit die kant op.'

De Neef pakte het mes en legde het, terwijl hij de man aankeek, op het dak van de auto. 'Hoe ben jij erbij betrokken geraakt, heb je al eerder klusjes voor de Voorman gedaan?'

'Ik hoor dat ie met je ouwe moer aanpapt, jongen.'

'Ja, nou en?'

'Misschien wordt ie binnenkort wel familie van je, Macushla. Je kunt hem maar beter met respect behandelen!' Hij lachte.

De Neef draaide zich om, liet het mes liggen, klauterde over het hek en beende over het weiland. Aan de andere kant stond een omheining, wat bomen en het ondiepe dal liep tegen een steilere helling op. Dit stelletje zigeuners moest wel goed uitkijken dat ze het niet begroeven op een plek die omgeploegd zou worden. En het zag er ook naar uit dat dit vlakke dal wel eens onder zou kunnen lopen. Verdomd stomme plek om het te begraven, dacht de Neef.

Voor hem stapte de kerel die achter hem had gezeten voorzichtig over de prikkeldraadomheining. Je kon zien dat ie spillebenen had, retetering. Zevenentwintig verdeeld over vier. Zeg gedeeld door twee is tien, plus drieënhalf, zo verdeeld is dat vijf, zes, iets dichter bij zeven. Zesduizendzevenhonderdenvijftig. Dat is wat je overhoudt als zo'n hele clan mee wil doen. Hij sprong in één keer over de omheining in de hoop dat de kloot voor hem om zou kijken. Deed ie niet.

Toen hij bij de anderen kwam zat zijn Oom naast een kluit distels te kijken hoe hij dichterbij kwam. De Voorman zat naast hem met een flauwe glimlach op zijn gezicht.

Ineens ging Macushla een licht op. Hij zei: 'Hallo, Oom. Man Die Loopt. Jij... jij hebt mijn vogeltjes helemaal niet afgemaakt, wel? Je bent niet uit de stad weg geweest. Je bent al die tijd bij deze klootzakken geweest en ik maar naar het noorden achter... achter niemand aan. En ik wed dat de Bouten in verband met dit alles maar naar één persoon zoeken. Iemand die een paar dagen geleden van zijn werk is weggelopen. Mij dus.'

De Voorman klapte langzaam in zijn handen. 'We hoopten dat die verdomd nutteloze Bouten je inmiddels al hadden opgepikt.'

Met gespreide armen viel de Neef achterover op het pollige gras en keek op naar de lucht. Al met al weer een allemachtige miskleun. Hij had zin om in slaap te vallen. Hoorde een klap, iets wat leek op een schreeuw, hij draaide zijn hoofd. De kerel met tatoeage gooide de met een canvasriem bij elkaar gebonden schoppen over het hek en het geluid was het gepiep van het prikkeldraad onder zijn gewicht toen hij erop stapte. Hij raapte de schoppen op en kwam dichterbij. Hij droeg het offshorejack dat hij uittrok en liet vallen.

'Is er een kansje dat ik mijn jack terugkrijg. 't Ziet ernaar uit dat ik het nodig zal hebben als ik moet vluchten?'

De kerel liep op hem af en terwijl de Neef in het koele, felle licht met zijn ogen knipperde kreeg hij met een grote laars een keiharde trap tegen zijn mond. Het was alsof de laars helemaal in zijn mond drong en er bleef zitten en aan zijn tanden voelde hij een felle stekende, snijdende pijn toen er iets bezweek.

'Het is mijn jack, godverdomme,' schreeuwde Stroopwaffel, nog steeds zonder zijn hemd en zijn vlammende tatoeage trilde.

De Neef duwde zich met zijn ellebogen op, maar er kwam nog een klap van rechts vlak achter zijn oor en in zijn hoofd klonk een laag, diep gebrom waardoor hij niet overeind kon komen.

De Neef was zich bewust van een lange gestalte die nu rechts van hem stond, trapte, en daarna iemand anders die zich bukte, een schop omhoogbracht. Die daalde neer... als een voorhamer. De getatoeëerde kerel had op zijn knieschijf gemikt maar miste en in plaats daarvan raakte de ijzeren kop van de voorhamer de Neef op het vlees aan de binnenkant van zijn dij. De spier brak met een doffe, alles doorvlammende pijn en het leek of het vlees plat als gelei volledig samentrok en door zijn broek drong. De Neef probeerde te schreeuwen maar had geen adem. Nog een trap, van de man die steeds achter hem had gezeten, vloerde de Neef en een volgende hamerzwaai kraakte de rand van de knieschijf en schuurde langs de zijkant van zijn knie omlaag.

De Neef stak een hand op.

'Genoeg? Had je gedroomd. Ben amper begonnen.'

'Hij heeft geen benul, Colin. Hij is gewoon een sufkop.'

'Zet je voet op zijn laars, daar, dan kan ik... Voorman hou hem vast. Goed. Zet je voet stevig op zijn laars, dan kan ik zijn knieschijf raken.'

Hij brak de rechterknieschijf naar binnen zodat de splinters in het gewricht eronder drongen, het hele gewricht het onder de volmaakte klap begaf en botkoppen ziedend ontzet raakten en er een bloeduitstorting op het scheenbeen onder de knie begon uit te vloeien.

'Weet niet wat je met 'r hebt uitgespookt, want ik krijg 't nog niet uit 'r geramd, maar ik weet wel dat je dagenlang bij mijn vrouw en dochters bent geweest en dat is mij al erg genoeg.'

'Op die ene kan ie niet meer staan, maar de andere is niet goed geraakt.'

'Kijk uit, Colin. Als ie te veel bloedt gaat ie misschien dood,' zei de Voorman een beetje zenuwachtig.

'Trek zijn broek uit. Ik kan niet zien waar z'n knieën zitten. 't Is verdomme nog *míjn* broek ook! Mijn aftershave, het kleurboek van mijn dochters en mijn VROUW godverdomme.'

Dat was het pijnlijkst, toen ze zijn broek naar zijn voeten afstroopten en het been een beetje optilden. Hij krijste.

'Mooi. Hou het op z'n plek.' Hij brak de linkerknie opnieuw.

Niet in het midden, maar rechts dreunde de klap er met een fatale voltreffer in.

De Voorman stak een sigaret op. Hij knielde op een knie alsof hij een autoband zat te bekijken. 'Je had het gister over een goudmijntje, Macushla. Geef ons dat nog even mee, dan houdt hij op.'

Het Zwarte Boek, dacht de Neef, bijna getroost door het boek dat veilig opgeborgen in dat grote huis lag. Hij kon voorspellen hoe de dingen zouden lopen. Zag ernaar uit dat hij straks nooit meer een van zijn geliefde boeken zou lezen, laat staan dat ene. Maar dat zou een blinde man in een rolstoel er niet van weerhouden om het te stelen, retetering!

'Kom je nog over de brug met je idee voor geld in het laatje, Macushla?' vroeg de Voorman.

'Breng 'm hier.' De man van Paulette haalde het jachtmes voor de dag.

'Waarom snuffel jij bij Paulette rond, knulletje?' mompelde de Voorman mat. 'Thuis kent iedereen Colin, hoor.'

'Je bent een stommeling.'

'Jazeker, jij bent de stommeling, Macushla. Je kunt na tien jaar niet zomaar weer aan komen waaien, als je niet weet hoe de zaken ervoor staan.'

'Nog wel zo stom om te denken dat De Man Die Loopt het geld zou hebben kunnen jatten. En jij laat vrolijk een spoor van troep achter dat regelrecht bij jou en jou alleen uitkomt.'

'Wat?'

'Vogels.' De Neef hoestte.

'Hij mekkert maar door over die kloteparkietjes. Jazeker. Colin heeft je pietjes verbrand. We wisten dat we je zo op stang konden jagen.'

De Neef spuwde, hapte naar adem, keek op naar Colin en zegt: 'Dan ben ik blij dat ik in de mond van je vrouw heb gepist.'

Met één trap klapte zijn hoofd opzij.

De Neef knipperde met zijn ogen. Ze hadden een draagtas bij zich waar het geld in zat. De Voorman zat geknield de biljetten in voorgetelde stapeltjes met handen vol tegelijk van de draagtas over te hevelen in drie rugzakken. Die ene was van hem, retetering! De andere mannen stonden over hem heen gebogen te kijken, afgezien van De Man Die Loopt die gehurkt naar zijn Neef zat te staren. De Neef stak een hand op, zwaaide. Zijn Oom tilde langzaam een hand op en zwaaide terug.

Toen de pot verdeeld was, lieten ze de plastic zak los die zich met lucht vulde en steeds sneller wegwaaide om een spookzak te worden die op de wind zeilde tot hij ergens werd gestrikt.

'Breng die andere stinkzigeuner 's hier. Geef hem het mes. Vooruit, geef 't aan hem!'

Met zijn adem door zijn neus piepend struikelde De Man Die Loopt voorover en werd naast zijn Neef gegooid.

De Echtgenoot zwiepte het mes over de Neef heen met het heft uitnodigend naar de Oom uitgestoken.

'Ah, hah.' Plagerig werd het mes hoger opgetild toen de Neef probeerde om het met een bevende hand te grijpen.

Het gezicht van De Man Die Loopt! Baseballpet verdwenen. Zijn haar! Bladeren en dode krabbetjes in de grijze piekenbos. Altijd weer dat verwilderde voorkomen, vuil in de rimpels, de opgejaagde, loerende uitdrukking, de huid al grauw, verweerd door de eindeloze dwang in weer en wind op de uitgestrektheid van het land een heenkomen te zoeken. De oogkas, gezwollen dichtgedrukt, ontstoken door de onnatuurlijke voorwerpen die er voortdurend in werden gestopt, en ter verkoeling de gebroken kievietseieren – als de verlepte kut van een dooie, oude hoer, dacht de Neef. De mond was gelukkig nog steeds met plakband gesnoerd.

'O jezus, sukkelhannes, arme gekke ouwe onschuldige...' De Neef hoestte en vertrok voor zijn Oom zijn gezicht in een grijns. 'Die schofterige schurken hebben je wel te grazen gehad.'

'Kop dicht, gipsy.'

Het levende oog van De Man Die Loopt dwaalde over het gezicht van zijn jonge Neef dat alleen werd bezoedeld door het bloed op zijn witte tanden. De Man Die Loopt bracht de punt van het mes naar het vlees van de wang van de jongeman. Uit een neusgat van De Man Die Loopt kwam een ademsis gevolgd door een lange heldere snotpegel.

'Vooruit, Wurzel. Steek godver zijn oog uit. Zoals het in de bijbel staat. Steek het uit en stop het in je eigen kas!'

'Vooruit, man, niet te diep erin, want dan vermoord je n'm, met de punt maar een centimetertje of zo, zorg ervoor dat hij *zijn* geval er niet meer bij andermans vrouwen insteekt.' De Echtgenoot hield de wang van de Neef vast, draaide zijn hoofd naar de punt van het mes, met zijn gezicht dicht bij de wang van de Neef, zodat zijn hortende adem het oog dat hij wilde zien barsten alleen maar deed knipperen. De Neef voelde dat de zwetende handen van de Echtgenoot met onvoorstelbare emotie trilden en het ging door hem heen dat de man een brandende erectie zou krijgen, stijver dan hij in zijn leven ooit had gekend, die uit zijn kruis zou barsten zoals alle mannen die folteren dat voelen.

De Neef sloot zijn ogen, wachtte tot de punt door de dunne huid van het ooglid zou dringen en hij een ster te zien kreeg die hij nooit eerder had aanschouwd.

Leve de vogeltjes

Hij had de hele dag gekropen, was telkens maar even flauwgevallen, had zijn gewicht met zijn armen heuvelop getrokken. Traag vooruitgekomen tussen eindeloze paardebloemen die zijn neusgaten kietelden en bespotten, om een drooggestapelde stenen muur een omweg gemaakt die veel van zijn krachten vergde. Manmoedig met de eindeloze energie die de doffe pijn in zijn benen wist te verzamelen. Wat zou hij niet geven voor een glas bier! Het glas waarvan De Man Die Loopt op dat moment ongetwijfeld zat te genieten. Verdiend retetering. Verdiend. Die zou meer blijven lopen dan ik nog ooit zal kunnen.

Hij greep weer een pol en trok zich op, sleepte zijn verschmierde lijf voort. 'Michael, row the boat ashore,' zoals hij altijd had gedaan; zoals die nacht bij Paulette met zijn gezwollen voeten die ze zo liefderijk had gezalfd. Met stront, dat wel. De prijs die we betalen voor onze geneugten, hoog, man, altijd hoog. 'Got to... Accentuate the Positive and... Eliminate the negative.'

Omhoogkruipen tegen de helling vanuit het rivierdal had zijn goede kanten! Naarmate hij de lokkende top naderde nam de stijging af omdat de aarde genadig tot een halvemaanboog afzakte en steeds meer van de luisterrijke, late namiddaglucht boven hem te zien gaf, en het veld vervlakte tot een besef van hoogte in de lucht rond hem en hij voelde zich als een Heer van onze westelijke lucht. Op dit punt van zijn tocht kreeg hij langzaam, heel langzaam een vreemd ding voor zich in het oog, twee keer zijn lichaamslengte verderop, want met dat soort maat moesten de dingen van nu af gemeten worden, nu elke volgende keer dat hij zich optrok meestal zo weinig interessants bracht en zoveel pijn kostte.

Hij bleef heel stil liggen en probeerde uit te maken of hij zag wat hij zag.

Wel degelijk.

Hij klauwde en sleurde zich dichterbij. Hup twee. Wat een land, retetering! De goden sturen hen naar Schotland, maar waar treffen ze hen aan? Voor hem zag hij de mocassin van een man, een man die kennelijk uitgevloerd met zijn gezicht voorover in het lange gras lag. Stel je voor, dat ik jou hier tegenkom, retetering. Heb je enige medische ervaring? Een mobiele telefoon die werkt?

'Hoi, makker, zware nacht gehad?' Stilte. Nog een slachtoffer van de Argyll-maffia? Hup twee. Zijn gezicht drong door de begroeiing, zijn borst plette de paardebloemen waardoor hij beter zicht kreeg. Hij kon bijna het been van de man aanraken. O christus, hij had een kilt aan! Patriottisme, uitgerekend hier en nu, retetering! Hij strekte zijn hand uit, pakte de voet vast en trok. Het been kwam los en snel op hem af. Een lang plastic been, waarvan de gladde kuit de zon weerspiegelde. Het was een ledenpop in kilt.

Hup twee. Hij trok zich op tot aan de torso van de pop, over zijn rug was een tartan gedrapeerd van een flodderige en dun geweven stof. Kon de Neef wel gebruiken voor de onvermijdelijke nacht onder de sterren die hem te wachten stond. Wacht 's even. Verderop kon de Neef door het gras *nog* een pop zien liggen en dicht erbij een zwaard, een Schots slagzwaard! Hij trok zich weer naar voren en strekte zijn hand uit. Houten zwaard, dat dacht ie al. Hij trok zich boven op de harde pop, als de enige overlevende van een amorfe soort die probeerde een laatste generatie te verwekken.

Hij kreeg meer zicht op de velden om hem heen. Hij zag kans om zich op zijn armen te verheffen, als een opdrukje, en verdomd, het grasland en de ruigere heide om hem heen lag bezaaid met dit soort poppen in Hoogland-kostuum, verstrooid wapentuig en zelfs een heel namaaklijk van een paard, waarvan door een losgekomen naad op zijn buik de vulling naar buiten kwam. Net als bij Markus de olifant, dacht hij. En verdomd, in de verte schetterde een batterij zware filmlichtbakken, geflankeerd door een bataljon reflectoren, over de werkelijkheid en bestreed met overweldigende, koloniserende superioriteit het natuurlijke licht, drong daarmee vastberaden een visie op aan het aardse en maalde niet om de gevolgen.

Hij bevond zich aan de rand van het slagveld! En nu stelde hij zich een spectaculair shot vanuit een hoogwerker voor dat hem in beeld bracht aan de rand van een zee van vijfduizend lijken waar hij over en tussendoor moest kruipen, door namaakbloed en slijk. Hij zou zijn echte bloed meesleuren om bij de camera's te komen en om genade te smeken. Beter dan een echte zee – de afgrijselijke diepe zee – dan maar liever een zee van namaaklijken. Bill 'Tegoedbon' Wright zou wel blij zijn om hem terug te zien! Terug naar het huis van het Zwarte Boek van Badenoch om te herstellen! Zijn ware status in de samenleving. 'Rodger, goede vrind! Nu ben ik toch ergens mijn fototoestel kwijtgeraakt!' Misschien vroegen ze de Neef wel om voor die dag de regieaanwijzingen over te nemen van de een of andere minkukel die voor deze idiotie verantwoordelijk was, de bloedingen in zijn knieën begonnen hem inmiddels koortsig te maken. Hij mompelde hardop: 'Ze zouden me rechtop kunnen zetten, zoals die napoleontische Franse marinekapitein bij wie twee benen door een kanonskogel waren weggerukt, ze pootten de arme stumper rechtop in een ton met maïs van waaruit hij zijn bevelen blafte, terwijl hij van onderen leegliep, retetering!'

Aan de dag zou geen einde komen zonder dat hij alsnog een grootse opkomst zou maken! Uiteindelijk zou hij toch in die kutfilm terechtkomen! Als hij maar flink onder de voet werd gelopen door een eskadertje Cumberland-dragonders zat er een kansje in dat ze de verzekering een beetje konden flessen en zo niet, dan was de rol hem voor één keer naadloos op het lijf geschreven! Ze hoefden maar een fles tomatenketchup over hem uit te kliederen, even langs de make-up en hij was klaar om zijn publiek te behagen! Retetering! Waarom was hij daar niet eerder op gekomen? Een lijk. Uitbetaald krijgen voor iets wat hij al was! Deel uitmaken van de hoogst achtenswaardige sectoren van de samenleving die een beroep hadden gevonden dat geheel strookte met hun karakter: rechters en hoeren!

Hij trok een scheef gezicht toen de kraaien lui boven hem zeilden en laag overkwamen om neer te strijken vanuit hun gekromde, gespierde, voorwaartse glijvlucht met gespreide klauwen gestrekt naar de onbekende, inhalige aarde, een paar seconden voor een stille landing.

'Als jullie proberen mijn lever eruit te pikken dan zwaait er wat, retetering,' kraste de Neef.

Hij zag nog een lichtbak tot volle wasdom komen, een heel eind rechts achter het warrige gewas van lijken, maar toen verscheen als een uitdaging laag in de lucht de zon vanuit een andere richting, weg van medische hulp, maar ook weg van al deze leugens.

In zijn stijgende koorts herinnerde hij zich vreemd genoeg het stuk uit het kinderkleurboek, overgeschreven van de kluwen schrijfmachinelint.

Idee voor een film. Leve de vogeltjes. Niet voor kerst. China 1959, voorzitter Mao Tse-toeng aan de macht. Chinese boeren worden de velden in gestuurd. Enorme zwermen vogels vertraagden de productiviteit van de gewassen, verslonden tarwe en rijst. Tijdens de koude oorlog moest China minder afhankelijk worden. Mao stuurde groepen boeren, fulltime lawaaimakers, de velden in en ze verspreidden zich over het hele land, schreeuwend en trommelend achter de zwermen vogels aan en verdreven ze uit de velden de lucht in zodat ze niet konden uitrusten. Er waren zoveel lawaaimakers dat de ene oprukkende ploeg een ploeg lawaaimakers uit het volgende dorp tegenkwam. West, oost, noord en zuid, de vogels konden in geen enkele boom of akker neerstrijken. Al spoedig was de hele boerenbevolking op de been, met hun hoofd naar boven gericht, met luide stem, met lepels op pannen slaand tot de pannen versleten raakten en er met treinladingen tegelijk nieuwe werden aangevoerd. Bizarre ratels en nieuw vuurwerk werden uitgevonden en met miljoenen tegelijk uitgedeeld. Letterlijk maandenlang stonden de boeren 's nachts van de schemering tot de dageraad, uren aan een stuk, naar de hemel te schreeuwen, maand na maand, tot de liedjes die de kinderen hadden geleerd door een hele generatie werden vergeten en ze nooit meer zongen na wat er gebeurde. Kinderen uit die tijd, zelfs nog toen ze oude mannen waren, schreeuwden meer dan ze spraken en velen van hen werden doof. Geliefden lagen de hele nacht onder bomen te schreeuwen. In iedere boom langs de weg woonde een man zodat er geen vogel in kon neerstrijken. In de bomen werden huizen gebouwd waarin kinderen opgroeiden om te voorkomen dat de vogels erin nestelden.

En al die tijd was de lucht gevuld met een grote, zwarte, compacte golf van geluid met rafelige randen, als één massa bewegend, naar het einde wat dunner, schuddend met hun staarten naar de horizon, tot de bodem bezaaid lag met kleine vogeltjes die niet langer rond konden blijven vliegen en dood van uitputting als regen op de aarde neerdaalden. De daken van de hutten, de bomen en de velden, de heuvelhellingen, de bochten in de rivieren zagen zwart van de miljoenen mussen die naar beneden vielen. De van muziek verstoken kinderen trapten de lijken opzij terwijl ze onderweg naar school schreeuwden en op gongs sloegen, met hun lepels trommelden en hun ratels lieten draaien, klaar om het van hun broers en zusters, hun moeders en vaders over te nemen en nieuwe gewassen te planten.

Toen kwam er een lente dat het echt stil was. Alle vogels van China waren dood. Alle geluid stokte en de wereld was stil. De boeren konden naar hun gewassen terugkeren die er prachtig en mooi overdadig bijstonden. Het zou de allergrootste oogst worden, tot de zwermen sprinkhanen en andere insecten kwamen, die nu geen natuurlijke vijanden meer hadden: de kleine vogeltjes. De zwermen sprinkhanen lieten zich door het lawaai niet verdrijven. Ze stoorden zich niet aan de verschrikkelijke kabaalkoren terwijl ze binnen een maand de oogst van de hele natie vernietigden. Nu vielen er mensen dood uit de bomen waarin ze hun dwaze huizen hadden gebouwd. Meer dan dertig miljoen mensen kwamen in de hongersnood om. De ergste hongersnood in de geschiedenis van de mensheid.

Ach ja, ik wed dat de oude vertrouwde stad er nog precies hetzelfde bij ligt! dacht De Neef. O, om weer aan de rivier te toeven met die twee glimlachende meisjes, met hun haar hoog opgestoken zodat hun winterbleke nekjes zichtbaar zijn, met onze picknick en in de rivier gekoelde wijn! We zingen de liederen van verlossing en de liederen van vrede. Welke liederen? Wat maakt het uit, retetering! Tranen sprongen in de twee gespaarde ogen van Macushla, samen met gewone tranen van pijn. Hij klauwde zich voort door de namaaklijken en naar de rossige schemering van een nieuwe zonsondergang.

Verantwoording

Enkele details over de trektochten door de woestijn van het Lege Kwartier zijn regelrecht geïnspireerd door mijn aantekeningen over het opmerkelijke boek van Wilfred Thesiger, *Arabian Nights.*

De citaten uit *Gulliver's Travels* van Jonathan Swift en het nog altijd fascinerende *The Bothie of Tober-na-Vuolich* van Clough, dat voor het eerst in 1848 verscheen, zijn ontleend aan de Everyman-uitgaven [aangezien van het eerste boek veel vertalingen zijn verschenen en van het tweede niet een, heeft de vertaler zich veroorloofd zijn eigen vertaling van de citaten te maken].

Macushla's Latijnse citaten kunnen denk ik worden weergegeven als:

p. 110: 'De avond is gevallen, verrijst jongelieden' (Catullus)
p. 121: 'Aanschouwen we het veld, het vrije veld' (Horatius, *Epodes*)
p. 238: 'De wijze heeft aan één woord genoeg' (spreekwoord)

Een deel uit deze roman is eerder verschenen in de *Edinburgh Review*, en een ander in *The Picador Book of Contemporary Scottish Fiction.*

'Riders on the Storm'
Tekst en muziek van The Doors